परतें

वाणी प्रकाशन

नयी दिल्ली-110002

परतें

तमिल मूल
लक्ष्मी कण्णन्

अनुवादक
राजी रमणन्

ISBN – 81-7055-493-4

वाणी प्रकाशन
21 ए, दरियागंज, नयी दिल्ली-110002
द्वारा प्रकाशित

प्रथम संस्करण : 1996

मूल्य : 150.00 रुपये

शब्द-संयोजक
ओम लेजर प्रिंटर्स
शुभम ऑफसेट प्रेस, दिल्ली-32
द्वारा मुद्रित

PARTAIN
by Lakshmi Kannan
Translator Raji Ramanan

राजी सेठ अवरगलुक्कु
अन्बुड़न्
समर्पणम्

सरस्वती नः
सुभगामयस्करत्

के. के. बिड़ला फाउंडेशन के आर्थिक सहयोग से
वाणी प्रकाशन द्वारा प्रकाशित

सांस्कृतिक सेतुबन्ध

ब्रैन्डेन कैनेली ने एक बार बड़े ही शरारतपूर्ण ढंग से कहा था कि अनुवाद असफलता की एक मोहक कला है। तथापि उस समय से अनुवाद के ऐसे कई रूप देखने में आये हैं जो अपने लक्ष्य में असफल हुए बिना भी मोहक हैं। अनुवाद की सफलता या असफलता बहुत कुछ मूल भाषा की अन्तर्जात संभावनाएँ, उसकी अन्तर्निहित प्रकृति, संरचना और स्वर-संगति पर निर्भर करती है।

मेरे कथा-साहित्य का अंग्रेजी में व्यापक अनुवाद हुआ है, जिसने मुझे ऐसा पाठक-वर्ग दिया है जो किसी भी भारतीय भाषा के कथाकार को मिल सकता है। उसमें एक बौद्धिक जिज्ञासा है, जिसके पीछे कई बार उसकी स्वतंत्र शिक्षा परिलक्षित होती है। संभवतः इसीलिए वह कोई भी नैतिक पक्ष लेने से पहले उसे भली-भाँति तोल लेता है। शायद वह विवेकशील होना अधिक उचित समझता है। पर जब भी मेरे कथा-साहित्य का अनुवाद हिन्दी में हुआ है तो यह अन्तर न केवल पाठकों की संख्या में दिखाई देता है, अपितु भाषा के गुणात्मक स्तर पर और उसकी पारदर्शकता, जिसके कारण मूल तमिल भाषा के पाठ की आर्द्रता बनी रहे, में भी स्पष्ट होता है।

भारतीय भाषाओं से हिन्दी में अनुवाद के संदर्भ में, अनुवाद से जुड़ी यह लोकप्रचलित कटूक्ति कि वह शब्द को तो फाँस लेता है परन्तु आत्मा छूट जाती है, खरी नहीं उतरती। हिन्दी पाठक-वर्ग से जो प्रतिसंवेदनाएँ प्राप्त हुई हैं, वे निश्चय ही उत्साह-वर्धक हैं। इसका श्रेय जितना मेरे अनुवादक के कौशल को है, उतना ही हिन्दी भाषा की प्रकृति को जाता है, जो एक भारतीय भाषा होने के नाते जहाँ एक ओर अपने अन्दर मूल पाठ की भारतीय महक और परिवेश को वहन करने की लोच अपने में समेटे है, वहीं अपनी निजी सुगन्ध को भी बनाए रखती है।

अनुवाद एक समानान्तर चलती हुई सृजनात्मकता है जिसके लिए अपेक्षित है एक विशाल कल्पना-कोश, जो नियंत्रण, लचीलेपन तथा कौशल से जुड़कर किसी भी पाठ के शाब्दिक, ध्वनिक बौद्धिक तत्त्वों के बीच सामंजस्य स्थापित कर देता है। अनुवादक वह स्रष्टा है जो कल्पना की यह छलाँग लगाता है। एक दुर्बल अनुवाद जो मूल पाठ के प्रति सत्यनिष्ठ होने के प्रयास में अत्यधिक शाब्दिक हो जाता है, वह अनुवाद और अनुवादक दोनों के अहित में है। हमारे पास नोबेल पुरस्कार विजेता इदिश लेखक आइसेक

बाशेविस सिंगर की इस सम्बन्ध में कठोर चेतावनी है, "औरत के समान एक अनुवाद सत्यनिष्ठ होकर भी अत्यधिक दयनीय हो सकता है।" (किताबों के अनुवाद पर)। मैं राजी रमणन् की बहुत आभारी हूँ, जो इस प्रक्रिया में ऐसी मनोवृत्ति को लेकर लगी हैं। जो न केवल गंभीरता लिए हुए हैं अपितु कदम-कदम पर आत्मविश्लेषी भी हैं। वे उन बारीकियों में भी रुचि रखती हैं जो किसी भी संस्कृति का अनोखापन है और किसी भी अनुवाद-कार्य के लिए बड़ी ही चुनौतीपूर्ण हो सकती हैं। उस बिन्दु से वे पूर्ण अध्यवसाय से उसमें उस समय तक जुड़ी रहती हैं जब तक उन्हें एक सन्तोषजनक समतुल्य नहीं मिल जाता। यह उनके लिए अत्यन्त कठिन कार्य है, क्योंकि वे अपने ही कार्य की सबसे कठोर आलोचक हैं। इस तथ्य से भली-भाँति परिचित होते हुए भी कि ये विभिन्न सांस्कृतिक विशिष्टताएँ भाषा की प्रतिभा का अभिन्न अंग हैं, आश्चर्य यह है कि यह तथ्य उन्हें हतोत्साहित नहीं करता अपितु उनके अन्दर के अनुवादक को लक्ष्य भाषा तक पहुँचने के लिए और उकसाता है। मेरा यह अनुभव है कि वे केवल सटीक शब्दों का चयन ही नहीं करतीं, अपितु उस शब्द को जीती भी हैं।

मैं वाणी प्रकाशन के श्री अरुण महेश्वरी की भी अत्यन्त कृतज्ञ हूँ, जिन्होंने इस संग्रह को भारतीय भाषाओं के अनुवाद की शृंखला के अन्तर्गत प्रकाशित करने के प्रस्ताव को स्वीकृति दी है। मैं के. के. बिड़ला फाउंडेशन की भी आभारी हूँ कि उन्होंने इस कार्य के लिए उदारतापूर्वक आर्थिक सहयोग दिया। गत् कुछ वर्षों में बिड़ला फाउंडेशन भारतीय भाषाओं की विपुल बहुस्वरता का पर्याय बन गया है। ये तीनों मेरे अनुवादक, प्रकाशक और स्पॉन्सर सभी अपने-अपने ढंग से सांस्कृतिक सेतुबन्ध के कार्य में रत हैं। मेरी यही आशा है कि आने वाले वर्षों में अन्य लोग भी इस पथ को अपनाएँगे।

मेरी यह पुस्तक हिन्दी की सुपरिचित व ख्याति प्राप्त लेखिका राजी सेठ को समर्पित है जिनकी जीवन-यात्रा एक सुखद, विरले संयोग से मेरी जीवन-यात्रा के समकालीन है। यह सोचकर कि यह पुस्तक उनके हाथों में उन्हीं की अपनी भाषा में पहुँचेगी मुझे एक अपूर्व आनन्द की अनुभूति हो रही है।

—लक्ष्मी कण्णन्

अनुवादक की ओर से

लक्ष्मी कण्णन् से तथा उनकी कहानियों से परिचय ने ही मन में एक इच्छा पैदा कर दी थी कि उनकी कहानियों का अनुवाद करूँ। मेरी समझ से अनुवाद-कार्य एक प्रकार का परकाया-प्रवेश है। और यह न केवल रचना की काया व आत्मा में प्रवेश करना है बल्कि एक सीमा तक रचनाकार के अंतर में भी प्रवेश की अपेक्षा करता है। किन्तु उसकी आत्मा से एकरस होकर व रचना की गुणवत्ता को पहचानते हुए अपनी वस्तुनिष्ठता बनाए रखना कितना कठिन है इससे कोई भी अपरिचित नहीं।

लक्ष्मी जैसी संवेदनशील लेखिका की हर कहानी एक अनूठा रंग, एक अनोखी पहचान लिए हुए है। कहानियाँ अन्तश्चेतना की हर परत को छूती हुई पाठकों को बाध्य करती है कि वे अपने ऊपर ओढ़ी हुई परतों को एक-एक कर उतार कर अपने 'स्व' के प्रत्यक्ष खड़े हो जाएँ। स्वयं लेखिका की यह खोज अत्यन्त छटपटाहट व व्याकुलता से भरी हुई है। एक ओर जहाँ 'गहराता शून्यबोध' का नायक अपने स्थायी और अस्थायी अस्तित्व के मध्य झूलता हुआ अपने-आपको दफ्तर की फाइलों या मेज-कुर्सी की दरारों में से झाँक रहे दीमक के कीड़े से अधिक नहीं मानता, वहीं दूसरी ओर 'सव्यवाची का चौराहा' का वह वृद्ध अंग्रेज भारतीय दर्शन को साकार करता हुआ मानवीय अस्तित्व को एक चरम बिन्दु पर ला खड़ा कर देता है। लक्ष्मी की हर कहानी में समसामयिक प्रश्नों के साथ-साथ एक खोज की साध है, एक एकाकीपन जिसमें जीते हुए पात्र अपने उस 'स्व' की तलाश में प्रयत्नशील है। जहाँ इन रचनाओं में ऐसे गंभीर स्वरों का आलोड़न है, वहीं दूसरी ओर कस्तूरी और हर-सिंगार की भीनी महक द्वारा मानव-मन की गहराइयों तक पहुँचने का सफल प्रयास किया गया है।

इस आलोड़न को, इस महक को, शब्दों के द्वारा पकड़ पाना मेरे लिए एक सुखद चुनौती रही है। अनुवाद करते समय कई बार यह आभास हुआ कि कुछ पात्र तो मेरे जाने-पहचाने हैं और कुछ घटनाओं की तो मैं स्वयं दर्शिका रही हूँ। स्वयं भी तमिल प्रांत से जुड़े रहने और तामिल भाषी होने के कारण यह संभव हो सकता है। ऐसे अवसरों पर मेरी अवचेतना में इनकी प्रतिक्रियाएँ तामिल में हुईं और संभव है कि अनुवाद में इनका भी योगदान रहा हो।

अनुवाद की प्रेरणा मुझे अपने माता-पिता से मिली और उन्हीं के आग्रह ने आज

मुझे इस क्षेत्र में ला खड़ा किया है। अनुवाद करते समय, ऐसे कई क्षण आये, जब अपने अन्दर की कमी और अनुभवहीनता मुझे निराश कर देती थी, पर ऐसे मोड़ पर मेरे पति रमणन् का जो प्रोत्साहन मुझे मिला, यह पुस्तक उसी का परिणाम है। मुझसे कहीं अधिक मेरी बेटी अनु का मुझ पर जो विश्वास रहा है, उसके लिए मैं सदा ऋणी रहूँगी। बन्धु, जिनके साथ कई शब्दों को लेकर तर्क-वितर्क चला, मेरी कृतज्ञता के पात्र हैं। शायद समय-समय पर इन तीनों द्वारा की गई आलोचनाओं, प्रोत्साहन ने ही मुझे इस कठिन पथ पर दृढ़ रखा है।

—राजी रमणन्

क्रम

भूल-भुलैया

लियो खिलौनों के विभिन्न प्रकार फर्श पर बिखरे पड़े थे। ऊपर लाल बत्ती चमकाती हुई पुलिस की जीप, हरे रंग की मिलिटरी जीप, कलाबाजी करता बन्दर, नन्ही पटरियों पर दौड़ता एक सुन्दर इंजिन और न जाने क्या-क्या… । इतने सुन्दर-सुन्दर खिलौनों के होते हुए भी नन्हा विवेक पिता द्वारा खरीद कर दिए गए उस नए खिलौने को लेकर व्यस्त था। वह उस खिलौने से जितना खेलता वह खिलौना भी मानों उसे चिढ़ा-चिढ़ा कर अपनी ओर खींचता। विवेक ने अनुभव किया जैसे वह खिलौना उसकी विनोदप्रियता और फुर्तीलेपन को उकसा रहा है।

चौड़े, गोलाकर, गुलाबी रंग की प्लास्टिक प्लेट के बीच एक छोटा घेरा, इस गुलाबी प्लास्टिक बंसलीन के ऊपरी भाग पर लगे काँच के ढक्कन में साफ दिखाई दे रही थीं वे छोटी-छोटी गोलियाँ। दो दिन पहले पिता के सिखाए अनुसार विवेक उन नन्ही गोलियों को एक-एक कर रुकावटों में से निकाल-निकाल कर बीचों-बीच के चक्कर में लाने की कोशिश कर रहा था। पर चाहे जितना धैर्य से कोशिश करे कम-से-कम तीन चार गोले तो बाहर निकल ही आते।

"विवेक चलो खाना खा लो। स्कूल से आते ही यह क्या खेल लेकर बैठ गए हो। चलो जल्दी !"

माँ की आवाज में छिपी चिढ़ और क्रोध को पहचानता विवेक प्लास्टिक 'पज़ल' (पहेली) को लेकर खाने की मेज पर आया। खाना खाते-खाते भी उसका पूरा ध्यान उसी प्लास्टिक 'पज़ल' पर था। इतनी देर तक काँच की उन सफेद रुकावटों के अन्दर उसकी नज़र कैदियों के समान बन्द थी।

"इन सभी गोलों को एक साथ अन्दर कैसे डालें, माँ?"

"हे भगवान! इस खेल को तुमने इतना सीरियसली क्यों ले लिया है? अगर ये गोले अन्दर नहीं जाते तो इन्हें छोड़ दो।" कहकर वह हँसने लगी।

"ऊँ हूँ! अन्दर तो इन्हें डालना ही होगा। मैं शाम को पिताजी से पूछूँगा। पिताजी जरूर बताएंगे।"

अब तो राधा जोर से हँस पड़ी।

"आहा, बस अब तुम्हारे पिताजी यह गेम खेलने के लिए समय निकालेंगे। रोज घर लौटने में देर हो जाती है। ठीक है, चलो जल्दी खा लो, खाना ठंडा हो रहा है।"

गुलाबी रंग के खाँचे के अन्दर सफेद रंग की भूल-भूलैया जैसी गोलाइयों में वे नन्हीं-नन्हीं गोलियाँ इधर से उधर हो रही थीं। राजारामन कभी उन्हें एक ओर तिरछा करता, कभी जरा–सा ऊँचा कर अपनी उँगली से हल्की-सी थाप देता हुआ इस खेल में तन्मय था। उसकी आँखें उन सरकती-फ़िसलती गोलियों पर टिकी थीं। अपने चारों ओर से बेखबर उन गोलियों का अपने लिए रास्ता बनाकर निकलना और फिसलना देख रहा था। पर इस तन्मयता में भी अचानक उसे ऐसा जान पड़ा, मानों वह इन फिसलती गोलियों में से कुछ को पहचान पा रहा है। हालाँकि बनावट तथा देखने में वे सब एक जैसी प्रतीत हो रही थीं। पर फिर भी उसे लगा जैसे कोई अन्तर है; जैसे यह छोटा गोला, जो बहुत ही तेजी से, हलके से, सावधानी से बड़ी आसानी से भाग रहा था; चतुर इतना कि वह अन्दर वाले घेरे के पास बड़ी ही तेजी से पहुँच गया। पर यह क्या, अचानक अप्रत्याशित रूप से एक गोले ने उसे हल्का-सा धक्का दिया और वह एक ओर हो गया। फिर वह दूसरा गोला बड़ी ही आसानी से इस अन्दर के गोले में समा गया। एक और गोला जो कहीं घेरे के बीचों-बीच से धीरे-धीरे आलस्य से आगे बढ़ रहा था। पर कितने ही गोले ऐसे थे जो अपनी इस दौड़ में उस 'आलसी' गोले की पीठ पर थाप देते। कुछ एक ने उसे धक्का दिया। कुछ एक उसे अपने साथ लेकर चले और इस तरह वह निरा आलसी गोला अचानक अन्दर के घेरे तक पहुँच ही गया। आश्चर्य! कैसी आसान विजय!

"हे भगवान, विवेक, देखो तो, इस गोले को देखो। मैंने सोचा था कि यह बहुत चतुर है और यह अन्दर के घेरे तक पहुँच ही जाएगा, पर देखो तो यह निरा आलसी न जाने कैसे पहुँच गया।" आवेश में भरकर राजारामन चिल्लाया।

"अप्पा आप कैसे अन्तर कर देते हैं कि यह गोला 'चतुर' है और दूसरा निरा आलसी, मुझे तो सब एक जैसे दिखाई देते हैं।" आश्चर्य से विवेक की आँखें भर गईं।

"पहली बार देखने से तो सब एक जैसे जान पड़ते हैं। पर जैसे-जैसे हम खेलते जाते हैं, यह पता लगाना बड़ा आसान है कि कौन-सा गोला फुर्तीला पर बदकिस्मत है और कौन या निरा आलसी है, पर है भाग्यवान।" राजारामन ने समझाया। अपने पिता की ये बातें सुनकर विवेक और आश्चर्य में पड़ गया।

"यह क्या हो रहा है? हद हो गई! विवेक के साथ खेलते-खेलते तुम खुद भी एक बच्चा बन गए हो। कपड़े नहीं बदलने क्या? और देखो, कॉफी कैसी ठंडी पड़ गई है। गरम कर दूँ?" राधा ने पूछा।

"नहीं राधा, रहने दो।"

राधा ने अपने पति को देखा। उस प्लास्टिक खिलौने पर झुका जिस तन्मयता व गम्भीरता से वह उस खेल में डूबा हुआ था, उसे देखकर राधा को आश्चर्य हुआ। राधा ने कॉफी का ठंडा कप उठाया और अन्दर चली गई।

विवेक अपने बिस्तर पर गहरी नींद में डूबा था। राजारामन कुछ देर तक बिस्तर के एक ओर खड़ा सो रहे बेटे की ओर देखता रहा।

उसकी नजर विवेक के सिरहाने तकिए के पास रखे गुलाबी रंग के प्लास्टिक के खिलौने पर पड़ी। उसके होठों पर मुस्कुराहट तैर गई। उसने धीरे से उस पहेलीनुमा खिलौने को उठाया और हौले-से विवेक के सोते चेहरे को देखकर उसके बालों को सहलाया, फिर उस खिलौने को लेकर वह वहाँ से उठा।

ड्राइंग रूम में पहुँचकर दोनों बत्तियाँ जला वह रोशनी के नीचे बैठकर फिर खेल में जुट गया। वे नन्हे गोले टहलते, रगड़ते, रेंगते, लुढ़कते, सरकते उस भूल-भुलैया में एक दूसरे को टक्कर मारते इधर-उधर भागते रहे। राजारामन के हाथों की हल्की-सी हरकत उन्हें चला देती, मानों उसके वे हाश उनकी तकदीर ही बदल देंगे। राजारामन इस खेल में पूरी तरह डूबा था। उसने जानबूझकर कुछ गोलों को हराना चाहा, अन्दर घुसने के प्रयास में हताश करना चाहा, वह मानों खुद अपने ही प्रयास में हार गया। इन गोलों के रास्ते को रोकने के प्रयास में सफेद रंग के घेरे बने थे, जो इन्हें आगे बढ़ने से रोक कर, इन्हें हराकर भौचक्का कर देते। राजारामन मन्त्रमुग्ध-सा इस नाटक को देखता रहा। उसकी टकटकी दृष्टि के नीचे वे लोहे के गोले पारे के गोले जैसे प्रतीत हो रहे थे, मानों एक-दूसरे से घुल-मिल गए हों, आकार में बड़े हो गए हों और एक गोला अपने-आप को और बड़ा बनाने के लिए दूसरे गोले को निगल रहा हो। और तो और उन सभी के चेहरे तथा सिर भी थे कि वह सबको पहचान पा रहा था।

राजारामन पिछले चार वर्षों से बैटरी बना रही एक मल्टीनेशनल कम्पनी में काम कर रहा था। यह बात कि वह दफ्तर के चार-पाँच, लम्बे लोगों में से एक है, बड़े ही आकस्मिक ढंग से उसे ज्ञात हुई और वह भी एक अजीब तरीके से। बहुत देर तक एक ही कुर्सी पर बैठे-बैठे वह थक गया था। कुछ देर अपने पैरों को फैलाने के लिए वह अपने केबिन में खड़ा हो गया। उसके दफ्तर के ढाँचे के अनुसार किसी भी केबिन की

छत नहीं थी, मतलब ऊपर का हिस्सा खुला हुआ था। तीन छोटी-छोटी लकड़ी की दीवारें जैसी थीं और एक आधा खुला हिस्सा था जो दरवाजे का काम करता था। राजारामन थोड़ी देर खड़ा अपनी ऊँचाई से दूसरे केबिनों की ओर देखता रहा। धीरे-धीरे उसे अनुभव हुआ मानो उसकी आँखों के सामने नाटक का कोई दृश्य घटित हो रहा हो। सेक्रेटरी के उस छोटे कमरे से अनौपचारिक रूप से एक महत्वपूर्ण सूचना चारों तरफ फैल रही थी। यह खबर बड़ी ही सावधानी से इस तरह फैलाई जा रही थी कि धीरे-धीरे वह सबके कानों में पहुँच चुकी थी। पूरे दफ्तर में एक अजीब उत्तेजना की लहर दौड़ रही थी। कुछ लोग अपने-अपने केबिनों को छोड़कर अपने साथियों के केबिन में घुसकर आपसी खुसपुस में व्यस्त थे। और खबर? वरिष्ठ अधिकारी शेखर आयंगार के स्थान पर वरदप्पन की पदोन्नति हो गई थी और इसी खबर ने मानों एक लहर-सी उत्पन्न कर दी थी। शेखर बहुत ही ईमानदार व्यक्ति था और साथ ही एक कुशल कार्यकर्ता, जो अपने अथक परिश्रम तथा सुचारु कर्मनिष्ठता से अपने काम में जुटा रहता। पर उसके काम की किसे परवाह है? कम से कम दफ्तर को तो नहीं। क्योंकि वरदप्पन के समान शेखर आयंगार को घर में बैठी पत्नी और बच्चों को भुलाकर पौ फटने तक रम तथा व्हिस्की में तैरना न आता था। वह वरदप्पन के समान पार्टी में जोर-शोर से घुल-मिल कर सही जगहों पर, सही लोगों के साथ रहना भी नहीं जानता था। शेखर काम में और कम्पनी की उन्नति में ही अधिक व्यस्त रहता था।

कुछ लोग उसे धूर्त वरदप्पन कहकर भी बुलाते थे। वह पूर्ण रूप से कार्यरत रहता था, हर प्रकार के दाँवपेच से लैस होकर कम्पनी को आगे लाने से पूर्व अपने-आपको आगे लाने के लिए। वह अपने सेक्शन में काम कर रहे छोटे गोलों को पकड़कर उन पर हावी होकर, उन्हें खदेड़कर, उन्हें गुलामों के समान ऊपर-नीचे दौड़ाता। वह काम करवा के मानों उनकी जान ही निचोड़ लेता और अन्त में एक बढ़िया रिपोर्ट के द्वारा वह उसे इस खूबसूरती से पेश करता, मानों सारा काम उसी ने किया हो। उसके सहायक गोलों के असाधारण कार्य को निगलकर उसकी प्रस्तुति वरदप्पन की वैयक्तिक योग्यता के रूप में सामने आती। फिर वह उस रिपोर्ट पर अपना नाम लिखकर हस्ताक्षर कर उच्च अधिकारियों के पास भेज देता। एक बार काम खत्म हो जाने पर वरदप्पन जो एक बड़ा गोला था, अन्य छोटे गोलों को अपने-अपने केबिन के अन्दर भेजकर, उनके सारे रास्ते बन्द कर, अपने लिए रास्ता बना अन्दर के घेरे में पहुँच जाता। शेखर न जाने कितने वर्षों से केबिन के अन्दर और बाहर पूरी मेहनत और लगन से काम कर रहा है। दफ्तर के इस ढाँचे की भूल-भुलैया में राजारामन को उसकी गतिविधियाँ याद आईं। पर केवल वरदप्पन ही यह जानता था कि किस तरह छिपकर, पीछे रहकर, फिर अचानक सत्ता के उन गलियारों में कूद कर बड़ी आसानी से अपना रास्ता बनाया जाता है, दफ्तर में ऐसा अप्रतिम व्यक्तित्व कोई दूसरा नहीं। कुछ अन्य छोटे-मोटे पारे के गोले थे जो वरदप्पन की देखा-देखी करना चाह रहे थे।

उदाहरण के लिए मेहरा को लें। अपने सिर को जोर-जोर से हिलाते हुए वह बड़े ही दृढ़ स्वर में बोलता था, बड़े ही विश्वास भरे भाव से झूठ पर झूठ बोलने का एक अनोखा गुण था उसमें। बड़ी ही आस्था व विश्वास से बोले गए झूठ होते थे वे। सुबीर गुप्ता एक ऐसी ढिल्लढ़ गोली था जो आलस्य भाव से रेंगता रहता था। वह बिना किसी चिन्ता के धीरे-धीरे जमुहाई लेता हुआ घूमता रहता था। बड़ी ही स्वाभाविक बात थी। वह चिन्ता क्यों करे? उसके पिताजी न केवल इस कम्पनी के सबसे बड़े शेयर होल्डर थे बल्कि बिजनेस के मैदान में एक ऊँची चीज़ थे और इसलिए गुप्ता धीरे-धीरे टहलता आता, इस विश्वास से कि उसका तो अन्दर के घेरे में स्वागत होगा। और यह दूसरा गोला नरेश? उसके प्रकट होने का एक विशिष्ट गुण था, काम करने का ऐसा ढंग, जिसका अर्थ होता था, खूब शोर-शराबा करना। अगर वह एक इंच भी बढ़ता तो अपनी शक्ति के बारे में मियाँ मिट्ठू बनकर सारे दफ्तर में शोर मचाकर लोगों को अपनी बातें स्वीकार करने के लिए बाध्य कर देता।

केबिन और केबिन की दीवारों की अनगिनत पंक्तियाँ जो उसके अनदेखे नमूने के रूप में जुड़ी हुई हैं। एक आँकी-बाँकी भूल-भुलैया, अचानक मोड़ और घुमाव जिसके फर्श पर अनदेखे खुदे गड्ढे, खुले मुँह किए ठंडी कब्रें....पारे के दाने अपने अनोखे रास्तों पर अपने-अपने अस्थायी भाग्य लिए, सफलता और असफलता के अल्पकालीन क्षणों को अपने में समेटे आगे बढ़ रहे थे। कुछ गोले साथ मिलकर एक होकर आगे बढ़ लिए, अपने आकार को बढ़ाते। कुछ एक अलग होकर क्षीण हो गए। दफ्तर की चारदीवारी में गोले अपनी गति से अपने दायरे में असहाय कैदियों की भाँति बन्द किसी शक्तिशाली स्रोत से बाधित थे। गोले बड़े ही भोलेपन से केबिन की दीवारों पर के आगे की बाधाओं व रोड़ों को पार कर बढ़ते चले जा रहे थे। वे आपस में टकराते, धक्के खाते, कुछ को चोट लगती, कुछ ठोकर खाकर गिर जाते। कुछ एकाग्रचित्त होकर अपना सारा ध्यान केन्द्र पर लगा उसकी तरफ बढ़ते, पर उन्हें रास्ते में ही कोई निगल लेता। कुछेक उलझकर अपना रास्ता खो कर अलग दिशा में दौड़ना प्रारम्भ कर देते।

"ढड़ांग।" दीवार की घड़ी ने एक बजाया। कुछ क्षण बाद साड़ी की सरसराहट कानों में पड़ी।

"ईश्वर मेरे, यह क्या है? तुम अभी तक बच्चों-जैसे खेल खेल रहे हो। एक से ऊपर बज चुके हैं।....मैंने तुम्हें विवेक के कमरे में उसे सहलाकर सुलाते देखा और अब तुम उसका खिलौना लेकर।....चलो थोड़ी देर सो लो।" राधा बोली।

राधा का चेहरा आधी नींद में उठने के कारण उनींदा-सा था, पर फिर भी अपने पति को खेल में इस तरह उलझा देखकर उसके होठों पर एक मुस्कान बिखर गई।

सहसा तन्द्रा टूटने पर राजारामन ने सिर उठाकर अपनी पत्नी की ओर देखा। प्रत्युत्तर में उसके होठों पर कोई मुस्कान न थी। उसका जबड़ा सख्त व कठोर हो गया था।

उर्वशी-2000

माघ महीने का बींधती ठंडी हवा शरीर को चीर रही थी। उस ठिठुरती सर्दी में शरीर पर पड़ती चमकती धूप की गरमाहट आरामदेय लग रही थी। बाहर बगीचे में हमारे घर के अहाते की दीवार पर एक मोर बैठा था। मैंने उस धूप में एक कुर्सी और एक छोटी मेज़ खींच ली। उस मेज़ पर कुछ लिखते रहना मुझे अच्छा लगता था क्योंकि उस मेज़ पर खाली कागज़ नहीं थे। कागजों पर कुछ धारियाँ थीं। सूर्य की तिरछी पड़ती किरणें दीवार को नहला रही थीं। जल्दी ही ये किरणें दीवार पर चढ़कर दूसरी तरफ गायब हो जाएँगीं। ये किरणें इस कड़कड़ाती सर्दी को छोड़ भाग जाएँगीं। कागज पर मेरी कलम चलती जा रही थी। अहा! कैसा सुन्दर दृश्य है! सोचती हुई, उस उनींदी अवस्था के सुख में अलसाकर मैंने अपनी आँखें और जोर से बन्द कर लीं। यह स्वप्न और लम्बा हो जाए—इस इच्छा से, बिना आँखें खोले मैं लेटी रही।

महीनों से मैंने कुछ ढंग का न लिखा था। पहले-पहल अवकाश के इन क्षणों से मेरी नसों को सुकून मिला था और इसी प्रकार जीवन जीना एक प्रकार से संभव हो सका था। पर साथ ही साथ एक दूसरे अहसास की तड़प मुझ में उठ रही थी जिसे समझना मेरे लिए मुश्किल था। पर अब देखो, फिर इस निर्मल नील गगन के नीचे फिर मैं किस तरह बैठकर कुछ लिख रही हूँ। भले ही अस्पष्ट, धूमिल अर्धस्वप्न हो; पर मैं कुछ लिख

रही हूँ। क्या लिख रही हूँ? मैंने अपने कंधों के पीछे से झाँककर देखा। पर कोई लाभ नहीं। कुछ भी पता न लगा सकी। खैर जाने दो। मुझे अपने में ही समाहित हो जाना होगा, इस बेहोशी की अवस्था में शुरू से लिखना होगा।

मेरी कलम समरस भाव से बिना रुके दौड़ी जा रही थी। पंक्तियों की भाषा अचीन्ही-सी जान पड़ी। अंग्रेजी, तमिल, कन्नड़ या फिर हिन्दी? कुछ समझ नहीं आया। मैं पूरी तन्मयता से लिख रही थी। आश्चर्य! इतने ठीक ढंग से, स्थिर भाव से तो मैं अपने जीवन में भी नहीं रही। तिरछी पंक्तियाँ निरन्तर दौड़ी जा रही थीं। अबाध गति! पर किस भाषा में हैं? कुछ पल्ले नहीं पड़ा। बिना सिर झुकाए मैं लिखती जा रही थी। पर अब वह छन्‌छन् की आवाज बार-बार मेरे कानों में पहुँच रही थी। अब कोई चारा नहीं। मुझे यह आवाज़ सुननी ही पड़ेगी। यह छन्-छन् निरन्तर कानों में सुनाई पड़ रही थी। चाँदी के घुँघरुओं जैसी मधुर-मीठी ध्वनि! चाँदी के पायल पैरों में सजे थे। पैरों में चप्पल नहीं थी। क्या क़ारण हो सकता है? दोनों टखने और तलवे गीलापन लिए हुए चमक रहे थे। बारिश हो रही है क्या? नहीं तो''''साफ स्वच्छ धूप खिली हुई है।

अपनी कलम को कागज के नीचे रख दिया। मेरी आँखें उसके तलवे, टखने, पैर और उसके शरीर पर टिकी थीं। वह दीवार पर पैर लटकाए बैठी, अपने दोनों पैरों को बार-बार हिला रही थी, जिनसे छन्-छन् की आवाज आ रही थी। गीले पैरों वाले उस शरीर पर उसने एक ढीला-ढाला गाउन पहन रखा था। पतली कमर, उस पर कमरबन्द जैसा कुछ पहने थी। पैरों को हिलाती। खुले-लहराते बाल। वह गाउन कैसा है? कपड़े को काटकर तो नहीं बनाया गया। बिना सिलाई के बना गाउन! कैसा आश्चर्य!

नवयुवती-सी थी। नवयुवती मतलब? मतलब यह कि उसे बहुत छोटी लड़की तो नहीं कहा जा सकता। उस चेहरे पर एक हद तक जीवन-अनुभवों के चिह्न स्पष्ट थे। पर साथ ही साथ उस चेहरे पर एक शिशु का भोलापन भी छलक रहा था। इन सबसे अधिक उस चेहरे पर एक दृढ़ता का भाव दिखाई पड़ा। उसके हाथों में ताजा पानी टपकाती हुई एक लाल मूली चमक रही थी। वह उसे 'कर्र-कर्र' की आवाज करती हुई स्वाद ले-लेकर खा रही थी। फूल के समान खिले उसके चेहरे पर बड़ी काली आँखें चमकती हुईं इधर-उधर कुछ देख रही थीं। अहाते की दीवार पर आराम से बैठकर उसने पैरों के अपने पायल बजाए।

"ए! तुम कौन हो?" मैंने पूछा।

"नही जानती।"

"क्या?"

"सच नहीं जानती।"

"क्या? तुम अपना ही नाम नहीं जानती?"

"हुम! मैं अपना नाम नहीं बता पा रही।"

"बड़ी विचित्र बात है। कहाँ से आई हो? फिर तुमने जो गाउन पहन रखा है, वह

क्या है ?"

"एक पोशाक।"

"पोशाक! पर यह तो बिलकुल ढीली-ढाली बिना सिली-सी जान पड़ती है। सिलाई के धागे भी नहीं दिखाई देते।"

"तुम्हारा अनुमान सच है। यह पोशाक ऐसी ही कटी हुई, बिना सिली मिलती है। तुम्हारी दीवार तक आने के लिए बस ऐसे ही मैंने इसे अपने शरीर पर डाल लिया। मैं बिना कुछ पहने नंगी ही यहाँ चली आऊँ तो लोग डर जाएँगे ना।" वह बोली।

"ओ !"

"छन्-छन्, कर्र-कर्र !" वह बिना रुके मूली खाए जा रही थी। पर वह लाल मूली आकार में वैसी की वैसी ही थी।

"तुमने क्या कभी जानने की कोशिश की है ?" मैंने पूछा।

"क्या ?"

"तुम कौन हो ? तुम्हारा ना···।"

"ओ ! पर नाम में क्या रखा है ?"

"अरे वाह, तुम तो मन में अपने आपको···।"

"शेक्सपियर समझती हो।" कहकर बीच में झट से उसने टोक दिया।

"आ !"

"यह देखो। इन सबसे कुछ नहीं होता और न ही आवश्यक है। लोग अपने-अपने मन के मुताबिक, अपनी इच्छानुसार मुझे नाम देकर बुलाते हैं।" वह बोली।

"मन के मुताबिक ? अपनी इच्छानुसार ? तुम्हारे बारे में ?"

"देवता 'देवी', नारी-आन्दोलन को लेकर तीव्रवादी 'बदसूरत', 'मूर्ख', 'श्रीहीना', 'कुरूपा', अपने-आपको बहुत ज्ञानी, पढ़ी-लिखी मानने वाली, शताब्दी के अन्त में जन्म लेने वाली आदर्शवादी, मतिहीन, गरीब के हाथ में ऐश्वर्य के समान स्त्रीत्व को लेकर पागल हो रही, माधुर्य से भरी हुई, अच्छे गुणों वाली किंकर्तव्यविमूढ़। और न जाने क्या-क्या। मुझे तरह-तरह के नामों से विभूषित करते हैं। इनको लेकर कैसी चिन्ता ? वे सभी नाम अर्थहीन हैं, मूर्खता से भरे हैं।"

"फिर अपने बारे में तुम्हारा क्या विचार है ?"

"बस इतना ही कि मैं केवल 'मैं' हूँ।"

"यह तो कोई जवाब नहीं हुआ। बस छुटकारा पाने का बहाना-सा जान पड़ता है। अब बताओ सच में तुम कौन हो ?"

"सुनो, मेरा पीछा छोड़ो। अगर तुमने मुझे अपनी कविता या कहानी में उतारने की कोशिश की तो देखना···। मैं सिर्फ अपने में से आई हूँ। ऐसा मेरे लिए संभव है। मुझे तुम्हारी या तुम जैसों की कोई जरूरत नहीं।"

'इतना अहंकार ! लगता है मानो अपने आगे किसी को कुछ समझती ही नहीं।'

मैंने सोचा। पर जब सिर उठाकर मैंने उसके चेहरे को देखा तो उसमे छोटा-मुँह बड़ी-बात जैसा कोई भाव नहीं था। चेहरे पर कोई अहंकार न था। केवल एक छोटे बच्चे का नटखटपन तथा आत्मविश्वास से छलकता चेहरा। एक उपेक्षा का भाव लिए सरल-सहज, हँसता-खिला चेहरा सूर्य के प्रकाश में चमक उठा। खुले हुए काले बिखरे बाल हवा में लहरा रहे थे। गीले तलवे तथा धूप से चमकते हुए पैरों की पायल ताल दे रही थी। पास ही में मूली रखी थी और दाँत मोतियों जैसे चमक रहे थे। यह लड़की कौन है? कौन हो सकती है? मैंने अपनी कलम उठा ली।

"नहीं, नीचे रखो अपनी कलम! क्या तुम्हें मेरी बात समझ में नहीं आई? मुझे अपनी कहानी में पिरोने की कोशिश मत करना क्योंकि वह तुम्हारे लिए संभव नहीं।"

"मैंने यह कहाँ सोचा कि तुम्हें अपनी कहानी में पिरो दूँ। मैंने तो यह सोचकर कलम उठाई थी कि जहाँ से लिखना छोड़ा है, उसे जारी रखूँ।"

"ओहो! देखो तो तुम्हारे झूठ को। क्या मैं तुम्हारी चाल नहीं समझती? मैं कहती हूँ कि मेरा पीछा छोड़ो। तुममें से कोई यह नहीं जानता कि मैं कौन हूँ, कैसी हूँ? इसलिए मेरे अस्तित्व को नगण्य बनाने के लिए बड़े ही निरर्थक नाम मुझ पर थोपते हो। वही जो मैं कह रही थी—श्रीहीना, अपने-आपको बड़ा ज्ञानी समझने वाली, वह-यह आदि।"

"आ"....।"

"फिर चुप रहो। कलम को नीचे रखो। मत लिखो। बेकार मेहनत क्यों कर रही हो?"

मैंने कलम को मेज़ पर रख दिया। कैसी आवाज है! वर्षों की, की गई साधना की मिठास भरी है। बड़ा स्नेह भरा व्यवहार! पर फिर भी उसने एक बार भी वह रसीली मूली खाने के लिए मुझे न दी। वह क्या कोई जादू भरी मूली है। इतनी देर से वह उसे खा रही है, पर अब भी उतनी की उतनी ही है! या यह संभव है कि यदि मैं यह मूली खा लूँ तो मैं भी उसी के समान हो जाऊँगी? बिलकुल स्वतंत्र, बेनाम, घने-खुले बाल, चमचमाता गीला बदन, कजरारी निडर आँखें, बिना सिली एक गाउन तथा पैरों में छनकती पायल!

कैसा अद्‌भुत रूप? मैंने उसे ध्यान से देखा।

"नहीं-नहीं मैं तुम्हारे विषय में लिखने वाली नहीं हूँ।" मैं बोली।

"बहुत अच्छा है क्योंकि जब लोग लिखने की सोचते हैं तो उसी क्षण सभी के सोचने का ढंग एक समान हो जाता है।"

"तुम किसकी बात कर रही हो?"

"आमतौर पर सभी के विषय में। उदाहरण के लिए इन पुरुषों को देखो।"

क्या?"

"तुम्हारे संसार में रहने वाले पुरुष बड़े अजीब हैं।"

"वह कैसे ?"

कितने हठीले हैं। क्या तुमने कभी उनके हठ पर गौर किया है? एक ओर तो ये कहते हैं कि उन्हें स्वतंत्र चिन्तन वाली औरतें ही प्रिय हैं। पर अगर ऐसी किसी स्त्री से सामना हो जाए तो पीछे हट जाते हैं। इन पुरुषों का अहंकार ही मानों उन्हें पीछे धकेलता है। यदि कोई स्वतंत्र और आत्मविश्वास वाली लड़की उनके संग रहकर जीवन बिताने का निर्णय लेती है, बस उसी समय उनका सारा आवेश मानों हवा हो जाता है।"

"ओ···।"

"अन्त में जब वह लड़की उनसे अलग हो जाती है, तभी वे उसका महत्त्व और उसकी कसक को समझते हैं। उसके चले जाने के बाद।"

"वह···अरे! भूल गई! वह क्या नाम है?" कहकर पूछा।

"मैं नहीं जानती।"

"ओ। अब याद आया···उर्वशी!"

"सच कह रही हो?"

"इसमें क्या सन्देह है? अगर वह उसका प्रेम प्राप्त करना चाहती है तो कभी न मिलने वाली प्रेयसी के समान ही उसे उसके जीवन से निकल जाना होगा। तभी वह इस गौरव को प्राप्त कर सकेगी। उर्वशी होने का गौरव!"

"माफ करना···तुम मतलब क्या तुम उर्वशी हो?"

वह खिलखिलाकर हँस पड़ी। चाँदी के घुँघरुओं की रुनझुन जैसी उस हँसी को सुनकर पेड़ पर बैठे पक्षियों ने अपने पंख फड़फड़ाए और आकाश में उड़ गए।

"देखा?" कहकर वह फिर हँसी, "मैंने कहा था न कि तुम भी एक नाम देकर मुझे उसमें बन्द कर देना चाहती हो?"

उसकी आँखें शरारत से नाच उठीं और उसकी हँसी के स्वर फिर आकाश में गूँज उठे। बिना किसी चिन्ता के अपने-आपको भूलकर हँसने वाली ऐसी लड़की मैंने आज तक नहीं देखी। उसकी हँसी ने मुझे भी उसके साथ हँसने पर विवश कर दिया। यहाँ तक कि जोर से हँसने के कारण मेरे कंधे हिलने लगे।

"हे भगवान! यह हँसी तो रोके नहीं रुकती।" मैंने सोचा।

"क्या हुआ?" मेरे बिस्तर के चारों ओर खड़े चेहरे घबराकर मुझे देख रहे थे।

"कुछ नहीं···कुछ भी तो नहीं।"

उन चेहरों पर चिन्ता की रेखाएँ और गहरी हो गईं।

"पर हमने तो सुनी।"

"क्या?"

"तुम नींद में जोर-जोर से हँस रही थीं।" वे सब सचमुच परेशान थे। मैं उठकर बैठ गई। फिर हँसी आई। रसीली लाल रंग की उस मूली को दाँतों से काटकर खाने के लिए मन ललच उठा।

तेरहवीं के बाद

घर पहुँचते ही सबसे पहले मेरी दृष्टि उस पर पड़ी। आँगन के बीचों-बीच आड़ी-तिरछी पड़ी लकड़ियों से निकलता धुआँ सर्प-सा चक्कर काटता ऊपर उठ रहा था। उसको घेरे पुरुषों का जमघट था। चुप्पी वातावरण को बोझिल बना रही थी। भीड़ में से अपने को अलग कर मामा मेरे निकट आए।

"बहुत देर कर दी बेटी, बहुत देर, जीजाजी और प्रतीक्षा न कर सके।" मेरे दोनों हाथों को अपने हाथों में लेकर धीरे-से उन्होंने कहा। रुमाल से अपनी रुलाई को रोकते हुए वे सिर हिला उठे। मुझे छोड़ वे फिर से उस समूह में जाकर एक कोने में खड़े हो गए।

मैंने अन्दर प्रवेश किया। मौन साधे एक और भीड़ वहाँ जमा थी। औरतों की भीड़। मुझे देखते ही उनमें से कुछ सिसकियाँ भरने लगीं—"हाय! इस बेचारी की किस्मत में उन्हें जीवित देखना न लिखा था!" कुछ ने कहा।

बुआ मुझसे लिपटकर रोने लगीं। मुझे लगा कि वह उस तरह रोकर एक तरह से अपने आपको धीरज बँधाने की कोशिश कर रही हैं। मैंने भी उन्हें कसकर पकड़ लिया। अच्छी तरह रो-लें। इस तरह रोने का अवसर इन्हें फिर कब मिलेगा। इन आँसुओं में अपना सब कुछ बहा दें।

"अरी देख इस तरह चला गया। हम सबको इस तरह छोड़ गया।" वे बिलख

उठीं।

नीचे ज़मीन पर पिताजी शान्त भाव से पड़े थे। उस शान्त चेहरे पर एक हल्की मुस्कान की रेखा थी। कितने अरसे के बाद चेहरे पर यह शान्ति दिखाई दे रही है—आठ महीने? एक साल? इस एक साल में इनकी आत्मा मानों इस शरीर में कैद छटपटा रही थी। यह शरीर एक ऐसा कारागार बन गया था जहाँ इन्हें हजारों यातनाएँ सहनी पड़ीं। शरीर ने प्राणों को जर्जरित कर दिया था। अब वही शरीर निर्जीव, निस्पंद हो पड़ा है। अन्त में तुमने छुटकारा पा ही लिया न पिताजी? तुमने अपने को इस पिंजड़े से मुक्त कर ही लिया? बस, बहुत झेला तुमने। विदा पिताजी, अलविदा···!

जमीन पर पड़े उस निर्जीव शरीर के पास अम्मा मूर्तिवत् खड़ी थीं। इतने महीनों से रात-दिन जिस निष्ठा से उन्होंने पिताजी की सेवा की थी उसकी थकान के चिह्न मुख पर स्पष्ट थे। खामोशी से मैंने अम्मा के कंधों को पकड़ा। मेरी ओर धीरे से आँखें उठाकर देखने के बाद उन्होंने जमीन पर पड़े पिताजी पर अपनी दृष्टि गड़ाई। कुछ औरतें उनकी तरफ देखकर हल्के स्वर में रोने लगीं। सूनी आँखों से माँ ने उनकी ओर देखा और सारा संसार मानों उनकी आँखों में डूबकर समा गया।

पिताजी को विदा करने के बाद कुछ रीति-रिवाजों तथा संस्कारों ने हमें एक प्रकार से बाँधे रखा। अनगिनत विधिविधानों तथा कर्म-कांडों में हमने बड़ी ही कृतज्ञतापूर्वक आश्रय पाया। परिस्थितिजन्य स्वतंत्रता में मैं कुछ दिनों तक उन्मुक्त भाव से विचरण करती रही। अस्तव्यस्तता की सुखानुभूति में मैं बिखरे बाल, सूना माथा, बेरंगी हुई पुरानी साड़ी में इधर-उधर घूमती रही। इस शोकाकुल घेरे में एक सुख था। इस सुस्ती, ढीलेपन में एक चैन था। मैं इस घेरे में जितनी देर चाहूँ चुप्पी साधे रह सकती थी, जितनी फूहड़ता से चाहूँ कपड़े पहन सकती थी। चेहरे पर मुस्कुराहट का होना आवश्यक न था, न शब्दों में मिठास घोलकर बोलने की जरूरत थी, न ही बातों में बुद्धिचातुर्य की। मैं घंटों मुँह लटकाए रह सकती थी। लोगों की पागल भीड़ के सामने जो समय काटने के लिए शब्दों से औपचारिकता निभा रहे थे, मैं आँख चुराकर निकल सकती थी, मौन-धारण किए मैं इन सबसे बच सकती थी। हे ईश्वर! इस लापरवाही में कितना सुख है। इस पर मेरा अधिकार था। यह मेरी कमाई थी कि मैं अपने को पूर्ण रूप से उन्मुक्त कर इस तरह समेट लूँ— कुछ दिनों के लिए।

किन्तु केवल कुछ दिनों के लिए ही। दसवीं तक। दसवीं के बाद तेरहवीं सम्पन्न हुई और इस तरह मृत्यु संस्कार पूरा किया गया। घर में फिर से जीवन का मंगल रूप लाने का प्रयास। जीवन की गति फिर तेज हो गई मानो—बदला ले रही हो। उसने अपने कर्मक्षेत्र में इस शक्ति से हमें खींचा कि न चाहते हुए भी हमें उसमें शामिल होना पड़ा। कुछ दिनों से हम विधिविधानों के कारण मृत्यु के बहुत करीब होकर जी रहे थे। अब फिर हमें इस सीधे-सादे जीवन के सुख से वंचित होना पड़ेगा, अपने-आपको दुःख, पीड़ा-जैसी भावनाओं की सहज अनुभूति में डूबने के अधिकार से अलग करना पड़ेगा।

शोक संतप्त होने के स्वाभाविक अधिकार को खोना होगा। क्या ही अल्पकालीन स्वतंत्रता है! हमें जीवन प्रवाह और जीवन को बोझिल बनाने वाले शब्दों की ओर खींचा जा रहा था। उस भँवर में, जहाँ हम जीने का प्रयास करते हैं, इस तरह के अभिनय में जो यह बता रहा हो कि देखो हम जी रहे हैं, देखो····।

"यह क्या रोनी सूरत बना रखी है। क्या कोई अच्छी रंगीन साड़ी नहीं पहन सकतीं?" एक अधेड़ महिला बोली।

'अब मैं क्या कहूँ। कहना तो नहीं चाहती थी पर इस तरह रहना मंगलकारी तो नहीं लगता ना! माना, पिताजी चल बसे, पर अपना सब काम निपटा, नाती, पोतों की सूरत देखकर ही तो गए हैं। अब और कितने दिन तुम इस तरह।'····कुछ और आवाजें।

"शुक्रवार के दिन भी यह क्या सूरत बना रखी है? हाथ-मुँह धो, माथे पर बिन्दी लगाकर यह फूल बालों में लगा ले। अरी जानती है, इसके माथे पर बड़े आकार की बिन्दी तो बिलकुल अंगार जैसी दहकती दिखाई देती है। कोई देखे तो बस देखता ही रह जाए!" प्रशंसा के शब्दों से वह शायद मुझे खुश करने की कोशिश कर रही थी। तेरह दिन परछाई के समान मेरे साथ सदा रहने वाले पिताजी जीवन की इस तेजगति को देख मानों भागकर कहीं अदृश्य हो गए।

उसके बाद कई तेरह दिन बीते। पहले मैसूर और फिर दिल्ली में। उस दिन लोगों के आग्रह के कारण मुझे एक छोटी बैठक में जाना पड़ा। बहुत दिनों के बाद उस दिन अपने-आपको एक विशिष्ट समूह में पाया। पूरे कमरे में विदेशी सेंट की भीनी महक फैली थी। उस महक में समाई थी लोगों की बातें, हँसी के स्वर, औपचारिकता, बड़ी ही कलात्मकता से चुने गए वस्त्र और उनके अन्दर के शरीर जो गर्व से बल खा रहे थे।

"हलो! अरे तुम तो बहुत दुबली हो गई हो, पर क्यों? तबीयत तो ठीक है ना···क्या? तुमने क्या कहा, ओ गॉड !आइ एम सो सॉरी, रियली! हाय! तुम्हें देखे तो छः महीने हो गए। इतने दिनों तक कहाँ छिपी थी जो अब बाहर निकली हो। ओह। मुझे पता लगा। मेरी हार्दिक संवेदनाएँ। पिताजी की उमर क्या थी?"

"च्···च् ···वेरी सेड!"

"हैलो डियर, किसी ने बताया कि तुम आ गई हो। आंधे घंटे से इस भोड़ में मैं तुम्हे ढूँढ़ रही हूँ। हाउ आर यू? दिल्ली कब लौटीं?"

"दुखद समाचार सुना। माइ सिनसियर कन्डोलैन्सस।"

"हाय ओल्ड गर्ल। कब आईं? इस शनिवार को क्या कर रही हो? मिलें?"

पास रखे सोफे पर बैठकर मैं जूस की चुसकियाँ लेती रही। मैं मुस्कुराई। सिर हिलाकर हामी भरी। "हाँ, हाँ बिलकुल!" मैंने कहा। मैं जोर से हँसी और मानों एक गुड़िया बन गयी। एक गुड़िया! बातों में रुचि जताने के लिए अपनी आँखों में चमक लाने का मैंने पूरा प्रयास किया। अपना पूरा ध्यान बातों में लगाया। मैं फिर हँसी। पूरा कमरा मेरी हँसी से भर उठा। बड़ी आसानी से मैं उन्हें खुश कर सकती थी। कितनी

सरलता से मैंने उन्हें भुलावा दिया था। मैंने उन आँखों में बढ़ती उत्तेजना देखी। उस जाने-पहचाने उन्माद को पहचाना जो चोरी-छिपे उन आँखों में समा गया था। एक साधारण अशिष्ट प्रकार का उन्माद।

"आह इस औरत को कार में पास बैठाकर दिल्ली से तीस-चालीस मील दूर एक लम्बी ड्राइव पर जाना चाहिए। अपनी बगल में इस गुड़िया को बैठाकर। बस केवल हम दोनों और तेज रफ्तार से भागती कार। मेरा दिल खुशी से भर जाएगा और मेरी आत्मा इसके सामने खुल जाएगी। एक बार और उससे पूछूँ? कहीं हमेशा की तरह इनकार न कर दे। या फिर इस समय हाँ ही कर दे। आज जब दुःख से बोझिल है और शोक ने कमजोर कर दिया है····शायद हाँ कर दे।"

गुड़िया मुस्कुराती, सिर हिलाती, जूस के घूँट भरती रही। कमरे के एक कोने में पिताजी के शरीर ने झिझकते हुए परछाई का रूप धारण किया और फिर वहाँ से भाग खड़ा हुआ। गायब हो गया।

मैंने पूरे कमरे में दृष्टि दौड़ाई। कमरा बड़े ही सुरुचिपूर्ण ढंग के सूट-पैंट और साड़ियों में लिपटे लोगों से भरा था। कपड़ों के अन्दर शरीर बड़ी ही लचक से डोल रहे थे। शिकारी शरीर जो अपने स्वामी के लिए शिकार की खोज में इधर-उधर भटकता है। स्वस्थ हृष्ट-पुष्ट शरीर जो बिना किसी शिकायत के अपने स्वामियों के अर्थहीन लक्ष्य के पीछे दौड़ने में साथ निभाते हैं।

शरीर लचीले, आज्ञाकारी! कपड़ों के अन्दर वे शरीर हल्के-फुल्के से इधर-उधर घूम रहे थे। आज! किन्तु एक समय ऐसा आएगा जब यह शरीर बहुत भारी हो जाएगा। यही शरीर एक असहनीय भार के नीचे दब जाएगा। चाहे इसके अंग सड़ने-गलने लगें, किन्तु यह, आत्मा को अपने लौह पिंजड़े में बन्द कर उसे कठोर दंड देगा। यह शरीर हमें घुटने टेकने पर मजबूर कर देगा। हम इसके सामने गिड़गिड़ाएँगे—"मुझे कृपा कर जाने दो। मुझे मुक्ति दो, मैं तुमसे भीख माँगता हूँ। मैं जीवित नहीं रहना चाहता।"

"हलो।"

"हाय!"

"तो फिर शनिवार को मिलते हैं?"

दबी-सी आवाज मेरे कानों में पड़ी। लगा जैसे भँवर के बीचों-बीच से आ रही हो। सुन्दर, सुसज्जित शरीर जीवन का प्रतीक बनकर अपने-अपने लक्ष्य लिए मेरे चारों ओर चक्कर काट रहे थे। वे मेरे चारों ओर थे। इससे कोई छुटकारा नहीं। किसी के लिए भी नहीं। उसके लिए भी नहीं, जो इस गुड़िया को अपनी बगल में बैठाकर एक लम्बी ड्राइव के लिए ले जाना चाहता है और वह गुड़िया जो इन सबसे हैरान व घबरायी सी है। कोई छुटकारा नहीं। जब तक कोई इस कमरे के बीचों-बीच सुलगती हुई कुछ लकड़ियाँ नहीं फेंकता, धुआँ छोड़ती लकड़ियाँ।

जरा सोचो तो

"अब इनसे कहने-सुनने के लिए रह ही क्या गया है? क्या यही सोचकर तुम मुझसे अलग रहने लगी हो?"

....

"क्या तुमने मुझे राक्षस, अनाड़ी समझ रखा है?"

....

"मैं भी तुम्हारी इच्छाओं, तुम्हारी कामनाओं, लक्ष्यों और विचारों को समझता हूँ।"

....

"विवाह जैसे बन्धन में गाँठे पड़ सकती हैं। पर इसका यह अर्थ तो नहीं कि तुम इस प्रकार के ऊटपटाँग नतीजे पर पहुँचो! प्लीज, मेरी भूलों को अब माफ भी कर दो।"

....

"तुम्हीं सोचो, ठंडे दिमाग से सोचो! अगर मैंने तलाक के लिए हाँ भी कर दी तो मुझसे अलग होकर तुम ऐसा कौन-सा तीर मार लोगी।"

....

"साहब आपके लिए कुछ और लाऊँ? फिंगर चिप्स? एक पॉट गरम कॉफी?"

....

"क्या ?"

....

"पूछ रहा था साहब कि एक पॉट काफी लाऊँ और साथ में खाने के लिए कुछ।"

....

"मैं खा चुका हूँ।" कहते हुए उसने मेज पर पड़ी प्लेट को देखा—बचे-खुचे कुछ दोसे के टुकड़े पड़े थे। "ठीक है फिंगर चिप्स के साथ-साथ कटलेट भी ले आओ, और हाँ, एक गरम पॉट काफी भी।" वह बोला। "जी अभी लाया।" कहकर जाते हुए वेटर की पीठ की ओर देखते हुए वह बैठा रहा। फिर पैंट की जेब से सिगरेट का पैकेट निकालकर एक सिगरेट जलाकर कश भरने लगा। कुर्सी पर जरा-सा आगे खिसकते हुए सिर को सामने झुका फिर उसने दबे स्वर में कहना आरम्भ किया—"मैंने तुम्हें पूरी छूट दे रखी है। नौकरी करने की, अपनी इच्छा से सजधज कर सहेलियों के साथ घूमने फिरने की और तुम्हें क्या चाहिए ?"

उसने मुस्कुराते हुए कहा।

"कहो, मुझसे कहने में कैसा संकोच ?"

....

"हम''''फिर बेकार में तलाक की बात ही क्यों ? हम दोनों हमेशा की तरह ही मिलकर एक साथ ही क्यों न रहें ?"

....

'ठंडे दिमाग से सोचो। तुम्हारी समझ में सब कुछ आ जाएगा।"

....

सिगरेट का एक गहरा कश भरते हुए उसने मुँह से बाहर निकाला। धुएँ के बादल उसके चेहरे पर छा गए। उस धुएँ के परदे से झाँकते हुए उसे ऐसा लगा कि आसपास अन्य टेबलों पर बैठे लोग उसे ही कनखियों से देख रहे हैं। फिर एक कश भरकर उसने चारों तरफ धुआँ फेंका। धुएँ के बीचों-बीच उसे हल्की-सी कुछ परछाइयाँ नजर आईं।

सूनी आँखों में उपेक्षा समेटे उसका वह चेहरा ! कितनी ही बेरहमी से उसे मारने पर भी उन आँखों से आँसू की एक बूँद तक नहीं छलकती। पैनी आँखें मार खाने के बाद चुपचाप उसे एकटक घूरतीं। छिः यह औरत किस मिट्टी की बनी है ? यह सोचकर कि यदि उसे मारूँ तो प्रतिक्रिया में वह भी मुझ पर हाथ उठाएगी, फिर सारा दोष आसानी से उसके मत्थे मढ़ सकता हूँ, सोचकर मारने जाता हूँ तो वह मेरे तने हाथ को कसकर पकड़कर उसे परे झटक देती है और उसी दृढ़ता से मुझे ढकेलकर कमरे से बाहर हो जाती है। उसकी आँखों में वही उपेक्षा और तिरस्कार के भाव घिर आते हैं। लगता है कि वे घूरती आँखें मुझे ताना दे रही हैं।

"मुझे तुमसे क्या लेना-देना।" और उसके बाद फिर वही मौन और चुप्पी जो उसे

झिंझोड़कर रख देती थी और क्रोध से वह आग बबूला-सा हो जाता। आम औरतों जैसी क्या इसकी आँखों से आँसू नहीं बह सकते? हाय-हाय कहकर चांख-चिल्ला नहीं सकती? 'मुझे माफ कर दो!' कहकर वह बिलख नहीं सकती?

पर ये सब बातें उसके लिए मानों कोई मायने ही न रखती थीं। अपने आगामी जीवन का एक ब्लू-प्रिंट बना, वह तो न जाने कब उसके हाथों से निकल चुकी थी। आगे पढ़ने के लिए हॉस्टल में जगह ढूँढ़, तलाक के लिए अपने माता-पिता को राजी कर, सगे-सम्बन्धियों की हमदर्दी ले, अपने लिए एक अच्छे वकील का इन्तजाम कर, अपने मित्रों-ऑफिस के सहयोगियों की सहायता ले वह सबकुछ ठीकठाक कर चुकी थी। अपनी हर समस्या का समाधान ढूँढ़ने में उसकी आत्मशक्ति कहीं भी लड़खड़ाई नहीं। उसके हर काम, हर शब्द से बुद्धि-चातुर्य टपकता। हर स्थिति में आत्मसम्मान बनाए रखने की उसकी शक्ति को देखकर वह खीझ से भर उठता था। एक प्रगाढ़ आत्मविश्वास लिए वह अपने काम में विनम्र भाव से लगी रहती। उसके उस शान्त स्वरूप को देखकर उसका मन करता कि मार मारकर उसका कचूमर बना दे। जो भी वह कमा कर घर लाती, वह उसे उड़ा देता और जब घर पर रहती तो उससे कमरतोड़ काम करवाता। उसके माता-पिता और मित्रों की बेइज्जती करने में जरा नहीं चूकता। उसके हर काम में मीनमेख निकालना, डाँटना, फटकारना उसकी आदत-सी बन चुकी थी। पर इन सबके बावजूद कैसी ढीठ थी वह, बड़ी हिम्मत और धीरज से उसने तलाक का सारा इन्तजाम कर लिया।

"साहब!"

"हुम।"

"यह लीजिए कटलेट, फिंगर-चिप्स और गरम कॉफी।"

"हाँ बस!"

छुरी से कटलेट के टुकड़े कर काँटे से उसने उन टुकड़ों को मुँह के अन्दर रखा।

"मैं तुम्हारा कोई दुश्मन तो नहीं। जो भी हो तुम्हारा पति हूँ। तुम एक बार अच्छी तरह से सोचकर तो देखो!"

....

"क्या मैं नहीं चाहता कि तुम जीवन में तरक्की करो।"

....

"मैं तुम्हें खुश देखना चाहता हूँ और एक तुम हो कि उसका मौका न देकर मुझसे पीछा छुड़ा रही हो। अब मैं क्या कर सकता हूँ?" फिंगर चिप्स को सॉस में डुबोकर मुँह में रखते हुए उसने कहा। गरम कॉफी को प्याली में उड़ेलकर चुसकी ली। "मेरा कहना मानो। तुम चाहो तो अब भी मामला सँभल सकता है। अदालत में दिए गए तलाक के कागजात वापस ले लो। पति-पत्नी के बीच सैकड़ों मन-मुटाव होते हैं। यही तो इस बन्धन को और मजबूत बनाते हैं। तुम एक पढ़ीलिखी लड़की हो। जो कुछ हो गया उसे

भुलाकर क्या तुम मुझे माफ नहीं कर सकतीं। देखा तुम्हारी हँसी में ही स्वीकृति स्पष्ट झलक रही है।"

....

"जानता हूँ, अच्छी तरह जानता हूँ। तुम्हें अक्ल आ जाएगी और तुम डाइवोर्स जैसे शब्द से मुझे हँसी का पात्र न बनाओगी। मुझे तुम पर पूरा विश्वास है।"

....

"साहब"

"क्या है?"

"और कुछ खाएँगे?"

"अरे। तुम मेरा दिमाग क्यों चाट रहे हो, मैंने तुमसे कुछ माँगा है क्या?"

"नहीं साहब टेबल पर सारी प्लेटें खाली पड़ी हैं इसलिए…।" "इसका यह मतलब तो नहीं कि आर्डर पर आर्डर देता रहूँ। या फिर, क्या तुम मुझे इस होटल से बाहर खदेड़ना चाहते हो?" कहते-कहते उसका स्वर कुछ बदल गया। इतनी देर तक धीमे स्वर में बोलने वाले की आवाज ऊँची हो गई। इर्दगिर्द टेबल पर बैठने-वालों में से कुछ लोगों की घूरती दृष्टि का उसे अनुभव हुआ। "नहीं-नहीं साहब, माफ कीजिए। मैं क्यों आपको निकालूँगा। इतनी देर से आप अकेले ही बैठे बातें कर रहे थे। सो सोचा एक कोल्ड ड्रिंक ला दूँ।"

बिल चुकाने के लिए उसने पर्स निकाला। सामने खाली पड़ी जगह पर एक दूसरा आदमी हड़बड़ाता हुआ आकर बैठ गया। कुछ आर्डर देकर घड़ी की तरफ देखते हुए आदेश भरे स्वर में वह बोल उठा—"जल्दी लाओ।"

बिल चुकाकर वह उठकर चल दिया। जाते हुए इस आदमी को वह वेटर कुछ देर तक देखता रहा फिर ठहाका मारकर हँस पड़ा। चारों तरफ टेबल पर बैठे लोगों में से कुछ ने उसकी हँसी में साथ दिया और एक-दो भौंहें तिरछी कर बिना हँसे कुछ सोचते बैठे रहे। कुछ लोगों ने अपने कंधे झटकाए और फिर अपना ध्यान प्लेटों पर लगा दिया।

वह मुस्कान

"खीर क्यों? क्यों न शार्ट या एंजल केक और ऊपर से वेनिला आइसक्रीम! वाह!" उसने कहा।

"आइसक्रीम! जनवरी की इस ठिठुरती सर्दी में आइसक्रीम?" मैं बोल पड़ी।

"अन्दर कैसी ठंड? हीटर जलाकर बड़े आराम से बैठेंगे।"

"जो भी हो, इस मौसम में सबको आइसक्रीम नहीं भाती इसलिए सोच रही हूँ कि गरमागरम खीर ही क्यों न बनाऊँ!"

"ठीक है यह भी अच्छा आइडिया है। फिर मेनू में और क्या-क्या है?" उसने पूछा। "हमेशा की तरह सूखी सब्जी, रसदार सब्जी साम्बर, मसाले वाले चावल सलाद····।"

"इश्! सलाद का नाम सुनते ही इस सर्दी में दाँत किटकिटाने लगते हैं। क्या करें? इस दिल्ली में किसी को खाने पर बुलाओ तो टेबल पर सलाद तो सजावट का मुख्य अंग हो गया है।"

"बस गाजर, ककड़ी, टमाटर और मूली काटकर रख दूँगी। अच्छा लगे तो खा लेना।" कहते हुए मैंने अन्य कामों में ध्यान लगाया।

एक सीमा तक तो खाने की योजना हमीं पर निर्भर रहती है। किन्तु जिस दिन

खाने पर बुलाया था उस दिन तो····क्या दिन था ! हमेशा आने वाले रसोइए ने उस दिन खबर भिजवा दी कि उसकी तबीयत ठीक नहीं है। वह आ नहीं पाएगा। जैसे मानों पहले से उसने सोच रखा हो। ऐन मौके पर पहले भी वह ऐसा कर चुका है। उफनते गुस्से को मन ही मन दबाकर मैंने सोचा कि क्रोध से तो कुछ हो नहीं सकता। जो भी हो मैं ही खाना बना लेती हूँ। अपनी-अपनी व्यस्तता के बावजूद सभी ने खाने का निमंत्रण स्वीकार किया था। अब इसे रद्द करना भी उचित न होगा यह सोचकर मैं चुप रही। किन्तु मुश्किल इतने से ही खत्म न हुई। उस दिन रोज के छोटे-मोटे काम करने वाला भी नहीं आया। किराने का सामान, सब्जी, फल आदि की एक लम्बी लिस्ट बनाकर उनकी राह देखते-देखते मुझे लगा कि सर फोड़ लूँ। अब यह सब भी मुझे ही करना होगा। हे भगवान !

यह सब तभी संभव है जब मैं दफ्तर से आधे दिन की छुट्टी ले लूँ। पर उस दिन ऑफ़िस में भी ! क्या यही दिन मिला था ? एक के ऊपर एक काम आते गए। काम की व्यस्तता में खबर ही न हुई कि सुबह का समय कैसे निकल गया। आधे दिन की छुट्टी लेने के बाद भी इन बचे हुए कामों को पूरा करने में बाकी दिन भी निकल जाएगा। यह कैसा मजाक है ! मेरे कंधे दुख रहे थे। पैर मारे ठंड के ऐंठ रहे थे। तीन बजने वाले हैं। मुझे तो चुल्लू भर पानी में डूब मरना चाहिए। छुट्टी लेने के बावजूद इतनी देर तक····भाड़ में जाए यह दफ्तर ! न निकलने पर काम न बनेगा। सोचकर चोरों की भाँति किसी तरह वहाँ से बाहर निकली।

बाहर खड़ी की गई कार के शीशों पर हल्की ओस की परत पड़ी थी। उस दिन को कोसती हुई कार के अन्दर से फलालैन के कपड़े को लेकर मैंने कार के शीशों को पोंछा। अन्दर स्टीयरिंग के सामने बैठ मैंने ऊपर लगे शीशे को ठीक किया। उसमें मेरा रूखा-सूखा, झुंझलाया चेहरा दिखाई दिया। आँखों में एक बेचैनी थी। कार को स्टार्ट करते समय अचानक कंधों में एक दर्द उठा, यहाँ तक कि मैं गीयर भी न डाल सकी। यह निर्णय न ले सकी कि यह थकान मेरे शरीर की है या आज के इस दिन की है जब हर काम में कोई न कोई अड़चन आ रही थी। कार सड़क पर दौड़ने लगी।

बाजार की जानी-पहचानी हलचल कानों में पड़ी। यह-वह करते जरूरी चीजें लेकर जब सामान को थैले में रखा तो थैला भारी हो गया। कुछ और भी चीजें लेनी थीं। खैर, जाने दो पहले खाना बनाना शुरू कर दूँ, तभी काम पूरा हो पाएगा। यह निश्चय कर मैंने गाड़ी स्टार्ट कर दी। मेन रोड से निकलकर कॉलोनी की एक गली में मुड़ी। उन संकरी सड़कों पर गाड़ी चलाते समय अचानक मेरा ध्यान एक छोटी-सी सब्जी की दुकान पर गया। एक विशाल वृक्ष के नीचे एक सीमेंट की अर्द्ध गोलाकार जगह। वहाँ एक आदमी ने सब्जियाँ फैला रखी थीं। पेड़ के नीचे एक छोटा-सा संसार ! फिर भी हरी सब्जियों के बीच ताजे टमाटर और पत्ता गोभी की चमक आँखों में समा गई। ठीक है, जो नहीं लिया है वह यहीं खरीद लेती हूँ। यह सोचकर गाड़ी एक ओर

खड़ी कर मैं उतरी।

दुकानदार एक बाल्टी में से ठंडा पानी निकालकर सब्जियों पर पानी के छींटे मार रहा था। उन भीगी, हरी-ताजी सब्जियों को देखकर लगा कि मानों ठंड और अधिक हो गई है। शरीर में एक फुरहरी-सी दौड़ गयी।

"हाँ...ले लो ताजी गोभी, भिंडी, टमाटर...।" चारों ओर देखते हुए वह सब्जीवाला आवाज लगा रहा था।

मैंने नरम हरी सलाद उठाई। उसे छूते ही हाथ ठंड से सिकुड़ गए। फूल गोभी भी ली। पानी के छिड़काव के कारण उसमें से भी पानी चू रहा था। छूते ही ठंड से हाथ काँप उठे।

मैंने अपनी शॉल को और कसकर लपेटा। मूली भी नरम मालूम पड़ीं। उनमें से भी चार चुन लीं। "इन सब को तोल दो और बताओ कितने पैसे हुए?" मैंने उस दुकानदार से कहा। पास से आ रही बिसूरने की आवाज सुनकर वह मुड़ा। उसके पीछे ठंडी सीमेंट के चबूतरे पर एक बच्चा बैठा था। बच्चे की उम्र लगभग सवा साल या दो साल के बीच की होगी। गन्दगी से भरा चेहरा, सर्दी, जुकाम के कारण बहती नाक। बच्चे ने केवल एक कमीज पहन रखी थी। बिना चड्डी के उस सीमेंट पर बैठा वह एक चिकने पत्थर के टुकड़े और छड़ी से खेल रहा था। उस आदमी की ओर देखकर वह बच्चा धीरे से पिनपिनाया। बच्चे की ओर देखकर उसने 'बाबा!' कहकर पुकारा।

"बाबा को क्या चाहिए?" उसने हिन्दी में पूछा। उत्तर में उस बच्चे के मुँह केवल 'आ ऊ, आ ऊ' की आवाज निकली।

"भूख लगी है?" तराजू में मेरी चुनी गई सब्जियों को रखते हुए उसने पूछा। हामी भरते हुए बच्चे ने फिर जोर से सिर हिलाया। तराजू में पड़े सलाद को तोल कर उसने नीचे रखा। पास में पड़ी मूलियों में से उसने एक नरम मूली ढूँढ़ी। उसे फिर बाल्टी में पड़े पानी में धोकर उसे हाथ से खुरचकर उसकी हरी पत्तियों को तोड़कर "ले बिटवा खा ले" कहते हुए बच्चे के हाथ में थमाया। उसे हाथ में ले वह बच्चा एक बार मूली को फिर मुझे और फिर अपने पिता को टुकुरटुकुर देखता रहा। वह आदमी बोला, "बिटवा ठंड में मत बैठ। तनिक धूप वाली जगह पर जाकर बैठ जा। यहाँ ठंड है। उधर देख अच्छी गरम धूप है। वहाँ जाकर बैठकर मूली खा।" बच्चे ने सिर घुमाकर उसकी बताई हुई जगह की ओर देखा। फिर 'हुँ' कहकर घुटनों के बल रेंगते हुए धूप वाली जगह पर जाकर बैठ गया। "हां, साबास। जा थोड़ी दूर और सरक जा।" बिना पैंट के उस ठंडे चबूतरे पर वह बच्चा रेंगता-रेंगता धूप पड़ती जगह पर जाकर बैठ गया।

"साबास बेटा!" पिता ने कहा, "अब खा!" उसको वह गीली, ठंडी मूली खाते देख मेरे दाँत किटकिटाने लगे। हाय राम! इस कड़कती सर्दी में ठंडे पानी में भिगोई हुई मूली। और वह भी दुधमुँहे बच्चे को। यह छोटा-सा बच्चा अपने नन्हें दाँत और कोमल मसूढ़ों से यह तीखी मूली कैसे चबा पाएगा?

बच्चा बड़े स्वाद से दो नन्हें दाँतों से वह मूली खाने लगा। उसका सारा ध्यान उस मूली पर था।

अब मेरी ली हुई फूल गोभी को तराजू में रखते हुए सब्जीवाला, "बाबा मूली अच्छी है ना? बिटवा को अच्छी लगी ना। एक और दूँ!" बड़े दुलार भरे स्वर में पूछकर फिर तराजू की तरफ मुड़ा।

"हुम हुम" कह खुशी से सिर हिलाता हुआ बच्चा अपने पिता को देख हँसा। चेहरा एक मोहक मुस्कान से खिल उठा। उसकी वह हँसी कहीं दिल को छू गई। नन्हें हाथों में मूली लिए उसने मेरी तरफ एक नटखट दृष्टि डाली। मैं मंत्रमुग्ध-सी खड़ी उस बच्चे को देखती रही। बच्चे के बैठे स्थान पर सूर्य की किरणें पेड़ों की पत्तियों और डालियों से छनकर बिखर रही थीं। प्रकाश की किरणें मानों उस बच्चे को नहला रही थीं। स्वर्णिम आभा लिए वह बच्चा उस सुनहरे गोलाकार के बीचों-बीच बैठा एक मनमोहक भोली मुस्कान चारों तरफ फैला रहा था। एक अनोखे, अपूर्व सौन्दर्य से भरी थी वह मुस्कान। न जाने कितने समय से मेरे अस्थिपंजर में कैद छटपटाहट, वेदना व जकड़न जो मुझे दबा रही थी अचानक खुल गई। मुझे लगा कि मेरे प्राणों का पंछी अपने पंख फैला अनन्त गगन में उड़ रहा है। उन्मुक्त भाव से!

मरिया

बड़े ही उत्साह से मेरे साथ हाथ मिलाते समय उसका पूरा चेहरा मुस्कुराहट से खिल उठा।

"तुम्ही लक्ष्मी हो ना? इंडिया से? जानती थी। मैं तो पहले से जानती थी।" वह कह उठी।

"ओ""क्या इसके पहले हम कहीं मिल चुके हैं? कहाँ? मुझे याद नहीं पड़ता।" मैंने कहा।

"नहीं, नहीं हम आज ही पहली बार मिले हैं। किन्तु मनीला में मुझे वाशिंगटन इंटरनेशनल इंस्टिच्यूट ऑफ एजेंसीज़ के कार्यालय से यहाँ आने वाले लेखकों के नामों

की सूची भेजी गई थी। उसी से मैंने अनुमान लगा लिया था कि लक्ष्मी नाम किसी महिला का ही हो सकता है। हालांकि सूची में महिला नाम का संकेत नहीं है। फिर भी देखो लक्ष्मी मेरा अनुमान ठीक ही निकला ना?" कहते हुए उसने फिर मेरे हाथों को पकड़कर हिलाया।

"मुझे भी तुमसे मिलकर बहुत खुशी हुई सलीना।" मैंने कहा।

"आक बिनालटो। सलीना आक बिनालटो। लेकिन तुम मुझे मरिया नाम से पुकार सकती हो। मेरी माँ का दिया हुआ नाम है यह।" उसने कहा। मैंने बड़े सन्देह तथा आश्चर्य से देखा। हमें मिले अभी दस मिनट भी नहीं हुए और बस इतने लघु परिचय में ही यह लड़की मुझे अपने प्रिय नाम से पुकारने के लिए कह रही है?

गोरा रंग। छोटा ठिगना कद। दो अंगुल वाली हील की चप्पल मानों उस कमी को ढँक रही थी। मुँह पर धँसी हुई दो छोटी-छोटी आँखें मानों किसी ने चीर कर दो सुराखें कर दी हों। चपटी नाक, चपटा मुँह, क्लोस क्रॉप ढंग से कटे हुए बाल। देखकर लगता था मानों कोई छोटी उम्र का लड़का हो। एक गाउन और टॉप पहने हुए थी। चपटे मुँह पर होठ गहरे चटकीले लाल रंग से पुते थे। उसे देखकर मैं मुस्कुराई और अकारण ही पूछ लिया, "तुम फिलीपिन्स के मनीला शहर में रहती हो सलीना?" "मरिया!" उसने अपनी आवाज को ऊँची करते हुए कहा, "मैंने कहा ना, मुझे मरिया नाम से पुकारो।"

"ओह''''हाँ मरिया-मरिया, ओके, चलो चलते हैं।" सकपकाकर कहते हुए मैंने हल्के से उसके कंधों को थपथपाया। आश्वस्त-सी होती हुई, वह एक बड़ी बस की ओर चल पड़ी। बस में पास ही बैठी वह बिना रुके न जाने क्या-क्या कहती रही। उसका बोलना बन्द न हुआ। 'ठीक है, बोलने दो, मेरी बोलने की मेहनत बच गई।' सोचती हुई मैं खिड़की के बाहर दौड़ती हुई वाशिंगटन की सड़कों को देखने लगी पर बीच-बीच में उसकी बातों को सुनकर मुस्करा देती।

"जानती थी, पहले से ही जानती थी।" मरिया ने कहा।

"क्या कि लक्ष्मी एक महिला का नाम है?"

"यही नहीं। मैं जानती थी कि इस इन्टरनेशनल राइटिंग प्रोग्राम में हमेशा मर्दों की संख्या बहुत बड़ी होती है। यह जो हमारे साथ बलगेरिया की महिला हैं, यह असल में स्टेपनी हैं। यह उस बलगारियन आदमी के बदले में आई हैं, जिसको पहले-पहल चुना गया था। उसकी तबीयत अचानक खराब हो जाने के कारण इस महिला को भेज दिया गया। अगर यह भी न आतीं तो बस, मैं और तुम दो ही औरतें होतीं और बाकी पच्चीस पुरुष लेखक होते। जरा सोचो तो!" कहती हुई उसने अपनी आँखों से उस बस में बैठे पुरुषों की ओर संकेत किया। उसका कहना ठीक था। पूरी बस उस प्रोग्राम में शामिल हो रहे पुरुषों से भरी दिखाई पड़ी। उस लड़की को देखकर मेरे मन को भी एक चैन मिला।

"थैंक गॉड, तुम तो आई हो मरिया, मुझे बड़ी दिलासा मिल रही है।" मैं बोली।

"वाह! कम से कम अब तो तुमने मरिया कहकर पुकारा, गुड! गुड!" कहकर अपनी उँगलियों को मेरी उँगलियों में फँसाती हुई वह खुशी से हँस पड़ी। उसकी छोटी आँखें चमक उठीं। इस तरह एक लड़की के इतने निकट हाथों में हाथ डाल बैठे कितने साल हुए होंगे? शायद जब मैं स्कूल में पढ़ती थी। पर यह तो एक औरत है। इससे मिले एक घंटा भी तो नहीं हुआ। एक स्कूल की लड़की के समान इसका उत्साह, इसकी उमंग बड़ी अजीब है। या फिर क्या मैं ही धड़धड़ाती जल्दी-जल्दी समय से पहले ही बूढ़ी हो गई?

वाशिंगटन से एक हफ्ते का प्रोग्राम समाप्त कर हम आईओवा पहुँचे। वहाँ मेफेयर रेसिडेन्सी में अपने अलग-अलग अपार्टमेंट में रहने का जीवन शुरू हुआ। केवल पढ़ने तथा सोने के कमरे अलग-अलग थे। पर दो व्यक्तियों के बीच एक ही किचन तथा बाथरूम था। संसार के अनेक देशों से प्रतिनिधियों के रूप में आए हुए लोग इस प्रकार की व्यवस्था से बड़े प्रसन्न न थे। एक उम्र के बाद अपनी एक खास जगह के आदी हुए हममें से कुछ लोग पहले जरा हड़बड़ाए। यकायक कॉलेज विद्यार्थियों के ढंग का जीवन कुछ जँचा नहीं। हर एक देश की कल्चर, खाने-पीने, रहन-सहन का अन्तर, पर इसी तरह रहकर ही तो बाकी के तीन महीने निभाने हैं। इस सत्य ने हमें इसके दूसरे पहलू को स्वीकार करने पर बाध्य कर दिया कि दूसरे देशों की संस्कृति, रहन-सहन को सीखने का यह एक अच्छा अवसर था। धीरे-धीरे हम मेफेयर जीवन के आदी हो गए। और कोई चारा भी न था। यह आईओवा प्रोग्राम का अभिन्न अंग बन चुका था।

चूंकि उस बलगारियन महिला ने एक आईओवा दम्पत्ति के साथ रहने का इन्तजाम कर लिया, इसलिए यह तय हुआ कि मैं और मरिया एक अपार्टमेंट के दो हिस्सों में रहेंगे। मरिया खुशी से फूली न समाई। आने वाले सप्ताह में मीटिंग कॉन्फ्रेन्स, कविता-पाठ लेखन आदि की व्यस्तता ने मानों हमें जकड़-सा लिया। इस दौरान हमें कई बार आईओवा नगर से बाहर घूमने जाने का अवसर भी मिला। पहली बार हम सबको लिखने के लिए इतना समय मिला था और हमने अपने-आपको लिखने के इस एकांत विलास में डुबो दिया। इन कुछ महीनों में लिखना ही मानो सब कुछ था। देर रात, पौ फटने तक जागकर लिखना, सुबह दस-ग्यारह बजे अलसाई नींद से जागना, यह सब क्या मुझे अपने देश में मिल सकता था? जी भर के घंटों कलम घिसती रही।

रोज सुबह मैं और मरिया मिलकर कॉफी पीते। सुबह का नाश्ता भी तैयार करते। जब उसे यह मालूम हुआ कि मैं शाकाहारी हूँ वो वह याद से अपने लिए खरीदे मांस को फ्रिज के एक कोने में रखती। मैंने ध्यान दिया कि धीरे-धीरे उसने माँस-मछली आदि खाना भी कम कर दिया है। "मेरी भी बड़ी इच्छा है कि तुम्हारी तरह पूर्ण शाकाहारी बन जाऊँ।" वह कहती।

फिलीपिन्स की तगालोग भाषा में गाती हुई वह बहुत काम करती। फिर रात में

लिखने बैठ जाती।

"मरिया तुम लेखिका कब बनी?" एक दिन मैंने पूछा। "अपने घर में मैं सबसे बड़ी हूँ इसलिए मुझे अपने छोटे भाई-बहनों को कहानी सुनानी पड़ती थी। जितनी मुझे आती थीं जब वे सारी सुना दीं तो मैंने सोचा कि अब क्या सुनाऊँ? एक उपाय सूझा। कागज को स्त्री, पुरुष, बच्चे, जानवर, झाड़, घर जैसे कई आकारों में काटकर मनुष्यों के नाम देकर इन सबों के इर्दगिर्द कल्पना से छोटी कहानियों, नाटकों आदि की रचना करती। फिर उन नाटकों का मंचन करती, ऐसे।" कहकर एक कागज को देखते ही देखते सर-सर कर विभिन्न आकृतियों में काट दिया। कागज पर पेंसिल से एक रेखा तक न बनाकर केवल कैंची से ही न जाने उसने कितनी आकृतियों काट डालीं। छोटी-छोटी मानवीय आकृतियाँ, जानवर, झाड़ आदि उस कागज से बड़ी कुशलता से कटकर नीचे गिरने लगे।

"देखा?" मरिया कह उठी, "इसी तरह करते-करते कहानी रचने की आदत बन गई।"

"अच्छा! फिर?"

"फिर जब मैं बड़ी हुई····।"

"हुम?"

"जीवन में न जाने किन-किन घटनाओं से आहत होकर मैं कविताएँ लिखने लगी। कहानियों के लिए भी कई सरकारी पुरस्कार जीते।" उसने कहा। उसकी छोटी-छोटी आँखें चमक उठीं, पर दूसरे ही क्षण उसका चेहरा मुर्झा-सा गया।

"मरिया! यहाँ आए उन सत्ताइस लोगों को भी उन्हें उनके दुःख, उनकी पीड़ा ने ही लेखक बनाया होगा," मैंने कहा। अचानक उठकर उसने मुझे कसकर जकड़ लिया।

"ओह लक्ष्मी! मैं तुमसे बहुत कुछ कहना चाहती हूँ, किन्तु जब मैं तुमको सदा व्यस्त देखती हूँ तो डर लगता है कि कहीं तुम्हारा समय न बरबाद कर दूँ। तुम क्यों हमेशा आवेश में भरकर एक मशीन की तरह लिखती रहती हो जैसे कुछ समाप्त करने की बाध्यता हो?"

"मैं क्या करूँ? इंडिया में मुझे अपने लिए इतना समय ही नहीं मिल पाता। नौकरी, घर-गृहस्थी के झझंट और फिर मैं बाल-बच्चों वाली हूँ। तुम?"

"मैंने तो शादी ही नहीं की। अरे! कौन एक आदमी को लेकर रोता रहेगा। मुझे यह पसन्द भी नहीं। पर मेरे प्रेमी बहुत हैं। एक-एक का स्वाद चखकर फिर उन्हें गर्दन पकड़ बाहर ढकेल देती हूँ और फिर तब तक आजाद रहती हूँ जब तक दूसरा कोई नहीं मिल जाता," कहकर वह खिलखिलाकर हँस पड़ी।

"क्यों लक्ष्मी, तुम अचानक मौन क्यों हो गईं?" कहते हुए उसने एक सिगरेट जलाई। "तुम्हारे और तुम्हारे पति के बीच कैसे सम्बन्ध हैं?" उसने फिर प्रारंभ किया, "तुम्हारी शादी हुए कितने साल हो गए? सुना है कि कुछ साल साथ रहने के बाद

दम्पत्ति के बीच का सम्बन्ध भाई-बहन का-सा हो जाता है।" बिन ब्याही इस लड़की ने विवाह को लेकर अपने मन में कैसी विचित्र धारणाएँ बना रखी हैं। यह देखकर मैं मुस्कुरा उठी।

"अरे हाँ, मैं तुम्हें कुछ बताना चाह रही थी ना। मेरा बाप निकम्मा है, एक जुआरी। मेरी माँ यहाँ-वहाँ से जो कुछ कमाती उसे जुए और दारू में उड़ा देता। एक दिन वह मेरी माँ और हम सब भाई-बहिनों को छोड़कर भाग गया। वेश्या की औलाद! साला।" सिगरेट के कश भरते हुए उसका चेहरा मानों तन-सा गया। "मेरी माँ बिचारी! हम तीनों को पालने में उस अकेली जान ने बहुत मुश्किलें झेलीं। मैं उसकी बहुत मदद करती। उसने भी मुझे बड़ी जानकर मेरे सिर पर बड़ी जिम्मेदारियाँ लाद दीं और इस तरह बगैर बचपन के मैं बड़ी हो गई।"

सिगरेट का कश भरकर धुआँ छोड़ती हुई मरिया बताती गई, "तुम जानती हो? फिलीपिन्स में आमतौर पर हम चॉवल खाते हैं। इसलिए चारों ओर धान के ही खेत होते हैं। रोज सुबह-सुबह काम पर जाने से पहले मेरी माँ मुझसे हाँडी में चावल पकाने के लिए कह जाती। मैं पानी चढ़ा चावल धोकर उसमें डालकर घर के पिछवाड़े के धान के खेत में जा खड़ी होती।" पास रखे गिलास में पड़ी व्हिस्की के घूँट लेती वह फिर बोली, "थोड़ी देर में सूर्यास्त का समय हो जाता, सूर्य एक बड़े माल्टा ऑरेंज के समान पश्चिमी आकाश में ढल कर क्षितिज को सुनहरा कर अपार सौंन्दर्य की छटा दिखलाता।

"मॉय गॉड! कैसा सौन्दर्य होता था! छोटी उम्र में भी मैं उस सौन्दर्य में लीन होकर उसमें डूब जाती। फिर धीरे-धीरे अंधेरा छाने लगता। दौड़ कर घर पहुँचती। वहाँ पहुँचकर देखती तो····!"

"तो क्या?"

"पानी सूखकर हाँडी का चावल जल-भुनकर राख हो गया होता। माँ आती तो मुझे मार-मारकर मेरी खाल उधेड़ देती। अब भी सोचती हूँ तो दर्द होता है।" कहकर वह हो-हो कर हँस पड़ी।

"बस करो मरिया कुछ खाकर सो जाओ।"

"नो! चुप रहो। मुझे एक गिलास और चाहिए।" कहकर वह अन्दर गई और गिलास भरकर ले आई।

"जानती हो मैं क्यों हँसी लक्ष्मी? चावल को जलाने-भुनाने के कारण मेरी माँ का मुझ पर इस तरह बरसना तो लगता है न्यायोचित था, पर सूर्यास्त के एक घंटे पहले या एक घंटे बाद चावल पकाना छोड़कर मैं क्यों रोज-रोज वही गलती करती थी, यह बात समझ में नहीं आती और आज तक समझ में नहीं आई," कहते हुए उसने जोर का ठहाका लगाया।

"हुश, धीरे-धीरे, मेफेयर की सब दीवारें बहुत पतली हैं," मैंने कहा। "अस्त होते

सूर्य का सौन्दर्य कितना अद्‌भुत होता है। उसके लिए चाहे जितनी बार भी मार खाई जा सकती है।" वह बोली।

"तो उस सूर्य ने ही तुम्हें लेखिका बना दिया!" मैंने कहा।

"करेक्ट। पर जानती हो कितनी मुसीबतें झेलनी पड़ीं? जब सोलह वर्ष की थी तब माँ मर गई। यह जानकर कि मैं कमाने लगी हूँ, वह निखट्टू, वही मेरा बाप, पैसों के लिए मेरे पीछे पड़ गया।"

"छिः! इतना घटियापन!"

"सच में पीछे पड़ जाता था। उसे देखते ही मैं भागती। खेतों में हँफा-हँफा कर दौड़ाता और पीछे लगा रहता। साला! उससे बचने के लिए पानी में आदमियों और जानवरों की टट्टी पर फिसलकर भी गिरी हूँ। अपने सारे कपड़ों को गंदा कर और अपने आँसुओं को रोककर घिन से भी मैं दौड़ी हूँ।" मुझे यह सब सुनने में बड़ा कष्ट हो रहा था। "बाद में एक मामा की छत्रछाया में हमने शरण ली। मेरे कमाए छः आने को भी पी जाता था वह पिशाच मेरा मामा। घर पहुँचते ही मेरे बदन को घिस-घिसकर काम करवाने वाली एक मामी।"

"फिर तुम्हें लिखने का समय कैसे मिल जाता था?"

"अपने भाई-बहन के साथ सोने के लिए एक पुराना पलंग था। उस छोटे से कमरे में उस खाट के अलावा और कुछ समा भी नहीं सकता था। कमरे में घुसते ही सीधे पलंग पर चढ़ना पड़ता था। जमीन पर पाँव धरने की भी जगह न थी। आठ बजते ही 'बत्ती बुझाओ हम बिजली का बिल नहीं चुका सकते' कहते हुए मामा चिल्लाता। पर खुद बगल के कमरे में आराम से बत्ती जलाकर कुछ न कुछ करता रहता। ऐसी हालत में किस तरह लिखती थी, जानती हो?"

"किस तरह?"

"कमरे के दरवाजे को तनिक खोलकर रखती। फिर पेट के बल लेटकर एक दफ्ती पर कागज रख दरवाजे की दरार से आ रही रोशनी की पतली किरण में लिखकर खत्म करती।" वह बोली।

"तो यह है तुम्हारे पुरस्कारों का रहस्य!" मैं बोल पड़ी। मरिया हँस दी।

"जो भी हो, अपनी मिट्टी की सन्तान हूँ। हम गरीब बच्चे थे फिर भी साधारण खेलों से ही सन्तुष्ट हो जाते। सूगां नाम का एक ग्रामीण खेल था जिसे सीगे-सीपियों से खेला जाता है। इन सीपियों को मुट्ठी में हिलाकर लकड़ी के छोटे कटोरीनुमा आकारों में डालकर खेलते थे।" कहते हुए उसने फिर एक व्हिस्की का घूँट पिया। उसके खेल के विवरण को सुनकर मुझे अपने बचपन का पल्लांगूषी नाम का खेल याद आया, जिसे मैं खुली चमकती धूप में अपनी बाल सखियों के साथ खेलती। इस खेल में हम इमली के बीजों का इस्तेमाल करते थे। किन्तु मेरे चारों ओर होते, मेरे प्रिय नाना, नानी, माँ, पिताजी और स्नेही सम्बन्धी।"

मैंने सोफे पर टिककर अपनी आँखें मूंद लीं। कितने प्रकार के कल्चर, तरह-तरह के परिवेश और अलग-अलग समुदायों के विभिन्न जीवन मूल्य। हरियाली से भरा धान का खेत, ठंडे होते हुए, अग्नि समान अस्ताचलगामी सूर्य का मादक सौन्दर्य, उस सौन्दर्य में डूबी एक चपटी नाक गोल चेहरे वाली एक गरीब लड़की, उस लड़की पर बिना किसी दया-माया के उठते हुए उसकी माँ के हाथ, दरवाजे की दरार से आने वाली उजाले की किरणों में लिखे जाने वाले वे अक्षर, तगालोग बोली में पली वह लड़की। इतनी यातनाएँ झेलने के बाद मरिया को इस लेखिका के रूप में देखकर मैं आश्चर्य में डूब गई। मैंने आँखें खोलीं। मरिया मुझे एकटक देखती हुई सामने बैठी थी और अपने ही सिगरेट के धुएँ मंडल में वह घिरी हुई थी।

"चलो मरिया, चलो चलकर सो जाओ।"

"गुड नाइट! कहती मैं उठी।"

"गुड नाइट लक्ष्मी। बहुत देर तक मत जागती रहना, अच्छी तरह सो जाओ।" वह बोली।

"ओके" अपने सोने के कमरे में घुसते समय सहसा मैंने अपने कंधे पर मरिया के स्पर्श का अनुभव किया।

"बस इतना ही।" वह बोली।

"क्या मरिया?"

"गुड नाइट।"

अचानक मुझे जकड़कर उसने मेरे दोनों गालों को चूम लिया।

"अरे मरिया! मरिया!" मेरी हड़बड़ाहट को देखकर हँसती हुई वह अपने कमरे की ओर मुड़ गई। कैसी विचित्र लड़की है?

"मैजिकल रियलिज़्म, मैजिकल रियलिज़्म, सुनते-सुनते ऊब गया हूँ।" प्रागवे के युवा लेखक क्वीटो रोहरीक्वे अलकाला ने कहा। अन्य लेखक व आलोचक शायद पागल हो गए हैं। इसके बाद भी कि गेब्रियल गार्सिया मारक्वेज़ ने इस मैजिकल रियलिज्म में अपनी योग्यता सिद्ध कर दी है।

क्या वह काफी नहीं? उसके बाद क्यों मूढ भेड़ों की तरह उस 'हंडरेड इयर्स ऑफ सॉलिट्यिूड' के पीछे सैकड़ों बिना रीढ़ की हड्डी वाले चेले बनकर लगे हुए हैं? मौलिक चिन्तन, ओरिजिनैलिटी आदि की क्या कोई जरूरत नहीं? हे ईश्वर! क्वीटो को इस तरह भुनभुनाते देखकर मुझे आश्चर्य हुआ। आमतौर पर मितभाषी, शांत और शालीन स्वभाव वाले क्या यह वही क्वीटो हैं?

"सच कहता हूँ लक्ष्मी! मैं इस तरह का अंधानुकरण और लेखन के नाम पर दुहराई हुई वस्तु को देखकर उबल उठता हूँ। यह विज्ञान का जमाना है। इस युग में भी बात को हिम्मत के साथ सीधे-सरल-स्पष्ट ढंग से न कहकर किसी महान् लेखक की

नकल कर अपनी सामान्यता पर परदा डालने का प्रयास करते हैं छिः।" बरस उठे क्वीटो।

'इस प्रकार के नैतिक प्रश्न भूलकर भी एक-दो भारतीयों के मन में क्यों नहीं उठते?' सोचकर मेरे मन में एक ज्वार-सा उठा। क्यों इस दशक में इंडिया में हर नया लेखक (विशेषकर अंग्रेजी के क्षेत्र में) सलमान रशदी के लेखन की दयनीय नकल कर यह नाम कमा रहा है कि उसकी शैली रशदी के समान है?

क्वीटो के कथन में कितना साहस है और विचार कितने स्वस्थ हैं? हम दोनों इंटरडोम बस से उतरकर मेफ्लावर भवन तक पहुँचकर फिर अपने-अपने अपार्टमेंट की ओर चल पड़े। कपड़े बदलकर मैंने रसोई का दरवाजा खोला। वह टेबल पर बैठकर खाना खा रही थी। "हैलो मरिया जल्दी आ गई क्या?" मैंने पूछा।

"क्या हुआ मरिया, चुप क्यों हो?" उसने तड़ाक से अपने सामने रखी थाली को परे हटाया। "पहले तुम बताओ कि तुमने ऐसा क्यों किया?" मुझे घूरते हुए वह चिल्लाई।

"हश मरिया। मैंने क्या किया है?"

"तुम सब जानती हो।"

"क्या मरिया?"

"आजकल तुम कमरे के दरवाजे की चिटखनी अन्दर से बन्द क्यों करती हो" वह बोली। "ओह, बस यही?" कहती हुई मैं उसके सामने कुर्सी पर बैठ गई। मैं अपनी उमड़ती हँसी रोक नहीं पा रही थी।

"इस छोटी-सी बात का गलत अर्थ क्यों ले रही हो मरिया? हम दोनों इस रसोई घर में बैठ ढेर-सी गप्पें मार ही लेती हैं। सोचती हूँ कि कुछ देर शांति से बैठ कर काम भी कर लूँ। और देखा जाए तो वैसे भी सभी अपने दरवाजे बन्द रखते हैं। अपने लिए एकान्त की इच्छा करना सभी के लिए सहज है।" मैं बोली।

"बस, बस। सफाई देने की कोई जरूरत नहीं है। तुम्हारे दरवाजे बन्द करने का कारण कुछ और ही है। तुम मुझे अपने से दूर रखना चाहती हो। मैं तुम्हें पसन्द नहीं। मेरा साथ तुम्हें पसन्द नहीं। बस यही सच है।"

"मरिया!"

'ओ! शट अप। क्या मैं समझती नहीं? मैं तुम्हें प्रेम से गले लगाना चाहूँ तो पीछे हट जाती हो। मैं तुम्हें चूमती हूँ तो तुम्हें अच्छा नहीं लगता।"

फिर से मेरी हँसी उमड़ पड़ी। बड़ी मुश्किल से मैंने हँसी रोकी।

"मरिया मेरी बात ठंडे दिमाग से सुनो। यह केवल कल्चर का अन्तर है। तुम्हारा पालन-पोषण एक दूसरे ढंग से हुआ है और मेरा समाज एक और ढंग का है।" मैं बोली। "ओ हो, बड़ी बेचारी हो ना! अपने प्रोग्राम में आए मर्दों के साथ तो ही-ही कर बातें करती हो। वो अगर पास आएँ तब तो तुम्हें अच्छा लगता है। यह कैसा कपटीपन है?"

"मरिया, सोच समझकर बोलो। हम सब यहाँ इस प्रोग्राम में भाग लेने के लिए आए हैं। यहाँ पर हम सब बराबर हैं। इसमें मर्दों और औरतों के अन्तर का प्रश्न ही नहीं उठता। जहाँ तक आईओवा का सम्बन्ध है, हम मात्र लेखक हैं।"

"ए, किसे उल्लू बना रही हो?"

दैट्स इनफ!" कहती हुई मैं उठी।

मरिया सुबक उठी। मैं स्तंभित हो खड़ी रही। अपनी नाक पर रुमाल रख वह रोने लगी।

"एक भारतीय लड़की से दोस्ती करूँगी, बस इतना ही चाहा था और तुम हो कि इतनी कोल्ड हो।"

"ओ नो, मैं कोल्ड नहीं हूँ और न ही तुमसे दूर-दूर रहना चाहती हूँ। चाहो तो तुम मुझे एक रिजर्व्ड किस्म की कह सकती हो। वह मानने को तैयार हूँ।"

"वह सब मैं नहीं जानती पर तुम तो बर्फ के समान हो।" कहती हुई वह फिर छोटे बच्चे से समान सिसकने लगी। क्या यह वास्तव में अड़तीस वर्ष की है? इतने सारे पुरस्कारों से सम्मानित लेखिका है?

उसके कंधों को थपथपाते हुए मैंने उसे आश्वासन दिया—"ठीक है मरिया, ऐसा करते हैं इंडिया में तो आधा घंटा निकालना भी मेरे लिए मुश्किल है। तुम्हारा क्या है, फिलिपीन्स में तुम तो अकेली जान हो। इसलिए मैं दिन भर अपने कमरे में अपने निश्चित काम को पूरा करूँगी। फिर शाम को मिलकर बातें करेंगे और खाना खाएँगे। रात को मैं दरवाजा बन्द नहीं करूंगी, क्यों ठीक है ना?"

एक छोटी-सी बच्ची के समान वह हँस दी और बड़े उत्साह से सिर हिलाकर हामी भरी। हम वहाँ से उठे। अपने कमरे की नीरवता में मेरा दम घुटने लगा। मुझे अपने आप से घृणा होने लगी। मैं क्यों इस तरह मशीन-सी हो गई हूँ। एक समय की अपने पिताजी की डिसिप्लिन, डिसिप्लिन की घुड़कियों और कठोरता में ढल कर आज क्यों इस तरह की हो गई हूँ? अपने पिताजी की उस कठोर डिसिप्लिन की पुकार ने क्यों मुझे मानवीय संवेदनाओं से परे कर दिया है? बेचारी मरिया। दूसरों के लिए अपने कठोर अनुशासन में थोड़ी ढील देकर जीवन को सरल भी तो बनाया जा सकता है। हठात् आईने में पड़ते अपने प्रतिबिम्ब को देखकर अपने आप से वितृष्णा-सी होने लगी। मैंने जीभ निकालकर उस प्रतिबिम्ब को मुँह चिढ़ाया।

कुछ सामान खरीदने के लिए हम जे.सी. पेनि गए। खरीदारी समाप्त करने के बाद मरिया और मैंने मिलकर खाना पकाकर खाया। तगालोग भाषा में कुछ गुनगुनाते हुए वह बड़ी प्रसन्न नजर आई। उसने बड़े शौक से खाना बनाया था। अचानक, "एक बात पूछूँ?" वह बोली।

"हाँ!"

"सच बताओ मैं मांसाहारी भोजन करती हूँ इसलिए तुम मुझसे दूर-दूर रहती हो

ना?" उसने पूछा।

"छिः, छिः ऐसा कुछ भी नहीं है। दिल्ली में मेरे कई मित्र मांसाहारी हैं। अगर वो अपनी मर्जी से मांस-मछली खातें हैं तो मुझे उससे क्या लेना-देना? डोंट बि सिली मरिया।"

"लक्ष्मी, सच कहती हूँ, बस तुम एक बार कह दो, मैं तुम्हारे लिए मांस-मछली सब छोड़ सकती हूँ।" बड़े ही दृढ़ स्वर में वह बोली।

हे भगवान! यह क्या मुसीबत है। हँसूँ या फिर अपने बाल नोचकर यहाँ से भागूँ—मेरी कुछ समझ नहीं आता। यह कहाँ मैं इसके साथ इस तरह फँस गई?

"उसकी कोई जरूरत नहीं मरिया, मुझे तुम बहुत अच्छी लगती हो। तुम बहुत ही अच्छी लड़की हो।"

"क्या यह सच कह रही हो?"

"आफ कोर्स।"

"मतलब तुम मेरे लिए कुछ भी कर सकती हो?"

"ओहो मरिया। क्यों इस तरह स्कूल के बच्चों-सी बातें कर रही हो?"

"हाँ, पहले कहो।"

"यह बताओ कि तुम चाहती क्या हो?"

"सबसे पहले तो तुम अपने प्रोग्राम में आए कुछ मर्दों के साथ मिलना-जुलना छोड़ दो।" बड़े ही दृढ़ स्वर में वह बोली।

"क्या? देखो! यह बकवास है। बार-बार मर्द-औरत, मर्द-औरत का प्रश्न क्यों उठाती हो और वह भी इस उम्र में। तुम पढ़ी-लिखी हो, लेखिका हो। इस तरह बचकाना बातें क्यों करती हो?" मैंने उसे समझाया।

"हाँ, जैसे तुम बड़े प्रौढ़ विचारों की हो और तुमसे मिलने वाले जो ये मर्द हैं वे कौन बड़े परिपक्व विचारों वाले हैं?" कहती हुई वह क्रोध से चीखी।

"इसमें कोई सन्देह नहीं। वे सब अपने काम से काम रखते हैं। बेकार किसी की आलोचना ठीक नहीं। और यहाँ आए लोगों में कुछ तो बड़े ही गंभीर और सभ्य हैं और तुम हो कि...."

अचानक मरिया अन्दर चली गई। कुछ देर में जब वह बाहर आई तो अपना ड्रेस उतार चुकी थी। शरीर पर सिर्फ एक पतला गाउन था, जिसमें से उसके अन्दर के कपड़े साफ दिखाई दे रहे थे।

"बस करो उनकी गंभीरता की बातें, जैसे मैं उनके दिल की बात जानती ही नहीं।" उसने फिर शुरू किया, "तुम्हारी तरफ उठती हुई उनकी वह दृष्टि, तुमको लेकर पल रहे उनके मन के विचार।" इस अर्धनग्न अवस्था में खड़ी होकर मर्दों के सम्बन्ध में अनाप-शनाप बकने वाली इस लड़की को देखकर मेरा मन और आशंका से भर उठा। यह लड़की पागल है या नशे में कुछ बके जा रही है। क्या इसमें लेशमात्र भी संकोच

नहीं?

"मरिया, बस बहुत हो चुका। इस तरह की ओछी बातें मत करो। मुझे पसन्द नहीं। तुम भी तो उनके साथ मिलती-जुलती हो। क्या मैंने कभी कुछ कहा है?"

"मेरी बात कुछ और है। इनके बीच बैठ कभी-कभी तो मुझे ऐसा लगता है कि ये मुझे औरत समझते ही नहीं। पर तुम्हें देखते ही····लक्ष्मी मैं तुम्हारे भले के लिए ही कह रही हूँ।" अपनी आवाज धीमी कर टेबल पर रखे मेरे हाथ को वह सहलाने लगी।

बड़े ही थके अनमने स्वर में मैंने पूछा, "क्या तुम किसी खास आदमी की बात कर रही हो?" मेरा पूरा बदन जल रहा था। हजारों मील दूर अपना घर, अपने बच्चों को छोड़कर इस पागल के साथ फँसने के लिए ही क्या अमरीका आई हूँ? छिः कैसी घिनौनी चर्चा है।

"मेरा संकेत किनकी ओर है तुम अच्छी तरह जानती हो। फिर भी सुन लो। वह पीटर और एलबर्ट और तो और वह होय भी जो उम्र में तुमसे बहुत छोटे हैं। आदमी तो पूरा घाघ है।" वह बोली।

मैं जोर से हँस पड़ी। "मरिया तुम सचमुच पागल हो गई हो। इतनी उम्र हो जाने के बाद भी तुम किसी को सामान्य रूप से नहीं देख सकती। तुम्हारा प्रॉब्लम क्या है? ये सब हमारे मित्र हैं, इस समय हमारे सहयोगी हैं। करीब-करीब सभी बड़े ही शिष्ट रूप से पेश आते हैं। क्यों इस तरह अन्यथा सोचती हो? मैं क्या कोई बच्ची हूँ?"

"शिष्टता, गांभीर्य तुम चाहे जो कुछ कह लो। जब भी तुम सलवार-कुर्ता या साड़ी पहनकर बाहर निकलती हो तो बस इनकी रगों में जवानी वापस आ जाती है। क्या तुम जानती हो कि ये आपस में तुम्हारे बारे में कैसी-कैसी बातें करते हैं। तुम्हें शायद सुनना अच्छा न लगे। एक बार जोसेफ ने अकेले में मुझसे कहा था। तुम पर मेरा स्नेह है, इसलिए आगाह कर रही हूँ। तुम इस विषय में कुछ नहीं जानती। केवल दो बच्चों की माँ हो। इसके अलावा तुम बिलकुल अनुभवहीन हो, सभी को दूध का धुला हुआ मान लेती हो। सावधान रहो। यह एड्स का जमाना है।" एक ही साँस में वह सब कुछ कह गई।

मेरा खून खौल उठा। उसे खींच कर तमाचा रसीद करने के लिए मेरे हाथ खुजलाने लगे।

"मरिया!" मेरे स्वर का ऊँचापन मेरे ही कानों में गूँज उठा। गला भर आया। मैं उठी और अन्दर से दरवाजा बन्द कर लिया। अन्दर से चिटखनी लगा दूँ? नहीं और मुसीबत खड़ी हो जाएगी। हिस्टीरिया के रोगी के समान यह औरत और चिल्लाएगी।

थककर मैं बिस्तर पर गिर पड़ी। इधर-उधर करवटें लेती रही पर नींद कोसों दूर थी। मर्द-औरत, मर्द-औरत। तेज रफ्तार से भागते हुए इस वैज्ञानिक युग में चर्चा के लिए क्या कोई विषय नहीं रह गया? क्या ये सब अपने ही बनाए दकियानूसी, रूढ़िवादी विचारों से तंग नहीं आ गए? कब मनुष्य का मन सबको बिना किसी अन्तर

के देख पाएगा ? कुछ क्षणों के मिलने के स्वस्थ पारस्परिक सम्बन्धों को कब तक हम विकृत रूप देते रहेंगे ? और सोचने की शक्ति नहीं रही। न जाने कब आँखें लग गईं पर अचानक मेरी नींद टूटने का कारण उस परफ्यूम की तीखी गंध थी। फिर मेरे पैरों ने किसी वस्तु का स्पर्श किया।

"कौन ? चोर ! चोर !" डर के मारे मैं चिल्लाई।

"हश् लक्ष्मी मैं ही हूँ, डरो मत।"

"कौन ? कौन हो तुम ?" कहते हुए मैंने सिरहाने की बत्ती जलाई।

"ओह गॉड, इट्स यू मरिया। यहाँ क्या कर रही हो ? क्या हुआ तुम्हें ? इस समय क्या चाहिए ?"

"हश् उतावली मत हो। बस ऐसे ही चली आई। यह देखने कि तुम सोते समय कैसी लगती हो। तुम्हारे पैताने बैठे तुम्हें देख रही थी। कैसा बच्चे-सा चेहरा है। इस उम्र में भी किस तरह इस प्रकार का चेहरा रख पाती हो। आश्चर्य होता है।" उसने कहा।

मैं बिस्तर छोड़ उठ खड़ी हुई।

"मरिया क्या ऊल-जलूल बक रही हो ? पहले यह बताओ कि तुम मेरे सोने के कमरे में क्यों आई हो ? तुम्हारी आदतें कितनी एकसेन्ट्रिक हैं। तुम अभी इसी समय अपने कमरे में लौट जाओ। वाह ! क्या इसीलिए तुम गिड़गिड़ायी थीं कि मैं अपने कमरे का दरवाजा अन्दर से बन्द न करूँ।"

सिर झुकाए खड़ी मरिया ने मेरी तरफ एक नजर फेंकी।

"हाँ," उसका स्वर विद्रोह से भरा था, "कम से कम अब तो तुम्हें समझ आया। बुद्धू बच्ची !" कहती हुई वह हँस पड़ी। बड़ी ही विकृत और घिनौनी हँसी थी वह। उसकी छोटी धँसी आँखें, चपटा मुख, मोटा बदन····अचानक मेरा मन वितृष्णा से भर आया।

"गेट आउट" कहकर मैं चीखी। 'आउट' दोबारा मैं चिल्लाई।

दूसरे दिन मैंने रसोई घर में झाँका तक नहीं। सुबह कॉफी तक नहीं पी। बिना कॉफी के मेरा सिर दर्द से फटा जा रहा था। यूनिवर्सिटी में आई. डब्ल्यू. पी. ऑफिस में ही कॉफी पी लूँगी सोचकर बिना कुछ खाए-पिये मैंने बस पकड़ी। मन बड़ा ही बेचैन था। आई. डब्ल्यू. पी. ऑफिस पहुँचते ही एक अप्रत्याशित घटना हुई। मुझे देखते ही सेक्रेटरी बोली, "ओह तुम आ गई हो। तुम्हारे कमरे में दो-तीन बार फोन किया था। डायरेक्टर और प्रोग्राम असिस्टेंट तुमसे कुछ जरूरी बातें करना चाहते हैं।"

डायरेक्टर के कमरे के दरवाजे पर हल्की-सी दस्तक देकर मैं अन्दर घुसी।

वहाँ दोनों सीधे ही विषय पर आ गए। "लक्ष्मी, हम सबको तुम्हारी बड़ी चिन्ता है। तुम तत्काल अपना अपार्टमेंट बदल दो। 201 नम्बर खाली है और हम तुम्हें वह अलॉट कर देते हैं।" डायरेक्टर बोले।

"क्यों, आप कैसे जानते हैं कि क्या हुआ ? इतनी जल्दी किसने बता दिया ?"

मैने सकपका कर पूछा।

मेरा सिर चकरा रहा था।

"शान्त हो जाओ लक्ष्मी। हम कुछ समय से जानते हैं।"

"क्या जानते हैं? ओ गॉड यहाँ क्या हो रहा है?" उलझन भरे स्वर में मैं बोली।

"सॉरी लक्ष्मी, वेरी सॉरी। हमें माफ कर दो। जैसे ही हमें मालूम हुआ हमें कोई कार्यवाही करनी चाहिए थी।" कोआर्डिनेटर बोले।

"कार्यवाही। कैसी कार्यवाही? भगवान के लिए साफ-साफ बताइए।" मैं बोली।

"घबराओ मत लक्ष्मी। तुम्हारे साथ जो रहती है, वही सलीना अगीनाल्डो। वह एक लैस्बियन है।"

"क्या? मॉय गॉड।"

"तुम्हें पता नहीं चला?"

"नहीं-नहीं, आपको किसने बताया?"

"हमें कुछ दिनों से शक था। इसके अलावा तुम्हारे प्रोग्राम के कई लेखकों ने भी यही कहा कि वह अजीब है। इनफैक्ट वे भी तुम्हारे बारे में चिन्तित थे और उनकी राय भी यही थी कि तुम दोनों को अलग कर दिया जाए।"

मैं कुर्सी पर जड़वत् बैठी रही। तो बात यहाँ तक पहुँच चुकी है। उसके साथ एक ही अपार्टमेंट में रहने की बात स्वयं मेरे लिए अकल्पनीय थी।

"तुम आज शाम तक 201 नम्बर में अपना सामान रखवा लो नहीं तो कोई आफत खड़ी हो सकती है।" डायरेक्टर ने कहा।

आफत। कैसी आफत?" मैं घबराकर बोली।

"वह सब तुम नहीं समझ पाओगी। तुम हिन्दुस्तानी लड़की हो। बड़े ही सुस्थिर समाज में पली हो।" वे बोले।

"मैं मानती हूँ कि हमारा कल्चर थोड़ा रूढ़िवादी है," मैंने कहा, "पर लड़कियों के साथ और पुरुषों के साथ हेलमेल एक साधारण बात है। इसलिए मरिया सलीना भी मेरे लिए एक लड़की है। वह भी तो मेरी ही तरह एशियाई देश की है। क्यों इस तरह उस पर झूठा इल्जाम लगा रहे हैं? थोड़ी अजीब है, अकेले रहने में डरती है।"

डायरेक्टर और कोआर्डिनेटर ने एक-दूसरे की ओर देखा। फिर कोआर्डिनेटर ने पूछा, "लक्ष्मी, हमने तुम्हारा अपार्टमेंट बदला है, यह क्या तुम्हे अच्छा नहीं लगा?"

"नो, नो अपार्टमेंट बदले जाने पर ही मुझे चैन मिलेगा। सलीना बड़ी ही अजीब लड़की है। मुझे शांति से काम नहीं करने देती। अब उससे छुटकारा मिलेगा। थैंक यू, थैंक यू वेरी मच। आपने जो सहानुभूति दिखाई और जिस तरह से मेरी मदद की उसके लिए मैं सचमुच बड़ी कृतज्ञ हूँ," मैं बोली।

दोनों ने हँसकर मेरी पीठ थपथपाकर मुझे आश्वस्त किया। फिर अपार्टमेंट बदलने के इन्तजाम में जुट गए।

नम्बर 201। बहुत दिनों के बाद इसके अन्दर फिर चैन का अनुभव किया। अपनी इच्छानुसार दरवाजे को अन्दर से बन्द किया।

हमारे अलग होने के बाद प्रोग्राम में आए कुछ लेखक खुले रूप में मरिया के लेस्बियन होने को लेकर खुसपुसाने लगे। एक तो मेरे पास मरिया के विषय में बातचीत करने भी आया। पर मैनें बात को तूल न दी। मरिया को देखकर मुझे बड़ी दया आती। वह बिलकुल अकेली हो गई थी बेचारी। उससे जितना संभव था, उसने मुझसे मेल-जोल बढ़ाया था।

उसका स्वभाव ही ऐसा था कि वह जल्दी ही अस्थिर हो अपना सन्तुलन खो बैठती थी। उसके लिए उसे क्या इतना कठोर दंड देना उचित था? एक दिन जब मैंने उससे बात करने की कोशिश की, तब उसकी घूरती दृष्टि मुझ पर पड़ी, मानों कह रही हो "तुम्हीं इस सबका कारण हो" वह मुझसे परे हट गई। पर इस सबके बावजूद यदि मुझे किसी वस्तु ही आवश्यकता होती तो मदद करने के लिए सबसे पहले वह पहुँच जाती थी। मेरी जरूरतों का पता न जाने उसे कैसे लग जाता था। हमने अमरीका के दक्षिणी, पूर्वी, पश्चिमी प्रदेशों की यात्रा की। यात्रा के दौरान प्रबंधक हवाई जहाज में मेरे शाकाहारी होने की बात भूल जाते। खाने के समय मुझे भूखा रहना पड़ता। मेरे साथी यह देखकर "ओह! तुम्हें तुम्हारा आर्डर नहीं मिला? टू बैड" कहकर अपने चिकन और माँस को चूसचूसकर स्वाद लेते। मरिया इसका पता न जाने कैसे लगा लेती थी। मुझे ढूँढ़ती वह मेरे पास अपने खाने की थाली ले आती और "लो इनमें से तुम यह तो खा सकती हो, ले लो!" कहकर बिना झिझक अपने हिस्से का आइसक्रीम, फल, केक और सलाद मुझे दे देती। इस सदय ह्रदया को देखकर लगता कि अपने को पीट लूँ।

उस शाम एक कविता-पाठ का आयोजन था। हमारे प्रोग्राम के एक व्यक्ति ने स्पेनिश भाषा में एक कविता पढ़ी। उस कविता के अंग्रेजी अनुवाद को सुनकर मन कड़वाहट से भर गया। कैसी अश्लील कविता थी! पूरी की पूरी कविता दो मर्दों के होमो सैक्शुयल सम्बन्धों को लेकर लिखी गई थी। उनके शारीरिक प्रेम का विस्तृत विवरण कुछ स्थानों पर तो बड़ा ही अश्लील था। पढ़ने वाला पीटर था। मैंने कनखियों से कमरे के एक कोने में बैठी मरिया पर निगाह डाली। वह बड़ी ही एकाग्रता से सुन रही थी। उसके चेहरे पर किसी प्रकार का भाव न था। पीटर चाहे जो लिखे। वह उसकी इच्छा, उसका अधिकार है। यह अमरीका है। यहाँ कोई असर न होगा। पर आश्चर्य की बात तो यह थी कि उस दिन यही पीटर, मरिया और आमतौर से मरिया जैसी लड़कियों के बारे में अनाप-शनाप बक रहा था। 'लेसबिनिज्म एक बहुत ही गिरी मनोदशा है' कहकर तर्क दे रहा था। आज वही पीटर होमोसेक्सआलिटी को लेकर बड़े उल्लास से लिख रहा है। और चारों तरफ उसकी हाँ में हाँ मिलाने वाले, तालियाँ पीट-पीट उसका उत्साह बढ़ाने वाले भी हैं। कैसा पक्षपाती व्यवहार है। आँख के कोने से मैंने फिर मरिया को देखा। कैसा आश्चर्य! वह भी पीटर की कविता का स्वाद लेकर

जोर-जोर से तालियाँ बजा रही थी। भाड़ में जाए यह फैशन, यह पागलपन, जाने कब मैं इंडिया वापिस जाऊँगी! वहाँ का सुरक्षित समाज ही मेरा आश्रयस्थल है। वहाँ का सीधा-सरल जीवन ही मुझे शरण दे सकता है। मन में आया कि उस साधारण स्वस्थ-जीवन में उसी समय लौट जाऊँ। अचानक घर लौटने के लिए मन व्याकुल हो उठा।

"हाय लक्ष्मी!"

मैंने मुड़कर देखा—यह पीटर था जो मेरे पीछे आ रहा था। अपनी चाल तेज करते हुए वह मेरे साथ हो गया।

"इस तरह कहाँ अकेली जा रही हो?" वह बोला।

"मैं अकेली कहाँ हूँ? यह देखो मेरे साथ-साथ बहती आईओवा नदी की अलसाई धारा भी तो है और दोनों तरफ पंक्तिदार वृक्ष अपनी चटखीली पत्तियों के साथ खड़े हैं।"

"तुम्हें एकान्त पसन्द है। है ना?" पीटर बोला। सलीना के साथ अपार्टमेंट में रहते हुए तुम उससे अलग रहने की कोशिश करती थीं। वह प्रयास कितना कठिन रहा होगा, मैं समझ सकता हूँ।" अपनी आँखें मिचकाते हुए वह बोला, "अब उससे अलग होकर हमसे भी अपने आपको दूर कर लेना चाहती हो।" उसने कहा।

एक क्षण ठहरकर मैंने एक नजर उस पर डाली।

"पीटर, क्या मैं तुमसे कुछ पूछ सकती हूँ, अगर तुम मुझे गलत न समझो तो।" मैं बोली।

"नो, नो, शौक से पूछो।"

"अभी तुमने एक कविता पढ़ी थी ना···।

"हुम तुम्हें अच्छी लगी?"

"होमोसेक्सुआलिटी पर तुमने इतने विस्तार से लिखा है। लगता है तुम उसका समर्थन करते हो।"

"तो क्या हुआ?"

"पीटर, उस दिन तुमने मरिया मतलब सलीना को लेस्बियन कहकर उस पर आरोप क्यों लगाया था? पहले तो तुम्हारी धारणा सच है या नहीं, इसी में सन्देह है। तर्क के लिए यदि हम यह मान भी लें कि वह एक लेस्बियन है तो उसे एक घिनौनी, घटिया मानसिकता कहने वाले इसी मुँह से तुम होमोसेक्सुआलिटी के गुण गा रहे हो?" मैं बोली।

"ओहो! तो यह बात है। वाह, फेमिनिज्म नाम की औरतों की इस विचारधारा के आने के साथ-साथ कितना कुछ बदल गया है। एक औरत दूसरी औरत को बचाने के प्रयास में किस जोश से तर्क प्रस्तुत करती है।" हँसते हुए वह बोला। किन्तु अचानक उसका चेहरा गंभीर हो गया।

"लक्ष्मी, एक बात तुम अच्छी तरह समझ लो। कम से कम बौद्धिक स्तर पर, जो

प्राकृतिक है उसके आगे हठ करने से क्या लाभ? ईश्वर के अनुग्रह से एक नारी जन्म पाती है और यह भी प्रकृति की इच्छा है कि वह मर्द की सम्पत्ति है। एक छोटा उदाहरण देता हूँ। ईसा मसीह ने भेड़ के बच्चे को एक पवित्र बलि की वस्तु, मतलब बलि देकर पुण्य प्राप्त करने योग्य वस्तु माना। ऑफकोर्स भेड़ है केवल एक जानवर!" कहकर कुछ रुककर उसने मेरी ओर देखा।

"ओ नो लक्ष्मी। मुझे गलत न समझो।" उसके शब्द फूट पड़े, "औरत कभी भी बलि के लिए पैदा नहीं हुई। औरत को बलि-पशु मानने वाला कोई जंगली या क्रूर व्यक्ति ही होगा। मैं यह कह रहा हूँ कि औरत विधाता की एक ऐसी सृष्टि है जिसमें शरीर, प्राण, बुद्धि, संवेदना और तड़प का एक अनोखा समन्वय है। वह मर्द को खुश कर उसे पूर्णता देने के लिए पैदा हुई है। ऐसे में एक औरत का दूसरी औरत के साथ सम्बन्ध अनर्थ है।

"इट इज़ बट ए फ्रस्ट्रेड परवर्टेड पॉसिबिलिटी। लेस्बियनिज्म का जन्म, हार के कारण है और उसकी परिणति हार में है।" अपने अंतिम शब्दों को भुनभुनाते हुए पीटर बोला।

हम दोनों मौन धारण किए नदी के किनारे चल रहे थे। उसी तर्क के आधार पर मैं भी बड़ी आसानी से उससे एक प्रश्न कर सकती थी। वह प्रश्न मेरे होठों तक आया भी, 'अगर ऐसा है तो होमोसेक्सुअल भी तो एक परवर्शन है। फिर मात्र उसकी त्रशंसा क्यों कर रहे रहो?' पर पूछने में बड़ा आलस्य लग रहा था। सड़क के किनारे आईओवा नदी भी कलकल करती हुई आलस्य भाव से बह रही थी। आकाश में कुछ अचीन्हे पक्षी अपनी बोली में कुछ कहते अपने-अपने घोसलों की ओर लौट रहे थे। मेपल वृक्ष की पत्तियाँ अपने चमकीले रंग रोज बदल रही थीं। एक ही वृक्ष पर बरसते अनेक रंग। वृक्ष ही क्यों एक ही पत्ते के अनेक रंगों की चमक से आँखें चुंधिया रही थीं।

हरसिंगार

काँसे और ताँबे के पूजा के उपकरण इमली से रगड़-रगड़ कर माँजे गए थे और उनकी चमक से पूजा वाला साफ-सुथरा कमरा भी जगर-मगर कर रहा था। उन काँसे और ताँबे के पूजा के सामान को इमली से माँजकर सब कुछ साफ करने के बाद पूजा-गृह कहलाया जाने वाला वह कमरा चमक रहा था। प्रतिदिन धूल झाड़-पोंछकर, ताजे पुष्पों से मूर्तियों व चित्रों को सजाकर, दिया बालकर, साथ ही एक दिन भी बिना छोड़े चन्दन घिसकर, अगरबत्ती जला, कपूर की आरती से पूजा करने के कारण वह छोटा-सा कमरा सदा अपने में एक अनोखी सुगन्ध समेटे रहता था। उस छोटे से कमरे में प्रवेश करते ही कमरे के वातावरण में तैरती वह गन्ध मन को सराबोर कर देती।

जिस श्रद्धा से रेवती प्रतिदिन यह सब कुछ करती उसे देख राजम का हृदय गद्‌गद् हो उठता। बड़े भाग्य से मुझे रेवती जैसी सुन्दर सुशील बहू मिली है। एक ऊँचे पद के आई.ए.एस. अधिकारी—मेरे बेटे के योग्य। ईश्वर रघु-रेवती की इस सुन्दर जोड़ी को सदा खुश रखे।

राजम अपने पति के उठने से पहले ही पूजा का सामान व फूल ठीक करने में लग गई। अरे! फिर हरसिंगार के फूल कम पड़ रहे हैं। आज शनिवार है! श्रीराम और श्री वेंकटाचलपति की पूजा का विशेष दिन, और हरसिंगार के पुष्प तो उन्हें विशेष प्रिय है।

यह तो उधार माँगकर भी फाका पड़ने जैसी स्थिति है। बगीचे में हरसिंगार का पेड़ फूलों से लदा रहता है, फिर भी पूजा के लिए पुष्प कम पड़ते हैं। सोचा था एक सुन्दर माला गूँथकर राम और देवी की मूर्तियों पर चढ़ाऊँगी। लगता है आज केवल थोड़े से पुष्प चढ़ाकर ही सन्तोष कर लेना होगा।

आज तड़के जब मैंने खिड़की से देखा था तो ओस की बूँदों से गीले हुए हरसिंगार कैसे खिले पड़े थे ! लगता था मानों एक सुन्दर सफेद चादर बिछी हो।

रघु के घर के बगीचे को देखने से लगता है मानों ईश्वर की कृपादृष्टि बरस पड़ी हो। कई तबादलों के बाद उस बेचारे का लखनऊ तबादला हुआ था। घर भी अच्छा मिला है। चारों ओर हरियाली और एक सुन्दर बगीचा। किन्तु न जाने कैसे फूलों की चोरी हो जाती है। सुबह उठने से पहले ही चोरी ! यह सब काम 'उसी' का है। आकर सारे हरसिंगार के फूल चुरा ले जाती है। एक दिन भी ऐसा नहीं होता जब 'वह' न आती हो ! पक्की चोरनी है। सुबह उठते ही 'उस' मनहूस का मुँह नहीं देखना चाहती। रेवती ठहरी कम उम्र की सुहागन ! रेवती से कहना ठीक नहीं लगता कि सुबह उठकर उस चोर के मुँह न लगे। लेकिन क्या किया जाए?....आखिर रेवती ही तो उससे हिन्दी में बात कर उसे बगीचे से बाहर निकाल सकती है। निगोड़े उत्तर प्रदेश के लखनऊ शहर में हिन्दी छोड़कर और किसी भाषा में काम भी तो नहीं चलाया जा सकता। यदि 'वह' तमिल जानती होती तो उसे ऐसा झाड़ती, हाँ !....अरी मनहूस, फूल चुराते शर्म नहीं आती?

"रेवती, रेवती !"

"हाँ माँ !"

"देखती हो हरसिंगार फिर कम पड़ रहे हैं। कल सुबह सबसे पहले तू 'उससे' कह देना। कह देना कि उसने फिर अगर यहाँ आने का साहस किया तो तुम उसके हाथ-पैर काटकर रख दोगी।"

"ठीक है माँ ! पिताजी उठ गए क्या? उनके साथ आपके लिए भी कॉफी बना दूँ?" रेवती ने कहा।

" हाँ, जल्दी नहाकर सहस्त्रनाम का पाठ करना है आज।"

एक लम्बी माला गूँथकर मूर्तियों पर डालने के लिए हरसिंगार कम पड़ गए। मूर्तियों पर धीरे-धीरे खिले पुष्प पड़ रहे थे। राजम ने पूजा प्रारम्भ कर दी थी। सास के लिए पर्याप्त पुष्प नहीं जुटा पाई, यह सोच रेवती को दुःख हुआ। माँ चाहती है कि माला चढ़ाई जाए, ठीक है जितने फूल हैं, उन्ही को गूँथकर माला बना ली जाए, यह सोचकर रेवती पूजा-घर के एक कोने में बैठ गई सुई-धागा लेकर। फूल की टोकरी से फूल लेकर दो छोटी मालाएँ बनाकर उसने सास के हाथ में थमा दीं। राजम ने बड़े ही प्रसन्न भाव से उन्हें लेकर एक माला श्रीकृष्ण की पंचलोक धातु की बनी मूर्ति पर डालकर—दूसरी देवी की मूर्ति को पहना दी। आह ! छोटी होने पर भी इनकी सुन्दरता क्या मन मोहक

है। माला के बीच-बीच में गहरे लाल रंग की डंडियों को देखकर लगता है मानों मूँगे पिरो दिए गए हों। रेवती और राजम दोनों वहाँ खड़ीं उस सौन्दर्य को आँखों में भरती रहीं।

" लो, ये पुष्प और कुंकुम।" राजम द्वारा दिए गए प्रसाद को लेकर रेवती घर के अन्य कामों में लग गई।

सितम्बर महीने के अन्त से ही तड़के, हल्का कोहरा! क्षितिज भी कोहरे से ढका लग रहा था और शायद कल-कल कर बहती हुई गोमती नदी के किनारे बसे हुए होने के कारण इस गोमती सदन कालोनी में कोहरा, बिना किसी बाधा के फैल रहा था। एक विस्तृत जगह जो थी — यह! कॉफी तक न पीकर रेवती बड़ी सुबह बाहर बगीचे में आई! बेल के पत्ते व गुलाब के फूल तोड़कर वह हरसिंगार के वृक्ष के पास आकर खड़ी हो गई। आज किसी भी तरह 'उसकी' चोरी पकड़नी होगी। माँ बिचारी की एक छोटी सी साध है कि हरसिंगार की माला गूँथकर पहनाई जाए। रोज फूलों को कम पड़ता देखकर वे दुखी होती हैं। घर में हरसिंगार का वृक्ष फूलों से लदा है, किन्तु क्या लाभ? माँ को तो तृप्ति नहीं मिल रही। आज उस चोर को पकड़कर उसका कचूमर निकाल और फूलों की टोकरी को फूलों से लबालब भरकर, दोनों हाथों में हरसिंगार के फूल भरकर माँ को ले जाकर देने ही होंगे। सोचती हुई रेवती धरती पर गिरे उन सुन्दर पुष्पों को एक-एक कर चुनने लगी।

किन्तु आज 'वह' है कहाँ? रोज तो इस समय तक आ जाती थी। रेवती ने चारों और घूमकर देखा! उसके घर के चारों ओर घना कोहरा छाया हुआ था। आँखों को कुछ स्पष्ट रूप से दिखाई न दे रहा था। उस लड़की की आकृति रेवती के मन में बसी हुई थी।

सुबह की व्यस्तता के बीच अकस्मात यदि दृष्टि खिड़की के बाहर पड़ जाए तो वह उसे फूल चुराती दिखाई पड़ती थी। रेवती के मन में सफेद साड़ी-पहनी आकृति मात्र थी। दूर से देखने के कारण और कुछ दिखाई भी नहीं पड़ता था। आज पहली बार 'उससे' सामना होगा।

हल्की-सी ठंड थी! साड़ी के आँचल से अपने को ढँककर रेवती ने फिर चारों तरफ घूमकर देखा। कुछ दूर पर गोमती नदी— मंथर गति से पिघली चाँदी की धार की तरह बह रही थी। मन्द पवन के झोंके के समान वह श्वेत आकृति उसे सड़क पर आती दिखायी पड़ी। छँटते हुए कोहरे का बीच धुँए के समान यह सफेद आकृति—क्या वही है?·····कहीं·····हाँ वही है। धीरे से उसने घर की ओर देखा, फिर फूल चुनने आगे बढ़ी। रेवती को पेड़ को नीचे खड़ी पाकर 'वह' सहमकर खड़ी हो गई। अरे! यह तो बहुत छोटी-सी है! दूर से देखकर सिर ढँका होने के कारण रेवती उसे बड़ी उम्र का मान बैठी थी। निकट आने पर रेवती ने उसे देखा, साफ चमकता माथा, गोल चेहरा, कृश काया और नँगे पैर! सफेद साड़ी में लिपटी उस म्लान आकृति की ओर उसने निहारा। तिस पर भी कैसे साहस से वह फूल चुराने आ जाती है। मन में आया, उलट कर पूछे—"ए,

हमारे घर आकर फूल चुराने की तुम्हें हिम्मत कैसे होती है? अब भूले से भी यहाँ पैर न रखना, समझी?" लेकिन कुछ न कहकर रेवती उसे देखती रही! लड़की के मुख पर छाए शोक के भाव ने रेवती को कहीं छू लिया।

"तू कौन है जो रोज यहाँ आकर फूल चुरा ले जाती है?" रेवती ने हिन्दी में पूछा।

"माँजी मैं फूल चुराती नहीं! बस पूजा के लिए चुनकर ले जाती हूँ," बड़े ही शान्त स्वर में वह किशोरी बोली! उसके उत्तर ने रेवती को आश्चर्य में भर दिया, साथ ही उसके हिन्दी बोलने के ढँग पर रेवती को एक अटपटेपन का अनुभव हुआ।

"तू क्या यहीं की है?" रेवती ने पूछा।

"नहीं माँजी मैं मिदनापुर की हूँ, कलकत्ते के पास एक छोटा गाँव है। मेरा आदमी वहाँ काम करता था।"

"करता था—का क्या मतलब?"

उसने सिर झुकाकर कहा—"अब नहीं है।"

"यहाँ अकेली रहती है? लौटकर अपने सगे सम्बन्धियों के पास नहीं गई?"

"नहीं माँजी, यही एक घर में नौकरानी हूँ। बड़े अच्छे लोग हैं। मेरे लड़के को भी स्कूल में भरती करा दिया है।"

"लड़का कितने साल का है?"

"पाँच।"

रेवती ने अचानक घर की ओर देखा। नित्या उठ तो नहीं गई? उसे दूध गरम कर के देना है। ससुरजी के नहाने का पानी रखना है। बाद में रघु....अन्दर ढेरों काम पड़े हैं और यहाँ वह खड़ी.... "अच्छा ठीक है। मेरी बात ध्यान से सुन! अब आई है तो थोड़े से हरसिंगार ले जा लेकिन आज से फूल ले जाना बन्द कर दे। कल से मत आना समझी?"

"माँजी," रेवती के मुँह की तरफ देखती हुई वह बोली, "कार्तिक अग्रहायन—के मास में तो हरसिंगार का वृक्ष फूलों से लद जाता है। इसमें से मैं भी कुछ चुनकर भगवान कृष्ण की पूजा करती हूँ। श्रीकृष्ण को छोड़ मेरा इस संसार में और कौन है माँ?"

शोक-संतप्त मुख में भी अपूर्व धैर्य और शान्ति झलक रही थी। कम उम्र की यह दुबली-पतली काया धागे जैसी प्रतीत हो रही थी। हे ईश्वर! विधवा का रूप लड़की को कैसा अबला बना देता है। ठँड में थकी-सी उस लड़की को रेवती ने देखा। न जाने क्यों मना करने में कुछ संकोच-सा हुआ। यह मौन भाव से खड़ी रही। वह लड़की ही फिर बोल उठी, "माँजी आपके यहाँ आने से पहले भी मैं यही हरसिंगार लेने आती थी। जानती नहीं, क्यों मेरे पैर मुझे यहीं खींच लाते हैं। कुछ वर्षों से यहीं आ रही हूँ। भगवान कृष्ण को हरसिंगार विशेष प्रिय हैं न! इसलिए। लेकिन अब आप...."

"ठीक है, किन्तु अकेली तुम ही सारे फूल न ले जाया करो। मेरी सास को पूजा के लिए भी फूल चाहिए," रेवती बोली।

"माफ कर दो माँजी, अब थोड़े से ले जाऊँगी। भगवान कृष्ण आपको सुखी रखें।"

हाथ में फूलों की टोकरी लिए "बेटी नित्या, जल्दी उठो, नहीं तो स्कूल के लिए देर हो जाएगी—" कहती हुई जैसे ही वह घर में घुसी उस छोटी बच्ची ने—भू—कहकर उसे डराना चाहा और माँ के डरते ही वह खिल-खिला उठी।

"अरे, इतनी जल्दी उठ गई? दाँत साफ कर लिए? चल मैं तुझे दूध गरम कर देती हूँ।"

"दूध भी पी लिया, दादी ने दिया था।"

"ओहो" कहकर रेवती झटपट अपने काम में लग गई। सबसे पहले फूलों को पीतल के थाल में रखकर उसने पूजा घर में झाड़ू लगाई और फिर पौंछा लगाकर वहाँ रंगोली पूर दी। फिर जब उसने सिर उठाया तो राजम को वहाँ खड़ा पाया।

"रेवती—बाकी का काम मैं संभाले लेती हूँ। तुम जाकर रघु व बच्चे का काम देख लो।"

"अच्छा माँ, पर नित्या के लिए दूध गरम करने का कष्ट आपने क्यों किया? मैं कर लेती।"

"तो क्या हुआ? तुम भी कितना करोगी? बेचारी तुम्हें वहाँ उसने एक घंटा खड़ा रखा और बहस कर रही थी। समझती क्या है 'वह' अपने-आपको?"

"नहीं माँ वह····"

"रहने दे, रहने दे, पूजा के समय यह अमंगल बातें क्यों?" राजम बोल उठी। रेवती पूजा घर से बाहर आई।

"रेवती उसका दुस्साहस तो देख! तेरे इतने कहने पर भी आ रही है! छिः," राजम ने कहा।

"जाने दो माँ, गरीब लड़की है। वह बेचारी कृष्ण की पूजा कर दिन काट रही है। श्रीकृष्ण को हरसिंगार के फूल विशेष प्रिय हैं ना? इस कार्तिक अग्रहायन के महीने में थोड़े से फूल लेती है। अब तो जल्दी ही ठंड पड़ने लगेगी। सब कुछ बन्द हो जाएगा। आप इन सब बातों से क्यों अपना जी खराब करती हैं?"

"हाँ, हाँ;-यह साक्षात रुक्मिणी है न! जो सत्यभामा के आँगन में लगे हरसिंगार के फूलों से कृष्ण की पूजा करेगी," राजन के स्वर में व्यंग्य था।

"माँ जी···· ।"

"सुन लो रेवती, उससे साफ-साफ कड़े स्वर में कह दो कि अगर फिर दिखाई दी-तो बिना दया-माया के पैर काट दिए जाएँगे।"

"माँ जी····।"

"सच कहती हूँ रेवती, मुझे भी डाँट-डपट अच्छी नहीं लगती।"

"जानती हूँ माँ कि आपके मन को भी कष्ट होता होगा," होठों पर एक मीठी मुस्कान और एक विश्वास के साथ रेवती ने कहा।

"फिर कष्ट नहीं होगा? इस तरह सुबह उठते न उठते तुम्हें उस मनहूस का मुँह देखने के लिए भेजती हूँ, सोचकर मन में बड़ी वेदना होती है। पर—क्या करूँ? मैं तो हिन्दी बोलना जानती नहीं!"

रेवती, स्तब्ध मूर्ति बनी खड़ी रही।

"रेवती कल आखिरी बार उससे कह देना। सुबह के कामों की चिन्ता मत करना। सब मैं संभाल लूँगी। धमकाकर कह देना कि यदि वह फिर आ गई तो तुम अपने पति को बुलाओगी।"

रेवती ने बेल के पत्तों को तोड़कर टोकरी में रखा। गुलाब के फूलों को तोड़कर रखा। फिर वह हरसिंगार के पेड़ के तले जाकर खड़ी हो गई। हरी घास पर दूध की बूंदों के समान पवित्र श्वेत रंग के निर्मल फूल बिखरे पड़े थे। श्वेत रंग के बीच डंडियाँ ऐसी लगती थीं मानों खिले हुए पुष्पों में बिन्दी लगी हो। रंगों का कैसा सुन्दर मेल था। इन कोमल पुष्पों को देखकर लगता था मानों गरमी से कुम्हला जाएँगे। रेवती धीरे से झुककर एक-एक पुष्प चुनकर टोकरी में डालने लगी। वह ऊँचा वृक्ष जरा तिरछा खड़ा था। पेड़ के नीचे गोलाई में पुष्प बिखरे पड़े थे। उनकी भीनी महक प्राणों में समा रही थी। रेवती ने पेड़ के तने को पकड़कर जोर से झकझोरा। लगा मानों पुष्पवृष्टि हुई। रेवती ने पुनः झुककर उस घेरे में गिरे पुष्पों को चुनकर सिर उठाया। अभी और आधे घेरे में फूल बिखरे पड़े थे। मोती जैसे निर्मल, पवित्र पुष्प मानों दूध में नहाए हों।

प्रतीक्षारत रेवती ने घने कोहरे में से आती उस लड़की को देखा। उसे देखकर रेवती मुस्कुराई। उस लड़की के चेहरे पर भी मुस्कान तैर गई। एक क्षण के लिए यह बढ़ता हुआ चेहरा अपार शोभा से भर गया।

लड़की ने सिर झुका लिया।

आह—हरसिंगार की डंडी के समान लाल हुआ यह मुख कितना सुन्दर है।

"तुम्हारी ही राह देख रही थी।" रेवती ने कहा।

"माँजी····"खिले हुए मुखमंडल और आश्चर्य भरे स्वर में उसने कहा।

"हाँ, यह देखो इस आधे घेरे के अन्दर बिखरे फूल तुम्हारे हैं। उस तरफ के मैंने चुन लिए। बराबर हिसाब हो गया ना!" कहती हुई रेवती हँस पड़ी।

सहसा उस लड़की की आँखें छलछला आईं। रुँधे गले से वह बोली, "ईश्वर आपके परिवार को सदा सुखी रखे।"

रेवती ने दयार्द्र कंठ से कहा, "तेरा भी भला ही होगा। हाँ, तेरा नाम क्या है?"

"चम्पा!"

"अच्छा चम्पा, अब मैं जाती हूँ, बहुत काम पड़े हैं।"

घर के अन्दर पैर रखते ही राजम ने पूछा, "उससे कह दिया है ना ?"

"हाँ-हाँ कह दिया है।"

"अब देखती हूँ फिर से उसे यहाँ आने की हिम्मत कैसे होती है ! इसके बाद भी उसने तंग किया तो रघु से कह दूँगी। तुम अब चिन्ता मत करो !" दिलासा भरे स्वर में राजम ने कहा।

रघुनाथ को इस विषय में कोई तकलीफ नहीं उठानी पड़ी। अचानक आने वाले घटना-क्रम ने उनके जीवन में आँधी-तूफान ला दिया। शांत बहती हुई गोमती नदी का पानी मानों अपनी सीमा भूल बैठा। लखनऊवासियों का कहना था कि लखनऊ के इतिहास में ऐसी बाढ़ पहले नहीं आई। गोमती सदन मानों अस्त-व्यस्त हो उठा। देखते-देखते सब कुछ बदल गया और इन सबके बीच मानों समय स्तब्ध खड़ा था।

एक सप्ताह बीत गया।

गोमती नदी का वह आकर्षक रूप आज मानों विनाश की ठान चुका था। आकाश के काले बादल और सागर-सी उफनती नदी मानों प्रकृति की किसी मंत्रणा का आभास दे रहे थे। काल मानों सबको समेटना चाहता था। रघुनाथ का परिवार भी भय से सिमट-सा गया था। घर में जो कुछ भी था, उसी को पका खाकर दिन कट रहे थे।

पानी का वेग कमरे के अन्दर पहुँचता दिखाई दिया। पलँग, मेज, कुर्सियाँ तैरने लगीं। दीवारों पर धब्बे पड़ गए। न जाने क्या होने को है ? सोचकर सभी सहमे हुए थे। नन्हीं नित्या को कहानी सुनाकर मानों घर के सभी प्राणी अपने आपको ही भुलावा दे रहे थे। राजम और उसके पति उस श्रीविहीन पूजाघर में होंठ बुदबुदाकर प्रार्थना कर रहे थे।

एक लम्बे समय तक बरसने के बाद जब पानी थमा तो लोगों ने दीर्घ निश्वास के साथ प्रकृति के तांडव-नृत्य पर दृष्टि डाली। सड़क नदी जैसी दीख रही थी। छोटी-छोटी डोंगियाँ बनाकर लोग खाने-पीने का सामान जुटा रहे थे। घुटनों तक के पानी और कीचड़ में चलते घिन आती थी। ऊपर से अब यह डर था कि हैजा, टायफाइड और न जाने क्या-क्या बीमारियाँ फैलेंगी।

उतरते पानी के साथ क्रमशः जन-जीवन भी सामान्य होने लगा। रघुनाथ भी अपने परिवार की आवश्यकता की वस्तुएँ ले आया। आखिर सब्जी, मक्खन, डबल रोटी के बिना कितने दिनों तक चल सकता है। दुगुने दामों पर ही सही, लेकिन खरीदना तो होगा ही।

रेवती ने बड़ी सावधानी से पूजा घर की सफाई की। बिना कपूर, चन्दन व पुष्पों के यह कमरा कांतिहीन लग रहा था, पर फिर भी एक हल्की-सी भीनी गन्ध बिखरी हुई थी। कल सभी मूर्तियों को फूलों से सजाऊँगी। फूलों का अम्बार लगा दूँगी। कल…

गीली मिट्टी में पैर जमाती, कीचड़ की परवाह न करते हुए रेवती बगीचे में घुसी।

छिः, कितना कीचड़ हो गया है। बेल की पत्तियों को तो पेड़ की टहनियों से तोड़ा जा सकता है, किन्तु स्वभावतः पुष्पित होते ही जमीन पर बिखरने वाले हरसिंगार को? सब गीली मिट्टी में दब नहीं गए होंगे? बड़ी ही सावधानी से एक-एक कदम रखती हुई रेवती हरसिंगार के पेड़ के पास जाकर रुक गई। एक भी फूल न दीखा। सारी जमीन सूनी-सी पड़ी थी। रेवती ने सिर उठाकर पेड़ की ओर देखा—हे भगवान् यह क्या? हे ईश्वर, यह किस तरह गला हुआ, बिखरा हुआ खड़ा है! वृक्ष के नीचे का भाग गला पड़ा था। झुकी हुई डालियाँ गल गई थीं। वह अपनी पहचान भी मानों खो चुका था। इतने बड़े पेड़ की यह दुर्दशा हो सकती है। सुन्दर फूलों से लदा यह पेड़ आज ठूँठ बनकर अनाथ-सा खड़ा है!

रेवती किंकर्तव्यविमूढ़ हो गई। बहती हुई नदी की ओर उसने क्रोध से देखा। नदी एक भोली-भाली बालिका-सी, शान्त स्वर में बह रही थी। चारों ओर घना कोहरा! रेवती शून्य दृष्टि से कोहरे की ओर देख रही थी। घने कोहरे में हल्की-सी हलचल हुई। सफेद आकृति पहले तो कोहरे के साथ मिलकर एक हो गई, फिर हल्के हवा के झोंके के साथ वह सामने आई।

वही है, निस्संदेह यह चम्पा है। यह दुःख मैं केवल उसी के साथ बाँट सकती हूँ। बस वही एक है जो इस क्षति की वेदना का अनुभव कर सकती है।

रेवती ने आगे बढ़कर उसे आवाज़ दी, "चम्पा!"

"जी माँ जी!"

"चम्पा, नष्ट हो गया, सब कुछ नष्ट हो गया।"

"क्या? क्या हुआ माँजी?"

"यह देख!" कहती हुई रेवती हरसिंगार की ओर मुड़ी। चम्पा ने सिर घुमाकर देखा और देखते ही चोट खाए सर्प-सी वह तड़प उठी। पतली काया काँप उठी और उसका मुँह सफेद हो गया, फिर मानों वह पत्थर-सी जड़ हो गई।

"आह चम्पा, क्षमा कर दो, तुम्हारा पेड़ तो चला गया, बिखर गया, गल गया। मैं तुम्हारे पेड़ को न बचा सकी।"

चम्पा मूर्ति बन लौटी जा रही है। लौटती हुई उस काया को देखकर रेवती 'चम्पा ओ चम्पा' कहकर पुकार उठी, किन्तु वह सफेद काया कोहरे के अन्धकार में न जाने कहाँ समा गई।

उसके बाद बहुत दिनों तक चम्पा उस ओर नहीं आई। रेवती का मन अन्दर-ही-अन्दर अकुला रहा था। चम्पा क्यों नहीं आई? एक बार भी न आई! क्यों? हरसिंगार का पेड़ नष्ट हो गया, इसलिए? तो क्या हुआ! क्या एक बार मुझे देखने के लिए नहीं आ सकती थी? केवल एक बार! यहाँ आना क्यों छोड़ दिया? प्रश्नों ने रेवती के मन को छलनी कर दिया। सोचने लगी—न जाने क्या हो गया? मैंने उससे कितने स्नेह से कहा था कि रोज आकर फूल चुनकर ले जाया करो। और फिर यह वृक्ष

भी तो हमारा है। इसके नष्ट होने पर हमसे अधिक क्षति और किसे हो सकती है? हमी ने तो लहलहाते वृक्ष को खो दिया है। ठूँठ हुआ खड़ा यह वृक्ष अब कभी नहीं फूलेगा। इस पर एक फूल भी नहीं लगेगा। इस बात का धैर्य बँधाने भी नहीं आई चम्पा। इस लड़की में इतना स्वार्थ?

रेवती ने अपने मन को समझाने का प्रयास किया, लेकिन चम्पा को देखे बिना उसका मन नहीं मान रहा था। चम्पा के बारे में किससे पूछे? जिस घर में वह काम करती है, उसका पता भी तो मैं नहीं जानती। रघु से तो इस विषय में चर्चा नहीं की जा सकती। वह हँसी में बात उड़ा देगा और ऊपर से मेरा मज़ाक उड़ाएगा। सास से? हे भगवान! वह तो हमेशा चम्पा को 'मनहूस, मनहूस' कहकर कोसती रहती हैं। बेचारी चम्पा! न जाने कहाँ है? उस दिन अन्तिम बार उसे देखा था। नष्ट हुए वृक्ष को देखकर कैसा आघात लगा था उसे! तड़प उठी थी, मानों किसी ने चाबुक से कोड़े लगाए हों। कौन जानता होगा उसके बारे में? शायद माली को···· ?

रेवती बगीचे की तरफ चल पड़ी। धुँधलके में क्यारियों के बीच बैठे हुए माली को उसने देखा।

"माली! तुम जानते हो कि वह कहाँ रहती है? अरे वही चम्पा! चम्पा को नहीं जानते? वही जो यहाँ रोज सुबह हरसिंगार चुनने आती थी। वह आजकल दिखाई नहीं देती! इस तरफ आती ही नहीं!"

"किसकी बात कर रही हैं माँजी? उस जवान विधवा की?"

"हाँ-हाँ, वही····"

"अरे माँजी, वह तो मर गई। बस केवल एक दिन बुखार में पड़ी रही। फिर उस नन्हीं-सी जान को बिलखता छोड़ गई। बेचारा बच्चा अकेला हो गया है।"

अकेला हो गया है, अकेला हो गया है, अकेला हो गया है····

कस्तूरी

1952 की दिल्ली। इसी वर्ष नरेश शर्मा ने पहले-पहल राजधानी में कदम रखा था। सरकारी नौकरी करते हुए मद्रास में अपनी माँ, पत्नी, इकलौती बेटी शंकरी तथा रिश्तेदारों से घिरे वे शांति से दिन बिता रहे थे कि अकस्मात् ही उन्हें दिल्ली तबादले का आदेश मिला। छुटिट्याँ बिताने के लिए मदुरै, कोयम्बटूर तेंजावूर, निरूनेलवेली जाने वाले नरेश शर्मा के लिए दिल्ली बहुत दूर की नगरी जान पड़ी। 'दूरी तो केवल मन का भ्रम है', मित्रों ने समझाया और उनकी पदोन्नति की बात याद दिलाकर उन्हें राजी किया।

"अरे जाइए शर्मा जी, केन्द्र में रहने के इस अच्छे अवसर को हाथ से मत निकलने दीजिए।" मित्रों ने आग्रह भरे स्वर में समझाया। यह जानते हुए भी कि उनकी बातें युक्तिसंगत हैं, नरेश शर्मा बहुत ही उधेड़बुन में थे। उनकी बूढ़ी विधवा माँ की बातों ने उनकी उलझन को बढ़ा दिया।

"क्यों बेटा नरेश, सुना है उत्तर भारत में सब मांसाहारी लोग मांस-मछली खाकर इधर-उधर जूठा फेंकते हैं। चारों ओर गंदगी ही गंदगी होती है," माँ ने कहा था।

"यह सब तुमसे किसने कहा माँ," शर्मा बोल उठे, "तुम बेकार ही ऊल-जलूल सोचकर डर जाती हो। और अगर ऐसे खाने वाले लोग हों भी तो उससे हमें क्या लेना? अपने घर के अंदर तो हम साफ-सुथरा रहकर छुआछूत को मान सकते हैं।"

"जो भी हो बेटा, मुझे क्या लेना-देना ? मेरे लिए तो इतना ही बहुत है कि तेरी खूब तरक्की हो। मैं तो यहीं मद्रास में राम नाम जपती हुई दिन काट लूँगी। तू चला जा," माँ ने समझाया था।

शर्मा जी चौंक उठे थे, "यह तुम क्या कह रही हो माँ ?"

"अरे बेटा मैं पहले से कह देती हूँ। आषाढ़-श्रावण में मुझे मंदिर-तालाब जाना होता है। दिल्ली मुझे रास न आएगी और ऐसी अनाचार की नगरी में !" अपनी बात कहती हुई माँ के सामने शर्मा निरुत्तर से खड़े रह गए।

"माँ ठीक ही तो कहती है।" अब मंगलम ने भी उनकी हाँ में हाँ मिलाई।

"मैं भी आराम से यहीं माँ के साथ रहकर उनकी देखभाल करूँगी। शंकरी के लिए भी मद्रास ही ठीक है। ऐसा स्कूल, गाने की क्लास, सखी-सहेलियाँ, मरीना का समुद्र तट, यह सब दिल्ली में कहाँ मिलेगा ? केवल आप ही दिल्ली जाकर जल्दी ही अपना स्थानांतरण किसी भी तरह यहीं करवा लीजिए।"

मंगलम की बात सुनकर शर्मा जी के पैरों तले से जमीन खिसक गई।

इसी बीच सास-बहू में जोर-जोर से बहस छिड़ गई।

"अरे बहू तुम यह क्या कह रही हो ? तुम यहाँ रह गईं तो अकेली जान नरेश के खाने-पीने का क्या हाल होगा ? उसकी सेहत बिगड़ नहीं जाएगी ?" माँ जानकी ने कहा।

"तो आप ही बताइए माँजी मैं क्या करूँ ? जवान हुई शंकरी की उस अनजान नगरी में कैसे देखभाल करूँगी ? मुझे तो डर लगता है। पंद्रहवाँ समाप्त कर उसे सोलहवाँ साल लग चुका है और अभी से यह कितनी बड़ी लगती है। यहाँ आप लोगों के साथ रहकर, गाना, पूजा-पाठ आदि सिखाकर जल्दी ही एक अच्छा लड़का ढूँढ़कर एक कुलीन परिवार को सौंप दूँगी," मंगलम बोली।

"बात तेरी भी पते की है, गुड़ की डली समान हमारी एक ही तो बच्ची है। चमेली की बेल जैसी बढ़कर खिल उठी है। इसकी शादी तो जल्द करनी ही होगी," मंगलम की बात में हामी भरती हुई जानकी कह उठी।

नरेश शर्मा को ऐसा अनुभव हुआ मानों किसी ने उनकी जड़ें उखाड़ दी हों। मंगलम का हृदय क्या पत्थर का हो गया है जो ऐसा कह रही है ? माँ की देखभाल के लिए मैं यहीं रह लूँगी, कहकर मुझे अकेला छोड़ रही है, साथ ही शंकरी को भी यहीं रखना चाहती है। क्या वह यह नहीं जानती कि बिना शंकरी के न तो मैं खा सकता हूँ, न सो सकता हूँ ?

शंकरी—

मंगलम को जब तीन महीने का गर्भ था तो नरेश शर्मा नहाकर पूजा की तैयारी करते। उनके होठों पर नाम आता 'शंकरा'। तमिल परिवार की पारंपरिक प्रार्थना के समान शर्मा भी प्रार्थना करते—"हे भगवान एक अच्छा पुत्र देना। मैं उसे तुम्हारे नाम से

सुबह-शाम जी भरकर बुलाऊँगा।" फिर उनके घर पुत्री हुई। भगवान ने मेरी इच्छा पूरी न की, ऐसी भावना उस बच्ची ने उनके मन में कभी न आने दी। बच्ची के मोहक रूप को देखकर अनायास ही उनके होंठों पर शंकरी नाम आया। तत्पश्चात् उन्होंने और किसी उपयुक्त नाम की खोज भी नहीं की और उसके बाद इतने वर्षों तक कोई और संतान न होने के कारण नरेश शर्मा के लिए वही शंकर और शंकरी दोनों ही थी। वह उसे प्राणों से भी प्यारी थी और अब मंगलम अपनी हठ के कारण उन दोनों को अलग करने की कोशिश कर रही है।

"देखो मंगलम, तुम्हारा यहाँ शंकरी को लेकर रहना संभव नहीं। उसे दिल्ली के कॉलेज में दाखिला करवाना है। चुपचाप सामान बाँधो, मैं कहे देता हूँ।"

स्वर की कठोरता से मंगलम ने समझ लिया कि अब बहस करने से कोई लाभ नहीं। शंकरी भी पिता के सुर में सुर मिलाकर बोली, "हाँ, मैं तो दिल्ली के कॉलेज में ही पढ़ूँगी। मुझे दिल्ली देखनी है। आखिर राजधानी है ना?"

"हाँ, हाँ, दिल्ली बहुत बड़ी जगह है। हम सब जाएँगे।" उत्साह भरे स्वर में शर्मा जी बोले।

दिल्ली आए शर्मा परिवार को पहले साल तो मौसम के अलग-अलग रूपों ने हिलाकर रख दिया। चिलचिलाती धूप और ठिठुरती ठंड को सहते हुए उन्हें ऐसा लगा मानों वे प्राकृतिक शक्तियों से लगातार जूझ रहे हों। शर्माजी को दफ्तर में नए मित्र मिल गए। दिल्ली भी भा गई। मंगलम भी तमिल भाषी ब्राह्मण परिवार ढूँढ़-ढूँढ़ कर अपने चारों ओर एक छोटा-सा तमिलनाडु बनाने में जुट गई पर कॉलेज में पढ़ती शंकरी के प्रति वह हमेशा सजग रहती। उसकी देखरेख में मंगलम ने कोई कसर न छोड़ी थी। इसमें उसे अपने पति का भी पूरा-पूरा सहयोग मिला। बीच-बीच में वह शंकरी को भी आगाह करती रहती।

"तुम अलग-अलग जाति के लोगों से मिलती-जुलती हो। कहीं तुम्हारा दिमाग न बिगड़ जाए। अपनी तमिल परंपरा के अनुसार ही रहो। वही तुम्हारे लिए ठीक है।"

इस तरह माँ बोलकर और पिता मौन रहकर शंकरी पर कड़ी नज़र रखते थे।

सप्ताह की एक शाम थी। हल्की-सी रिमझिम हो रही थी। नरेश शर्मा अभी तक दफ्तर से नहीं लौटे थे। मंगलम रसोईघर में थी। शंकरी सामने वाले कमरे में बैठी पढ़ रही थी। तभी दरवाजे पर दस्तक सुनकर उसने उठकर दरवाजा खोला। बाहर एक लड़की खड़ी थी। लगता था कि किसी पहाड़ी प्रदेश की है। नेपाल...लद्दाख, शायद उत्तर प्रदेश में कुमाऊँ की हो या फिर शिलाँग की। वह ठीक से समझ नहीं पा रही थी। लड़की के कपड़े-लत्ते, जेवर आदि से भी यही लग रहा था कि वह किसी पहाड़ी इलाके की है।

'नमस्ते' कहकर उस लड़की ने अपनी टोकरी में रखी गठरी में से कुछ निकालकर

उसकी ओर बढ़ाया।

"चाहिए ?" हिन्दी में पूछा।

"क्या है ?" शंकरी ने पूछा।

"कस्तूरी।"

"मतलब ?"

"कस्तूरी नई जानता ?"

"हूँ-हूँ" कहकर सिर हिलाती शंकरी को देख उस लड़की के होंठों पर मुस्कान तैर गई।

"बेबी हम अंदर आ सकता ?"

"हाँ, आओ-आओ," कहकर शंकरी ने उसे अंदर बुलाया। वह लड़की टोकरी हाथ में लिए ज़मीन पर बैठ गई। वह छोटी-सी टोकरी कपड़े से ढँकी हुई थी। एक कपड़े से ढँकी दूसरी गठरी को खोलकर उसने शंकरी की हथेली पर कोई एक वस्तु रखी।

"ये कस्तूरी है !" वह बोली।

सफेद रंग का छिलका। उस पर चारों ओर छोटे से हल्के से रेशे। उस गोल वस्तु को हाथ में रखकर एक क्षण उसे देखकर दूसरे हाथ से उसे सहलाया।

"कस्तूरी क्या होती है ?"

वह लड़की हँस दी। "बेबी अबी दूसरा हाथ से उसको छुआ था ना, जे हाथ अपना नाक पर रखकर देखो।" आग्रह भरे स्वर में वह बोली।

शंकरी ने सूँघकर देखा, "बाबा रे कैसी सुगंध है। मेरा तो सिर चकरा रहा है। सिर्फ उसे सहलाया ही तो था। फिर मेरी उँगलियाँ कैसे ?"

"बेबी अब देखो। वो हमको दे दो। अब अपना खाली हाथ फिर से सूँघो।"

"अरे, अब तो यह तुम्हारे हाथ में है फिर भी मेरे हाथ से सुगंध आ रही है।" अपने विस्फारित नेत्रों से वह बोली।

"ठीक है, अब अपने दाएँ हाथ की हथेली से बाएँ हाथ की हथेली को मलकर फिर सूँघो और बाद में अपनी साड़ी के छोर से हथेली को पोंछकर साड़ी को सूँघकर देखो।"

शंकरी मंत्रमुग्ध होकर बिना कुछ पूछे उसकी हर बात मान रही थी। आश्चर्य में डूबी वह बोली, "अरे जहाँ छुओ, वहीं महक है। सुगंधित स्थान को छूने से लगता है मानो महक वहीं चिपक जाएगी। आह ! कैसी बेहोशी की सुगंध है।" उसे लगा कि मानो उसका पूरा शरीर उस सुगंध के वशीभूत हो गया है। बाद में उसने उस लड़की से पूछा, "यह है क्या ? और कहाँ मिलता है ?"

"यह अशल कस्तूरी है। हिरण जानती हो हिरण ? उसमें जो नर हिरण होता है यह उसके पेट में मिलता है। वो भी कबी-कबी मिलता है। ऐसा कस्तूरी हिरण मिलना

ही मुश्किल है। अब बोलो खरीदेगा?"

"हाँ, क्या दाम है?" शंकरी ने पूछा।

"अपना माँ को बुलाओ, दाम बताता है।"

शंकरी चहक उठी, "माँ-माँ यहाँ एक मिनट के लिए आओ तो।"

"क्यों री। वहाँ कौन है?" कहती हुई मंगलम उस कमरे में आई।

"माँ, कस्तूरी होती है न कस्तूरी। यह लड़की वही कस्तूरी लेकर आई है। हम खरीद लें? इसकी सुगंध इतनी अच्छी है कि अगर कस्तूरी हो तो फिर हमें दूसरे फॉरेन सेंट और परफ्यूम की जरूरत ही नहीं। प्लीज खरीद दो ना!" शंकरी ने मिन्नत की।

"क्या? कस्तूरी?" कहती हुई मंगलम ने हाथ पर रखी उस वस्तु की ओर देखा। "क्या यह वही कस्तूरी है जो हिरण की नाभि में होती है?"

"हाँ माँ जी यह वही है। असली कस्तूरी।"

"अरे देखा तुमने! मेरी माँ तो पहले से ही कस्तूरी के बारे में जानती है।"

"कस्तूरी की महिमा कौन नहीं जानता?" कहकर उस पहाड़ी लड़की ने मंगलम की ओर देखकर कहा, "माँजी यह असल कस्तूरी है, खरीदेगा? मुन्नी का बहुत मन है। आप जितना दाम लगाएगा, हम उतना ही पैसा लेगा।"

"देख, तू अगर मुफ्त में भी यह कस्तूरी मुझे देती, मैं उसे लेकर घर रखने की नहीं।"

अचानक माँ के इस क्रोध भरे स्वर को सुनकर शंकरी चौंक गई।

"और हाँ, तुम अभी इसी समय अपनी इस टोकरी को लेकर यहाँ से चलती बनो!" मंगलम चीखी।

"आप इतना चिल्लाता क्यों है माँजी!" बीच में ही टोकती हुई उस लड़की ने कहा।

"चल, अभी, इसी समय यहाँ से दफा हो, नहीं तो...." कठोर स्वर में मंगलम ने आदेश दिया।

"माँ प्लीज़! आप क्यों बिगड़ रही हैं? देखो, इसकी सुगंध कितनी अच्छी है। मैं इसको अपनी अलमारी के कपड़ों में रख लूँगी, बिलकुल चंदन पाउडर या 'फ्लावन डस्ट' जैसे।" शंकरी का स्वर उत्साह भरा था।

"छिः चुप कर! तुझे शरम नहीं आती यह कहते हुए। तेरा दिमाग तो नहीं फिर गया, जा अंदर अपने कमरे में।" मंगलम चिल्लाई।

"माँ आपकी....क्या?"

"मैं कह रही हूँ न अंदर जा। सब मेरा दोष है। समय रहते तेरी शादी न कर तुझे इस राक्षसी नगरी में जो लेकर आई हूँ। मेरे नसीब ही फूटे थे।" मंगलम ने सिर पीट लिया। माँ के लाल हुए चेहरे और इस रूप को देखकर शंकरी स्तब्ध रह गई। माँ को आज अचानक यह क्या हो गया है? इस लड़की को भी इस बुरी तरह से डाँट रही है,

सोचती हुई सहमकर उसने उस टोकरी वाली लड़की की ओर देखा। पर दूसरे ही क्षण वह आश्चर्य में डूब गई। लड़की के चेहरे पर एक नटखट मुस्कान खेल रही थी। यह कैसी मुस्कान? शंकरी की समझ में कुछ न आया। लड़की के चेहरे की मुस्कान निश्चय ही कुटिल थी। माँ पर बदले में क्रोधित होने के स्थान पर उस लड़की के चेहरे की वह व्यंग्य-भरी मुस्कान? हे ईश्वर यह सब क्या है?

"तू कहना न मानेगी? कहा न अपने कमरे में जाने के लिए।"

माँ की डाँट सुनकर डरी शंकरी उस कमरे से बाहर निकल गई। जाते-जाते एक नज़र उसने उस लड़की के चेहरे की ओर देखा। उस चेहरे की वह रहस्यमयी मुस्कान उसकी आँखों में कौंध गई। उलझन में पड़ी शंकरी जब अपने कमरे में पहुँची तब अचानक उसका मन क्रोध से भर उठा। कमरे के दरवाजे को बंद कर वह धड़ाम से बिस्तर पर गिर पड़ी। उसका पूरा शरीर झनझना उठा। मन की अस्थिरता धक्धक् कर कानों में गूँजने लगी। न जाने किस उत्कंठा ने उसे बेचैन कर दिया था। बिस्तर से उठकर उसने टेबल पर रखी कुछ किताबों को जमीन पर दे मारा। पेंसिल एक ओर फेंक दी और तकिए को एक कोने में दे मारा।

अब माँ से कभी बात न करूँगी। जब देखो तब मुझे अपने इशारे पर नचाती है। मेरी इच्छाओं की कोई पूछ ही नहीं। उनके मन में दया तो जैसे है ही नहीं। पिताजी को आने दो आज। आज जो कुछ हुआ वह सब उन्हें बता दूँगी। केवल वे ही माँ को ठीक कर सकते हैं। आने दो पिताजी को तभी माँ को पता लगेगा।

शाम को शंकरी जब अपने कमरे से बाहर निकली तो शाम के साढ़े सात बज चुके थे। अनजाने में न जाने कब उसकी आँख लग गई थी। ठीक है, मैं ही सो गई थी तो किसी ने मुझे कुछ खाने के लिए या दूध पीने के लिए भी जगाया क्यों नहीं? और पिताजी? वह भी अब तक ऑफिस से आए नहीं क्या? जैसे ही शंकरी धीरे-से सामने वाले कमरे के निकट आई, उसे नरेश शर्मा की आवाज सुनाई पड़ी। मंगलम की खुसफुसाती आवाज़ साथ थी।

"अच्छे वरों की कोई कमी है क्या? हम अच्छे-अच्छे घरानों को जानते हैं। बस कुंडली मिलने की की देर है।" शर्मा बोले।

"जो भी हो चटपट कोई रिश्ता ढूँढ़ो। इस तरह दफ्तर, दोस्तों आदि में उलझकर हाथ पर हाथ धरकर बैठे रहोगे तो कल बात न बिगड़ जाए। मैं कहे देती हूँ।"

"चिंता मत करो मंगलम। अपनी बिटिया शंकरी को शीघ्र ही एक अच्छे वर के हाथ में सौंप देंगे। उसकी परीक्षाएँ पास आ रही हैं। परीक्षा खत्म होते ही उसे हम क्यों न माँ के पास मद्रास भेज दें? क्या कहती हो?"

"वही ठीक है।" मंगलम ने कहा, "बस तुरन्त मद्रास के लिए रेल का रिजर्वेशन करा लो। इस सीजन में हमारी जान-पहचान के बहुत से लोग मद्रास जा रहे हैं। शंकरी को भी साथ मिल जाएगा। फिर मद्रास में आपकी माँ, भाई और मेरी बहनों की

लड़कियों, मामा के बच्चों के साथ रहकर शंकरी का मन भी स्थिर हो जाएगा। यहाँ दिल्ली में रहकर उसकी देखभाल में मेरी जान सूख रही है।"

मंगलम को देखकर शर्मा ने सांत्वना भरे स्वर में कहा, "मैं तो हूँ न मंगलम, फिर क्यों चिंता करती हो? मैं वादा करता हूँ कि जल्दी-से-जल्दी उसके लिए एक अच्छा वर ढूँढ़ दूँगा।"

यह कैसी अनोखी बात है? पिताजी ऐसा क्यों कह रहे हैं? माँ की हर बात पर यह मंदिर की गाय के समान सिर हिलाकर हामी भर रहे हैं। इस तरह बोलने वाले पिताजी माँ को क्या ठीक करेंगे? आज शाम माँ ने जो तमाशा किया था, उसके बारे में इन्हें बताने से क्या लाभ? यह भी माँ का ही पक्ष लेंगे।

हे ईश्वर! आज का दिन ऐसा क्यों था? अब अचानक मेरी शादी की बात कैसे चल पड़ी? सोलह खत्म कर मेरी उम्र सत्रह पर है, अभी तक बी.ए. नहीं किया फिर मुझे भी तो सब के समान एम. ए. करना है। और ये लोग न जाने क्यों मुझे कठोर दंड देने के लिए दादी के पास मद्रास भेजने की योजना बना रहे हैं? कहते हैं मद्रास जाकर मैं स्थिर हो जाऊँगी। कैसी स्थिरता? ऐसा मैंने क्या किया है? किसे जाना है मद्रास उन लोगों के पास? छिः क्या बोरियत है?

बिना कोई आवाज किए शंकरी अपने कमरे में लौट गई। हे भगवान्! यहाँ कैसा सब बिखेर दिया है? माँ आकर देख ले तो। ज़मीन पर चारों ओर किताबें बिखरी पड़ी थीं। कोने में पड़े पेन-पेंसिल और तकिए को उठाकर उसने सहेज कर रखा। मेज के सामने बैठी। दूसरे दिन की किताबों को छाँटकर उनमें से एक उसने खोली। मेज पर कुहनियाँ टिकाकर, गालों को हाथों में थामकर पुस्तक पढ़ने में ध्यान लगाया। गालों पर रखे हाथों में थामकर भी पुस्तक पढ़ने में ध्यान लगाया। गालों पर रखे हाथों से हल्की महक आ रही थी। चोरी-चोरी वह नशीली सुगंध उसकी नाक में समा गई। अरे अब भी कस्तूरी की महक तैर रही है। हथेली को पूरा खोलकर उसने फिर सूँघा। इतनी देर के बाद भी कैसी मोहक गंध! उसका पूरा शरीर झनझना उठा और तैरती हुई मानो वह किसी और लोक में पहुँच गई। अहा, उसकी पलकों के अंदर एक फूलों से लदा बगीचा था। बगीचे में कोई भी आदमी नहीं। चारों ओर बस हरी घास फैली थी। एक खुला विस्तृत मैदान, जिस पर घास की हरियाली थी····चाँदी-सा चमकता झरना, जिसका निर्मल स्वच्छ पानी झर-झर करता हुआ बह रहा था और उस हरीतिमा में चौकड़ी भरते इतने सारे हिरण, हिरणों का झुंड जो अपनी सुडौल कोमल टाँगों से उछल-कूद कर रहा था, चौकड़ी भर रहा था। उन सबके बीचों-बीच था वह कस्तूरी मृग····एक सुंदर नर-मृग, हाँ बहुत सुंदर नर-मृग।

"शंकरी खाना खाने चलो।" दरवाजे पर खड़े होकर शर्मा ने हल्के स्वर में ही आवाज़ दी थी किन्तु शंकरी हड़बड़ा उठी। अपने को मानों किसी तंद्रा से झकझोरती हुई वह उठी। पिता के चेहरे को ध्यान से देखा, लगता था जैसे किसी ने उनके होंठों पर

ताला जड़ दिया हो। सदा की तरह तैरता हुआ वह वात्सल्य भाव आज उनकी आँखों में क्यों नहीं दिखाई देता? आज इस घर में सबको क्या हो गया?

आने वाले बीस दिन परीक्षाओं की तैयारी में और इसके बाद एक-एक परीक्षा देने में गुज़र गए। देखते-ही-देखते दिन हवा हो गए। शंकरी की परीक्षा का आखिरी दिन था। बड़ी आतुरता से वह इस दिन की प्रतीक्षा कर रही थी। परीक्षा समाप्त होते ही उसने अपनी सहेलियों के साथ सिनेमा देखने, दुकानों में जाकर खरीदारी करने और लम्बे-वॉक की योजना बनाई थी। पढ़ाई की थकान मिटाने के लिए सहेलियों के साथ हंगामा मचाना ही होगा। फिर मद्रास जाना है। वहाँ जाकर मनचाहा नहीं किया जा सकता। दादी, तायाजी, मामा, मौसी का कहना मानना होगा। उसके बाद फिर न जाने क्या हो? शायद जल्दी ही कोई खूसट, मरियल ब्राह्मण के पल्ले बाँध दी जाऊँ। बस उसके बाद जिंदगी खत्म।

उन्होंने सारी दुकानें छान डालीं। चलते-चलते पैरों ने भी जवाब दे दिया। माता-पिता द्वारा उसकी सभी इच्छाओं को पूरा करते देख शंकरी अपने आपको दोषी ठहराने लगी। बेचारी माँ और पिताजी कितने अच्छे हैं। मुझे इन पर क्यों गुस्सा आता है? मुझको खुश रखने के लिए ही तो यह मेरी हर इच्छा पूरी कर, संगी-साथियों के साथ घूमने-फिरने की इजाजत दे रहे हैं। मैंने इन्हें क्यों गलत समझा?

उसका मन उसे कचोटने लगा। मद्रास जाने में केवल दो ही दिन रह गए थे। इसलिए उस शाम को सहेलियों के साथ घूमना-फिरना उसे बहुत ही अच्छा लग रहा था। पता नहीं अगले वर्ष कॉलेज में पढ़ूँगी या नहीं। या फिर किसी पिचके गाल, खूसट मरियल, डरपोक और चिल्लाने वाले पंडित के गले मढ़कर माम्बलम या सैदापेट की मामी बनकर रह जाऊँ।

हल्का-सा अँधेरा छाने लगा। सहेलियों के साथ जी भरकर चहलकदमी करने के बाद उन्हें टा-टा, बॉ-बॉय कहकर शंकरी उस हल्की अँधेरी गली में तेजी से कदम रखती हुई अपने घर की ओर चल पड़ी। उस हल्की रोशनी में कुछ दूरी पर कमर पर एक टोकरी उठाए एक आकृति दिखाई दी। क्या यह वही है? लंबे-लंबे कदम रखती हुई शंकरी ने उसको पकड़ ही लिया।

वही तो है, हाँफते हुए शंकरी ने उसको देखा।

"अरी ओ कस्तूरी वाली!" कहकर उत्साह भरे स्वर में उसने पुकारा। वह लड़की एक क्षण वहीं खड़ी रही।

"बेबी है?" कहती हुई वह मुस्कुरा उठी।

"बेबी?" कहकर शंकरी हँस दी। "तुम जानती हो, मैं कॉलेज में पढ़ती हूँ।" बड़े गर्व से वह बोली। वह लड़की खिल-खिला उठी। "वह सब तो ठीक है, पर यह बताओ कि तुम्हारा माँ का जो मुझ पर गुस्सा था वह ठंडा हुआ? तुम कैसा है?"

"तुम कैसे इस तरह हमेशा खिलखिलाकर हँसती हो? एक बात और मैं तुमसे

पूछना चाहती थी। यह बताओ कि उस दिन मेरी माँ ने तुम्हें इतना भला-बुरा कहकर, फटकारकर घर से बाहर कर दिया, तुम्हें जरा भी गुस्सा नहीं आया। क्यों?"

"मुझे? बेबी हमको तुमको देखकर बड़ा दया आया, इसलिए तुम्हारा माँ का गुस्सा देखकर मेरे को हँसी आया। हँसेगा नहीं तो फिर क्या करेगा?" कहती हुई वह फिर हँसी। जी खोलकर हँसी। लगा जैसी चाँदी की घंटियाँ बज रही हों। गली के बीचों-बीच खड़ी होकर यह गरीब लड़की कैसे इस तरह हँस लेती है? कैसी संक्रामक हँसी है? मेरे घर में मेरे सगे-संबंधियों में किसी को भी तो ऐसा हँसना नहीं आता! लगता है, मानो दुनिया भर का बोझ अपने कन्धों पर उठाए हँसना भूलकर वे रेंग रहे हों और एक ओर यह अनोखी लड़की! संतोष जैसी भावना को शुद्ध रूप में अपने में आत्मसात कर चुकी है कि उसके सामने उसकी गरीबी भी अपना आँचल बचाकर परे हट गई है। कैसी निर्मल उन्मुक्त हँसी है। गली में खड़ी शंकरी उसी को देखे जा रही थी। चारों ओर अँधेरा घना हो रहा था। "यह देखो मेरे पास कुछ पैसे हैं," कहकर उसने अपने चारों ओर एक सरसरी निगाह डाली, फिर रहस्यपूर्ण ढंग से फुसफुसाकर कहा, "मैं वह कस्तूरी खरीद लेती हूँ, जरा इधर दो।"

वह लड़की फिर खिलखिलाई। उसकी हँसी ने आकाश में घर की ओर उड़ रहे पक्षियों के दल को चौंका दिया।

"बेबी, केवल दाम देकर कस्तूरी नहीं खरीदी जा सकती। उसकी महिमा जानकर उसके पीछे जाना होता है, और उसके लिए हिम्मत चाहिए," कहती वह धीरे से हट गई।

"क्या? हिम्मत? सुनो, तुम्हारे कहने का क्या मतलब है?" जाती हुई उस लड़की को पीछे से पुकारा।

एक पल के लिए उस लड़की ने मुड़कर देखा।

"तुमको भी समझेगा बेबी जब तुम बड़ा हो जाएगा। अच्छा रहो, खुश रहो, मैं चलती हूँ।" कहती हुई उस लड़की के मुख पर शरारत उभरी। इस शरारत भरी मुस्कान को शंकरी ने देखा। अंत में पहेली-सी उस जाल भरी मुस्कान को फेंकती हुई कमर पर टोकरी रखे उस अँधेरे में नजरों से ओझल होती लड़की को देखती वह खड़ी रह गई और धीरे-धीरे उस आकृति ने एक बिंदु का रूप ले लिया।

आवाज़

यह एक बहुत ही महान प्रथा है। जब तक बड़ी लम्बी-ऊँची सीढ़ियों पर हाँफते हुए चढ़कर हम ऊँचाइयों तक नहीं पहुँचते तब तक हमें अपने इष्ट देवता के दर्शन नहीं हो सकते। मनुष्य स्वयं को और अन्य लोगों को धोखा देता हुआ, दुःखों को जान-बूझकर ढूँढ़ निकालता है। फिर उन दुःखों को, लगी हुई चोटों को बड़े गर्व से दिखाकर अपनी प्रशंसा आप करने के लिए विचित्र प्रदर्शन करता है।

मलकोहै पिल्लेयार मन्दिर की पहाड़ी से उतरकर पुनः लौटने की इच्छा ने सोमसुन्दरम् के मन को चपल कर दिया। एक मिनट के लिए बगल की लोहे की रेलिंग को पकड़कर वे खड़े रहे। वे कुछ सोचते रहे। किसी शक्ति ने उन्हें आगे धकेला। वे पुनः धीरे-धीरे सीढ़ियाँ चढ़ने लगे। नौ सीढ़ियाँ चढ़ने के बाद आराम करने के लिए एक खुली जगह थी। थोड़ी देर वे खड़े रहे।

"उच्ची पिल्लेयार (बड़े गणेशजी) के दर्शनों के लिए, उनकी कृपा की आवश्यकता है, आइए!" निरन्तर आ रही बाध्य करती हुई ब्राह्मण-कंठ की ध्वनि की दिशा की ओर सोमसुन्दरम् ने देखा। फिर वे सन्निधि के निकट गए। वहाँ एक छोटे विनायक (गणेश) थे—पत्थर के समान जड़ होकर बैठे हुए। पत्थर के समान क्यों, पत्थर के ही तो थे वे! पुरोहित के मंत्र कानों में गूँज रहे थे। मारे दर्द के सिर फटा जा रहा था। यहाँ मैं क्यों आया

हूँ? शांति ढूँढ़ने के लिए? क्या इस विश्वास के साथ कि मन को शांति मिलेगी? यहाँ आने मात्र से क्या वह पुनः जीवित होकर वापस आ जाएगी? या परलोक सिधारा मेरा छोटा दामाद फिर जीवित होकर आँखों में आँसू लिए खड़ी मेरी छोटी लड़की के साथ फिर से जीवन बिताएगा?

जब वह गई थी, तब सबने कहा था, "बड़ी भाग्यवान है जो पुष्प, हल्दी और सिंदूर के साथ गई!" और मैं जड़ होकर ठूँठ-सा खड़ा था, वह शायद किसी को दिखाई ही न पड़ा। फिर जब मेरा छोटा दामाद चल बसा—तो "हे भगवान! इसके फूल और सिन्दूर लेकर चला गया।" कहकर हाहाकार किया गया था। लगा जैसे रीति-रिवाज को उलटा कर दिया गया है। कितने अलग-अलग दृष्टिकोण। और यह पत्थर के विनायक कुछ न कर, बिना हिले-डुले बैठे हुए थे।

सोमसुन्दरम् वहाँ से हटे। बड़ी ही कठिनाई से वे फिर सीढ़ियाँ चढ़ने लगे। उनके पीछे आ रही एक हलचल मचाती भीड़ ने उन्हें धक्का दे, देवी की मूर्ति के सामने ला खड़ा कर दिया। वहाँ पुष्पों, साड़ी और गहनों में सजी देवी भी पत्थर जैसी ही खड़ी थी। उस पर पूजा के अर्पित पुष्प-दल एक-एक कर गिर रहे थे। कहाँ से प्रारंभ हुई यह परम्परा? देवी के मुख की तरफ उन्होंने देखा। पत्थर पर गढ़ी हुई वे दोनों आँखें!

सोमसुन्दरम् फिर ऊपर चढ़ने लगे। अपना शरीर उन्हें पत्थर जैसा भारी लगा। उसे घसीटते हुए उन्हें बड़ी थकावट का अनुभव हुआ। साँस भर गई। शरीर के भार को न सँभाल पाने के कारण वे एक सीढ़ी पर खड़े हो गए। थकावट के साथ वे बची सीढ़ियाँ चढ़ने लगे। एक खुली जगह जाकर वे साँस लेने के लिए खड़े हो गए। दूर कावेरी नदी कल्-कल् करती बह रही थी। कुछ दूर पर श्रीरंगम् के रंगनाथ भगवान के मंदिर का गोपुरम् गंभीर और उन्नत खड़ा था। चारों ओर तिरुचि नगर की इमारतें बिछी हुई थीं। उस ओर तंजावूर। इतनी सारी प्यारी जगहों के होते हुए भी सोमसुन्दरम् को लगा मानों वे एक भँवर के बीचों-बीच फँसे, बिलकुल अकेले खड़े हैं।

"जाइए सभी जाइए, शिव की आरती होगी। शीघ्र चलिए!" कोई दिशा दिखाता हुआ खदेड़ रहा था! पैर शिव सन्निधि की ओर खींचते हुए ले गए। इस शिवलिंग को देखो! मुझे भी इसी के समान पत्थर होकर, आकार बदल लेना चाहिए। हाड़-मांस होने के कारण ही तो ये आँसू हमें हिलाकर रख देते हैं।

छाती को दबोचने वाला दुःख, मन को घेरने वाला एकान्त! क्या ये पत्थर की मूर्तियाँ हमारी दशा समझकर हमारा धीरज बँधाएँगीं? मुझे भी पत्थर का हो जाना चाहिए। तभी मुक्ति संभव है।

सोमसुन्दरम् ने वहाँ के बरामदे का चक्कर लगाया। ऊपर सब ओर नायनमार के चित्र लगे थे। चलो ठीक है चला जाए! आगे, अभी कुछ और सीढ़ियाँ भी तो पार करनी हैं।

"ऐसे आइए!····यहाँ ऐसे!" सोमसुन्दरम् सीढ़ियों के रास्ते आगे बढ़े। इतनी दूर

आ चुका हूँ। इसके बाद लौटना मूर्खता होगी। किसी भी तरह साँस भरकर जल्दी-जल्दी उच्ची पिल्लेयार तक पहुँचना ही होगा।—सोचकर वे तेजी से चलने के लिए तत्पर हुए। शरीर चट्टान-सा भारी लग रहा था। हाथ, पैर पत्थर के समान भारी होकर उन्हें खींच रहे थे।

"यहाँ आइए मामा। नवग्रहों में दीप रखिए!" अँधेरे कोने से वह आवाज आई। सोमसुन्दरम् ने उस दिशा की ओर देखा। क्रोध से बदन जल उठा। छिः यह कैसी झंझट है। अगर जल्दी ऊपर जाना भी चाहो तो रास्ते-भर की यह झंझट। किन्तु वह झंझट थी तो केवल एक रुपए की। परन्तु सभी दिए की बातियाँ शुद्ध घी की हैं। "मामा, दीप प्रज्वलित कीजिए, सभी कष्टों से विमुक्ति मिल जाएगी!" सोमसुन्दरम् ने उस कंठ-ध्वनि के स्वामी को अंधेरे में ढूँढ़ने का प्रयास किया। "अच्छा बिजनेस बना रखा है। पैसे लूटने वाले व्यापारी!" कहकर मन-ही-मन शाप दिया।

"घी के दीए जलाकर रखिए। एक रुपया!" वह स्वर धीरे-धीरे क्षीण हो गया। उस आधे-अंधकार में सोमसुन्दरम् को उसका मुख दिखाई दिया। उस व्यक्ति के मुख पर हल्की मुस्कान की लकीर थी। मुख से अधिक उस स्वर में अपार मिठास थी। पूरे चेहरे पर बुढ़ापे की लकीरें थीं।

सोमसुन्दरम् ने जेब में हाथ डालकर एक रुपया निकाला और घी की बातियों की थाली खरीदी और उस कंठ-ध्वनि के पास जा खड़े हुए।

"थाली यहाँ दे दीजिए। एक-एक कर मैं दिया जला देता हूँ। एक कतार में रखते चले जाइए। प्रकाश होगा। आपको रास्ता दिखाई देगा।" उस मनुष्य की रेशम की तरह कोमल कंठध्वनि सोमसुन्दरम् को कहीं छू गई। धीरे से उसकी ओर कनखियों से देखा।

"हुम्म, ऐसे ही, एक के पास एक दियों को एक ही कतार में रखते हुए आइए। आप बहुत कष्ट, बहुत दुःख सह चुके हैं। इसके बाद भी, इन सीढ़ियों पर चढ़कर-आई अपनी शक्ति के बारे में सोचकर गर्व का अनुभव कीजिए।"

यह किस तरह मेरे विषय में···· ? क्या मेरा इनसे परिचय है? दीपों की बातियों के प्रज्वलन के बीच सोमसुन्दरम् ने उन्हें सिर उठाकर देखा।

मुझे तो याद नहीं पड़ता कि मैंने इसे कहीं देखा है? फिर यह कैसे, जैसे मानों मेरा जीवन ही जानता हो?—"अब कोई कष्ट आपको बाधित न करेगा। भगवान् जानते हैं कि आपने जो सहा है वह बहुत है। ईश्वर अब आपके मार्ग को प्रकाशमान बनाएगा।" मधुर संगीत के समान मीठी आवाज। आश्चर्य से हड़बड़ाए सोमसुन्दरम् अपने भावों को छिपाते हुए, सिर झुकाए, उन घी की बातियों को रखने में लगे रहे। घी की सुगन्ध फैलाते हुए उन छोटे दीपों ने अंधेरे छोटे कोने को प्रकाशित कर दिया।

"ठीक है, सब रखा जा चुका है। ये नवग्रह आपकी रक्षा करेंगे: अब आप पर कोई कठिनाई न आएगी। इतने कष्टों को धैर्यपूर्वक सहा, आप पर अब ईश्वर की पूर्ण कृपादृष्टि होगी और आपको सभी सौभाग्यों की प्राप्ति होगी।" एक रहस्यपूर्ण ढंग से

कही ध्वनि। उनके मन को जैसे सहला दिया हो।

"अब इस तरफ से प्रणाम करें।"

सोमसुन्दरम् ने साष्टांग प्रणाम किया। छाती पर चट्टान जैसे पत्थरों का स्पर्श हुआ। पत्थर को क्यों दोष दिया जाए। प्रणाम करने योग्य भी न रहे जाने वाले इस शरीर पर कैसा बोझ।

भगवान् के शरणागत हो जाइए। वह आपको निश्चय ही शांति देगा।

अचानक पत्थर टूट गया और जल की धारा फूट पड़ी। उठकर खड़े हुए सोमसुन्दरम् से अब न रहा गया और वे स्तम्भ के निकट बैठ गए। इतने दिनों तक अपनी छोटी बेटी के लिए छिपाए आँसुओं ने उनके मुख का अभिषेक कर दिया।

'कोई बात नहीं! भगवान् के सामने रोने में कैसी लज्जा? हम सब तो उन्हीं के बच्चे हैं।" सांत्वना देती हुई यह कोमल कंठ ध्वनि रह-रहकर उनके आँसुओं को और अधिक उभारती रही। "सभी दुःखों को सहने के बाद अब आपके लिए जीवन सरल होगा। सब कुछ अच्छा होगा। शांति मिलेगी।"

बरामदे के बाहर गूँजती वह ध्वनि छाया के समान सोमसुन्दरम् के साथ लगी रही। कैसा आश्चर्य। यह आदमी तो इस तरह बोल रहा है जैसे मानों मुझे जानता हो! स्वर में कैसी मोहिनी है? अगर यह गाए तो कैसा लगे?

सोमसुन्दरम् फिर से सीढ़ियाँ चढ़ने लगे। एक-एक सीढ़ी पार की। फिर एक और बरामदे पर पहुँचे, जो खुली जगह पर था। जगह ऊँची होने के कारण ठंडी हवा शरीर को स्पर्श कर रही थी। नीचे नगर बिछा हुआ था। उन्हें ऊपर और कई सीढ़ियाँ चढ़नी हैं, मानो उनका और नगर का कोई सम्बन्ध ही न हो। बड़ी ऊँची पत्थर की बनी सीढ़ियाँ, उन पर बिना किसी कठिनाई के सोमसुन्दरम् चढ़ गए। उनका हल्का-फुल्का शरीर बड़ी आसानी से सीढ़ियाँ पार कर गया। फुर्ती से वे ऊपर चढ़ते गए। जल्दी ही वे बेहद ऊँचाई पर स्थित पिल्लेयार के मन्दिर पहुँच गए।

साँवली

देखते-ही-देखते खेल समाप्त हो गया। कल्याणी ने अपना टैनिस रैकेट पोंछा और उसे केस में डालकर वह अपने मित्रों की प्रतीक्षा करने लगी। बगल वाले दूसरे टेनिस कोर्ट में अपना खेल समाप्त कर राबर्ट, आना, जार्ज और डल्सी उसकी तरफ आए। मागरिट, जिम और सहीरा भी पहले कोर्ट से चलते हुए उनके साथ हो लिए।

"हाँ," एक लम्बी साँस भरते हुए जिम बोला।

"आज तो जी भरकर दो राउंड खेल ही लिया," हँसते हुए डल्सी बोली।

"यह सब कुछ बस अभी संभव है क्योंकि यह पहला सप्ताह है, अगले हफ्ते से तो जोर-शोर से कक्षाएँ शुरू हो जाएँगी। फिर उसके बाद डिपार्टमेंट के सेमिनार, प्रोजेक्ट, मीटिंग, यह-वो कहकर हम बहुत ही बिज़ी हो जाएँगे," जार्ज बोला।

"हाँ, लगता है जैसे दम भरने की भी फुरसत न होगी," अपनी आँखें फैलाती सहीरा ने कहा। वह प्रथम वर्षीय छात्रा थी। कल्याणी के लिए यह दूसरा वर्ष था।

पिछले वर्ष के प्रारंभिक दिनों में लगभग इसी समय वह बार-बार इंडिया में अपने घर के बारे में सोचती थी। घर की याद उसे व्याकुल कर देती थी। अब वह लंदन विश्वविद्यालय के वातावरण की अच्छी तरह आदी हो चुकी थी। पढ़ाई में तथा उससे सम्बन्धित प्रोजेक्ट के कामों में डूबी हुई उसके पास घर के बारे में सोचने के लिए ज़रा भी समय न था। जब भी थोड़ा-बहुत समय मिलता तो कम्प्यूटर सेन्टर में जाकर कुछ नए विषयों को सीखती थी। संभव हुआ तो इस साल वह घर जाएगी।

"ठीक है, चलो ठंडी बीयर पीते हैं। कम आन!" राबर्ट ने सबको जल्दी-जल्दी उठाते हुए कहा।

सभी चल पड़े।

"मेरे लिए लेमन सोडा," कल्याणी ने कहा।

"क्यों ? क्या तुम बीयर भी नहीं पीती ?" मागरिट ने पूछा।

"नहीं।"

"वाइन ?"

"वह भी नहीं।"

"ओ, तब तो लगता है तुम पूरी तरह ही टी टोटलर हो," हँसते हुए मागरिट ने फिर पूछा, "इंडिया में रहने वाली सभी लड़कियों की आदतें तुम जैसी होती हैं कि केवल तुमने कोई व्रत ले रखा है ?"

"आ''''इंडिया में साधारणतः मुझ जैसी कई लड़कियाँ दिखेंगी," कल्याणी बोली।

"और तुम्हारा परिवार ?" जिम ने पूछा, "तुम्हारे घर में क्या किसी को भी शराब की आदत नहीं है ?"

"नहीं, मेरे पिताजी भी नहीं पीते।"

"गुड, मैं भी एक दिन यह शराब छोड़ने की सोच रही हूँ," आना ने कहा।

"बस, मुझसे यही न हो पाएगा," राबर्ट बोला, "पर धीरे-धीरे मांस-मछली जैसी चीजें कमकर रहा हूँ।"

"क्यों ? क्या तुम शाकाहारी बनने वाले हो ?" डल्सी ने पूछा।

"ऐसे ही किसी लक्ष्य को पूरा करने की कोशिश कर रहा हूँ," राबर्ट बोला।

सदा की तरह सबके लिए ठंडी बीयर और कल्याणी के लिए लेमन सोडा आया।

"आहा, फुर्तीले खेल के बाद ठंडी बीयर की ठंडक का आनन्द कुछ और ही है," जीभ से अपने होंठों पर लगे झाग को चाटते हुए जार्ज बोला।

"फर्स्ट क्लास।" उत्साह भरे स्वर में सहीरा ने उसका अनुमोदन किया।

"एक बात पूछूँ ? पाकिस्तान में यदि लड़कियाँ पिएँ तो क्या कोई आक्षेप नहीं करता ?" उसे देखते हुए जिम ने पूछा।

"लड़कियों के लिए ही नहीं, कुछ लोग तो मर्दों के पीने पर भी आक्षेप करते हैं," सहीरा बोली।

"लगता है, उसके बारे में तुम चिंता नहीं करती ?" जार्ज ने कहा।

"हाँ, हमारे परिवार में भी बहुत लोग पीते हैं। उनमें मैं भी एक हूँ," सहीरा हँसते हुए बोली।

"यहाँ इंग्लैंड में या फिर हमारे अपने देश ट्रिनिडाड में हमारे परिवार के लोग पीढ़ियों से पीते चले आ रहे हैं। उसमें भी बीयर पीना तो हम लोगों के लिए पानी पीने के समान है," खिलखिलाकर हँसती हुई डल्सी बोली। उसके काले, मक्खन के समान चिकने चेहरे पर दूध से सफेद दाँतों की पंक्ति के सौन्दर्य को आश्चर्य से देखा कल्याणी ने। डल्सी का सौन्दर्य सबसे अलग, एक अछूता सौन्दर्य था। एक गहरे काले रंग का सौन्दर्य। परन्तु इंडिया, खासकर दक्षिण भारत में कौन सहजता से इस बात को स्वीकार करेगा कि वह सुन्दर है ? 'हुम काली कलूटी !' कहकर उपेक्षा से उसे परे रखेंगे।

"कल्याणी बेकार धूप में मत घूमो ! काली हो जाओगी।"

"यह क्या हर समय टेनिस या बॉस्केट बॉल लगा रखा है। पूरा चेहरा सूखकर बैंगन जैसा काला हो गया है। बस यह खेल-वेल बन्द करो।"

छुट्टियों और सप्ताह के अन्य दिन कम-से-कम एक बार घर में चंदन घिसकर उसमें गुलाबजल मिलाकर उसे चेहरे पर लगाने के लिए कल्याणी को बाध्य किया जाता।

"कहना मानो। चंदन घिसकर मुँह पर लगाया करो। आधे घंटे बाद गरम पानी से उसे धो डालो। रंग निखरकर चमक उठेगा," कहकर उसे समझाते। उसके इंग्लैंड जाते समय भी "अपनी त्वचा की अच्छी तरह देखभाल कर उसे सँभालकर रखना। वहाँ ठंड में, धूप में मत घूमना। काली पड़ जाओगी। बादाम को गरम पानी में भिगोकर उसका छिलका उतारकर पीसकर मलाई के साथ चेहरे पर लगाना, फिर आधे घंटे के बाद धोना।" जाने कितनी-कितनी हिदायतें। कल्याणी मन-ही-मन हँस पड़ी। सभी के मन में एक ही बात का डर है, कल्याणी कहीं काली न पड़ जाए। क्योंकि कल्याणी ठहरी शादी की उम्र की लड़की। कहीं कोई एक झलक देखकर यह न कह दे कि लड़की काली है। उसके माता-पिता तो वहीं तड़प उठेंगे।

कल्याणी का रंग एक प्रकार की शंका उत्पन्न करने वाला रंग था। उसे देखकर कोई उसे काली नहीं कह सकता था। पर साथ ही जी खोलकर उसे गोरी भी नहीं माना जा सकता था। इन दोनों रंगों के बीच झूलता हुआ, शंकाएँ कुरेदता हुआ वह साँवला रंग ही उस पर फबकर एक प्रकार से उसे आश्वस्त करता था। उसके माता-पिता, सगे-सम्बन्धियों और उसके समूह को बहुत ही क्लेश पहुँचाने वाला वह साँवला रंग। कल्याणी जब सुरुचिपूर्ण ढंग से अपने कपड़ों के रंगों को चुनती तो उसका रंग खिल उठता था। पर यदि चुनाव में कभी लापरवाही हो जाए तो उसके शरीर का वह रंग एक प्रश्न-चिह्न के रूप में सामने आ खड़ा हो जाता था।

लंदन में जब वह नई-नई आई थी, तब अपनी माँ, बहन, नानी, मौसी सबके कहे अनुसार ही चंदन, गुलाबजल, बादाम के लेप, मलाई आदि के उपयोग से अपनी त्वचा की देखरेख करती रही। प्रथम वर्ष में कल्याणी और स्पेन से आई एक लड़की आना पोलाम्बी को रहने के लिए एक ही कमरा मिला था। पहले-पहल आना के बाहर जाने पर ही कल्याणी अपनी त्वचा की इस तरह से देखरेख करती थी। उसके लौटने से पहले ही चेहरे को अच्छी तरह से धोकर चंदन घिस उसमें गुलाबजल मिलाकर, बादाम पीसकर उस जगह को इस तरह साफ कर देती कि किसी वस्तु के चिह्न ही नहीं दिखाई देते। इसी तरह कई महीने गुज़र गए। कमरे के बाहर कल्याणी अपने सहपाठियों के साथ पढ़ती, खेलती, नाचती, गाती, खाती एक नॉर्मल लड़की। लंदन विश्वविद्यालय में दुनिया के कोने-कोने के अनेक देशों से आए हुए अलग-अलग रंग, अलग-अलग ढंग से पले, अलग बोलियाँ बोलने वाले छात्र-छात्राओं से वह बड़ी सहजता से पेश आती पर अपने कमरे में पहुँचकर दरवाजा बन्द कर अकेली होती तो हमेशा की तरह उस चंदन घिसने के

पत्थर, चंदन, बादाम की गरी, लेप, मलाई, गुलाबजल आदि को बाहर निकालती। दरवाजा खोलकर बाहर निकलती हुई लड़की कल्याणी एक भारत की नवयौवना। अकस्मात् उसे एक भँवर घेर लेता। उसके बाद कमरे के अन्दर पहुँचकर इस बाहरी संसार, पाश्चात्य सभ्यता के मुँह पर दरवाजा बन्द करते ही कितना परिवर्तन। अपने-आप को लेकर कितनी हीनता की भावना, अपने रंग पर—साँवले रंग पर। बाहर के कई देशों से आए प्रतिनिधि छात्र, प्रोफेसर क्या मुझे इसलिए स्वीकार करते हैं क्योंकि मैंने यह सब कुछ उनसे छिपा रखा है या फिर क्या मैं ही उनके नजरिए का चश्मा पहनकर अपने आपको देख रही हूँ? दरवाजा खोलकर विशाल संसार में प्रवेश करती एक कल्याणी रंग-भेद, जाति-भेद आदि विषयों पर पूरे जोश के साथ बहस करती हुई, एक कल्याणी आवश्यकतानुसार बीच-बीच में टोकती हुई, कमरे में प्रवेश कर दरवाजा बन्द करने के बाद अपने रंग को निखारने में उलझी हुई एक और कल्याणी। घर तो नहीं जा सकती। इस विषय में जी खोलकर अपनी माँ, पिताजी, नानी और दीदी को पत्र लिखकर बताए? उसे पढ़कर वे बेकार ही परेशान होंगे। "तुरन्त इंडिया लौट आओ" कहकर आदेश दे देंगे।

उसे कमरे का दरवाजा एक परदे के समान लगने लगा। बस केवल एक ही दिन गलती हो गई। उस दिन अचानक आदत से पहले आना कमरे में लौट आई। कल्याणी के चेहरे पर लगे चन्दन को देखकर वह 'अरे क्या हुआ?' कहकर ऐसी चीखी थी, मानों किसी भूत-प्रेत को देखा हो। उसकी याद करते ही अब भी कल्याणी की हँसी फूट पड़ती थी।

आना! बड़ी प्यारी आना! पूरा नाम आना पोलाम्बी। स्पेन देश की लड़की! उसके साथ एक ही कमरे में पूरा एक साल बिताना कल्याणी के लिए एक नया अनुभव था। आना सदा फुर्तीली—शरारत करती, शोर मचाती एक अल्हड़ प्राणी थी। पढ़ने और खेलने के समय के अतिरिक्त बाकी बचे समय में सदा गाना गाती और तरह-तरह के नाच सीखती और नाचती रहती। गाते और नाचते समय आना का पूरा चेहरा बिलकुल बदल-सा जाता। कल्याणी उस परिवर्तन को देखकर आश्चर्य में डूब जाती। बाकी समय में आना का चेहरा साधारण-सा रहता। गोरा रंग, दुबला-पतला बदन, चेहरे पर कहने लायक कोई विशेष सौन्दर्य नहीं था, फिर भी अपने देश में, आहा कितनी सुन्दर है, कहकर प्रशंसा करेंगे।

पर टेप पर गाना लगाकर नाचना-गाना शुरू कर दे तो बस अपने-आपको भुलाकर नाचती हुई उसके चेहरे पर असाधारण आकर्षण और मोहिनी छा जाती, जो देखने वालों को सहसा अपनी ओर खींच लेती थी। सभी पुरुष उसके साथ नाचने हेतु होड़ लगाते। मर्द और औरतों का व्यवहार उसके साथ बड़ा उत्साह भरा होता।

बीयर पीने के बाद अगले दिन की कक्षाओं और कामों की याद ने मानों उन्हें नींद से जगा दिया। सब लोग उठ खड़े हुए। जार्ज की ओर देखते हुए राबर्ट ने उकसाया, "चलो बार में चलकर थोड़ी देर बैठते हैं। इस पानी जैसी से तो हमारा काम

नहीं चलेगा।"

"राबर्ट, तुमने तो कहा था कि अगले महीने हो रही रैली के बारे में योजना बनाना और अब धीरे से पीछा छुड़ाना चाहते हो?" चहकते स्वर में डल्सी बोली।

"मैं तैयार हूँ। हमारे साथ चलो। बार में पीते-पीते चर्चा कर लेंगे।"

"ठीक है," कहकर हैंडबैग हाथ में लिए वह तैयार हो गई। फिर "जरा एक मिनट रुको," कहती हुई बैग को नीचे रख उसमें चाबी टटोलने लगी।

"चाबी लेकर नहीं आई क्या?" कल्याणी ने पूछा, "फिकर मत करो मैं सीधे कमरे की ओर ही जा रही हूँ। तुम्हारे वापस लौटने तक मैं कमरे में ही रहूँगी," वह बोली।

"ओ थैंक्स! ठीक है चलो!" कहती डल्सी निकल पड़ी।

"बाय, गुड नाइट, सी यू," कहते हुए भीड़ छँट गई।

कल्याणी अपने कमरे की ओर चल पड़ी। सर्दी पड़ रही थी। उसने ऊनी कोट से कसकर अपने-आपको ढँक लिया। पिछले साल वह आना के साथ रहती थी और इस वर्ष डल्सी के साथ। दोनों बिलकुल अलग-अलग, परन्तु दिलचस्प अनुभव थे। पिछले साल…

पहले-पहल कल्याणी के चेहरे पर पुते चन्दन के लेप को देखकर, "अरे यह क्या हो गया?" कहकर आना किस तरह जोर से चिल्लाई थी। बड़ा ही दिलचस्प था।

"कल्याणी, क्यों यह सब चेहरे पर पोतकर कष्ट उठा रही हो। इन सबकी कोई जरूरत नहीं है।"

परिस्थिति को एक प्रकार से सँभालते हुए वह बोली, "और कुछ नहीं, थोड़ा बहुत तो रंग निखर जाएगा।"

कल्याणी की बात को आना ने हँसते हुए काटा, "मैं कह रही हूँ, यह सब बेकार है। तुम इसी तरह कितनी आकर्षक दिखाई देती हो! क्यों यह सब पोतकर झंझट मोल ले रही हो?" उसके चेहरे को देखकर वह बोली थी।

कल्याणी अपनी सकुचाहट को भूलकर कह उठी, "क्या करूँ आना, मेरे अपने देश में मेरा रंग ही परेशानी का कारण है। सब यही चाहते हैं कि मेरा रंग थोड़ा और गोरा हो जाए और उसी के लिए मुझे ऐसा सब करना पड़ता है।"

"छिः कैसी मूर्खता है।" कहती हुई आना उसके समीप आकर, बैठकर आवेश भरे स्वर में बोली, "कल्याणी, तुम्हारा रंग एक सुनहरे गेहूँ का हल्का-पका रंग है। वह तुम भारतीयों पर खूब जँचता है। साधारण रूप से भारतीयों को प्रकृति द्वारा प्रदत्त रंग ही तो तुम्हारा रंग है। स्वाभाविक रूप का अपना ही एक सौन्दर्य होता है। जो अनायास हमें अपनी ओर आकर्षित करता है और यह आकर्षण तो तुम्हें प्राप्त ही है। फिर इस तरह चेहरे पर पोतकर क्यों कष्ट झेल रही हो?" वह बोली थी।

"यहाँ कितने लड़के-लड़कियाँ यूरोपीय, ब्रिटिश निवासी शिक्षक तुम्हारी प्रशंसा करते हैं, जानती हो? उनकी आँखों में जब तुम पूरी की पूरी, 'ठीक-ठाक' और सुन्दरता

से भरी जान पड़ती हो, तब तुम्हारे अपने देश के लोगों की आँखें क्यों इस सौन्दर्य को पहचान नहीं पातीं। देखो कल्याणी, तुम्हारा रंग, चाल-ढाल ही तो तुम्हारे भारतीय होने का परिचायक है। तुम क्या हो, कहाँ से आई हो, इन सबका परिचय देने वाली वस्तुओं को क्यों नष्ट करने पर तुली हुई हो? सच कहती हूँ, तुम्हारी हरकतें मेरी समझ से परे हैं," आना बोली थी।

पर इंडिया में :

"हमारी जयन्ती के लिए उनके घर का दूसरा लड़का कैसा रहेगा? लड़का विदेश में पढ़ा है और अच्छी-खासी नौकरी है।"

"वह सब तो ठीक है। पर आपने लड़के को गौर से देखा?"

"क्यों?"

"वह लड़का कोयले जैसा काला है।"

दूसरी बार।

"वह श्रीनिवास का घराना बड़ा ही ऊँचा घराना है। अच्छी शिक्षा, ऊँची पदवी और बड़े ही सभ्य लोग हैं। अपनी कल्याणी के लिए बिलकुल ठीक रहेगा।"

"मेरा भी यही ख्याल है। अपनी कल्याणी ने लंदन विश्वविद्यालय में भी अच्छा नाम कमाया है। एक दिन उससे कहिए कि हमारी कल्याणी से मिल ले।"

"मेरे दफ्तर में काम कर रहे माधवन ने मुझसे कहा कि उन्होंने पहले से ही कल्याणी को देख रखा है। वह उनका दूर का रिश्तेदार भी लगता है।"

"ऐसा? उन्होंने कहाँ देखा?"

"किसी शादी में। सुना है कि कल्याणी की सुन्दरता व बुद्धिमत्ता की बड़ी तारीफ कर रहे थे।"

"बड़े अजीब आदमी हैं आप? ऐसी अच्छी खबर आराम से सिर खुजाते-खुजाते सुना रहे हैं।"

"कैसे बताता? साथ में माधवन ने एक बात और भी जोड़ दी थी।"

"क्या?"

"यही कि रंग थोड़ा मद्धम है, इसलिए वह इस विषय में सोच रहे हैं।"

"यह क्या? यह तो एक हाथ से लेकर दूसरे हाथ से छीनने वाली बात-सी हुई।"

"अब तुम समझीं कि क्यों मैंने उनके विषय में कोई चर्चा नहीं छेड़ी?"

कल्याणी को माता-पिता द्वारा कहा गया एक-एक वाक्य याद आने लगा। कमरे का दरवाजा खोल वह अन्दर गई। ज़मीन पर दरवाजे के नीचे से डाली गईं न जाने क्या-क्या नोटिस और चिट्ठियाँ पड़ी थीं। अपने बनाए खाने को खाकर वह थोड़ी देर

पढ़ती रही। अभी तक डल्सी नहीं आई थी। उठकर हाथ-मुँह धोकर, बालों में कंघी कर वह आईने के सामने बैठ गई। सोने के समय हमेशा पहनने वाली सूती नाइटी शरीर पर बड़ी आरामदेह लग रही थी। इस समय बन्द कमरे के एकान्त में आईने में बिना मुखौटे वाला चेहरा बड़ा ही शांतिपूर्ण लग रहा था। इंडियन चेहरा, पाश्चात्य प्रदेश में पीला या कलर्ड कहलाए जाने वाला स्वाभाविक भारतीय चेहरा। 'यह कहीं काला न हो' सोचकर इसकी रक्षा करने के लिए क्यों इसे कष्ट दिया जाए। इस शंका भरे साँवले रंग को लेकर कितनी झंझटें।

बालों में कंघी कर वह फिर कुछ देर डल्सी की राह देखती रही। आँखों में नींद समा रही थी। खाट पर लेटी छत की ओर देखती हुई लेटी रही कल्याणी। छत के ऊपर एक आकाश, वह भी हमेशा की तरह पूरे विश्व में नीले रंग की छटा बिखेरता आकाश। उस आकाश पर चमकता एक गोल चन्द्रमा। मैं अभी जिस चाँद को देख रही हूँ, उसी चाँद को भारत में मेरे माता-पिता, नानी, दीदी सबने पिछली रात ही देख लिया होगा। अभी वहाँ दिन में झुलसाने वाला सूर्य चमक रहा होगा। सभी को गर्मी से तप्त कर काला कर देगा। यहाँ इंग्लैंड में और दस घंटे बाद सूरज अपना सिर उठा झाँकेगा। पर वही सूर्य इंग्लैंड में किसी को जला-भुनाकर काला नहीं करेगा। केवल मुझे, डल्सी और राबर्ट को छोड़कर, बस हम जैसे कालों को छोड़कर।

'काला' यह शब्द केवल अफ्रीकी देशों के लोगों के लिए ही ठीक बैठता है—ऐसा सोचने वाली कल्याणी को पहले-पहल डल्सी राबर्ट की बातें सुन बड़ा आश्चर्य हुआ।

'जाति-भेद' सम्बन्धित सभाओं में एक काले के प्रतिनिधि के रूप में डल्सी ने कई बार अध्यक्ष का भार सँभाला था। एक काले होने के नाते एक विश्वसनीय मित्र तथा सहयोगी की दृष्टि से राबर्ट भी डल्सी की बहुत मदद करता था। मंचों के आयोजन, कार्यक्रमों के संचालन, विश्वविद्यालय के छात्र-छात्राओं को जमा करने, प्रोफेसरों को शामिल करने में जी-जान लगा देता था। ऊँचे, पूरे कद और एक हृष्टपुष्ट शरीर वाले टेनिस कोर्ट में उछल-कूद करते खेलने वाले राबर्ट को सभी का सम्मान प्राप्त था। जैसे ही वह टेनिस रैकेट पकड़ता लोग सीटियाँ बजाकर तालियों द्वारा उसका उत्साह बढ़ाते थे।

डल्सी के भी ढेरों मित्र थे। उसकी जाति-भेद, संस्कृति-भेद जैसे मंचों के लिए अपने आपको ही समर्पित करने की शक्ति और ईमानदारी, उसका अथक परिश्रम, प्रोफेसरों सहित सबको अपनी ओर आकर्षित करती थी। डल्सी और राबर्ट ने मिलकर न केवल काले सहपाठियों अपितु गोरे छात्रों को भी इस मंच के लिए जमा किया था। उनके मित्रों की संख्या अनगिनत थी। 'भेद मिटाया जाए' इसी सिद्धांत के अनुसार वे दोनों गोरों के साथ बिना किसी द्वेष भाव के बड़े ही प्रेम और सहजता से पेश आते थे।

विश्वविद्यालय के दूसरे वर्ष से कल्याणी डल्सी के साथ एक ही कमरे में रहती

थी। इस एक वर्ष में कल्याणी यह बात समझ गई थी कि डल्सी की काली त्वचा ही एकमात्र सत्य है। बिना किसी बनावट या संभालकर रखा हुआ डल्सी का काला रंग आँखों और मन में समा जाने वाला सत्य था। चमचमाता काला रंग। उसकी स्वाभाविक पहचान, एक सत्य से उपजी पहचान।

उस दिन पहले-पहल डल्सी ने जब कल्याणी को 'रंग-भेद मंच' के कार्य में सहायता देने के लिए कहा, तब कल्याणी बड़ी ही उत्तेजित हो गई। उसे हँसी भी आ गई थी और शर्म भी।

"तुम इस मंच पर साउथ एशिया की प्रतिनिधि के रूप में भाग लेकर बोल सकती हो, कल्याणी?" डल्सी ने पूछा।

"मैं? यह सेमिनार तो नीग्रोचेतना को लेकर है ना!" कल्याणी ने कहा था।

"हाँ!"

"फिर मैं कैसे?"

"क्यों, क्या तुम भी हम जैसी एक नहीं हो?"

"आ···डल्सी, मैं तो एक इंडियन हूँ।"

"उससे क्या? क्या तुम एक गोरी मेम हो?"

"छिः छिः, कभी नहीं!"

"तब तुम भी एक तरह से काली ही हुईं। जो गोरे नहीं, वे इस देश में काले हैं, सिम्पल।"

"इस संसार में, इस शताब्दी में हम जैसे सोचने वालों की दो ही जातियाँ हैं, एक काले और दूसरे गोरे।" कहती हुई डल्सी खिलखिलाकर हँस पड़ी। फिर अपने मित्रों, सहयोगियों द्वारा तैयार किए गए पोस्टरों तथा दीवारों पर चिपकाए जाने वाले नोटिसों को हाथ में बटोरते हुए वह चल पड़ी।

"ओ. के. कल्याणी। सेमिनार में बोलना या न बोलना तुम्हारी इच्छा पर है। ओ डोन्ट माइंड। मुझे लौटने में देर लगेगी। मेरा इन्तजार मत करना। डिनर खा लेना। मैं लौटकर तुम्हारे साथ कुछ मीठा खा लूँगी। केला, आइसक्रीम, कुछ लेती आऊँगी। आज सभा में जो कुछ भी हुआ, उसके बारे में भी तुम्हें बता दूँगी। ठीक है? बाय!" कहती हुई एक अनुपम मुस्कान लिए एक क्षण दरवाजे पर खड़ी हो उसने हाथ हिलाया। उसका काला रंग एक मुलायम रेशम की तरह फिसलता-सा लग रहा था। उसके साथ उसकी सुन्दर सफेद दंत-पंक्ति भी चमकती हुई उसके साथ होड़ लगा रही थी। बिजली-सी गायब हो गई डल्सी।

उसके जाने के बाद कमरे की चुप्पी उसके लिए बोझिल-सी हो गई। मद्रास में माँ के पास रखे एक नवीन शब्दकोष में अफ्रीकन शब्द का एक नया अर्थ दिया गया था। कल्याणी उठी। अलमारी खोलकर चन्दन घिसने का पत्थर और चन्दन की लकड़ी ले बिस्तर पर रखा। फिर गुलाब जल की बोतल और बादाम आदि भी निकाले। अपने

सूटकेस को खोलकर उसमें रखे कुछ कपड़े-लत्ते और सामान को उठाकर फिर सबसे नीचे इन चीजों को रखा.... । उन पर फिर से सामान को ठीक तरह से रखकर पेटी को बन्द किया, उस पर ताला लगाया। फिर साबुन से अच्छी तरह मुँह धोकर, धुली हुई एक साफ जीन्स तथा शर्ट पहनकर कमरे के दरवाजे को बाहर से बन्द कर डल्सी को ढूँढ़ती हुई बाहर गई।

वो जो खड़े हैं माँ—पिताजी। उन्हें देखकर कल्याणी ने जोरों से हाथ हिलाया परन्तु उन्होंने शायद उसे देखा नहीं। चारों ओर मोटी-मोटी काँच की खिड़कियाँ थीं। भारतीय यात्रियों की भीड़भाड़ थी। कल्याणी के बक्सों की अभी तक कस्टम में जाँच नहीं हुई थी। चारों ओर सिर ही सिर दिखाई दे रहे थे। इस भीड़ में कल्याणी की दृष्टि फिर अपने माता-पिता को ढूँढ़ने लगी। अरे नानी भी आई हैं। बेचारी इस उम्र में भी कष्ट उठाकर आई हैं। वो रही दीदी ! लगता है परिवार नहीं, पूरा जन-समूह ही आया है। मैं दो साल बाद लौट रही हूँ। मेरे स्वागत में तो कहीं कोई कमी नहीं दिखाई देती।

जाँच के बाद बक्सों को ट्राली पर रखकर उसे खिसकाया। अब काँच की खिड़कियों में से कल्याणी साफ नजर आ रही थी। सारा परिवार उसे देखकर हँसता हुआ जोर-जोर से हाथ हिला रहा था। ट्राली सहित बाहर आते ही माता-पिता दौड़कर उसके गले लग गए। "आओ रानी बेटी" कहती हुई नानी के पैर छुए कल्याणी ने।

"बच्ची देखो किस तरह बदल गई है।" कहते हुए नानी की छाती मानो फूल गई। "रंग गोरा होकर चम-चम कर.... ।"

माँ और पिताजी की आँखें भी पूरित हो गईं। नानी के कहे शब्दों को वे गटागट पी गए।

"हाँ माँ, कल्याणी सचमुच गोरी हो गई है। सब इंग्लैंड की करामात है।" माँ प्रसन्नता से चहक उठी।

"हे हे" कर पिताजी जी भी गर्व से हँस पड़े। दीदी ने खुशी से कल्याणी को देखा और चुपके से आँख मारी।

"ठीक है, ठीक है, चलो, बच्ची सागर पार से आई है। आरती उतारकर उसकी नजर भी उतारनी है। बच्ची चक-चक कर गोरी होकर आई है। कहीं किसी की बुरी नजर न लग जाए। जल्दी करो, घर जाना है," कहकर नानी ने जल्दबाजी मचाई।

कल्याणी का मुँह अचानक कसैला हो गया। थूक को निगलते हुए वह बोली, "नहीं नानी, मैं गोरी नहीं हुई, मैं अभी भी काली-कलूटी हूँ।" कहकर वह हँस पड़ी।

सारा परिवार उसे एक क्षण टुकुर-टुकुर तकता रहा।

सव्यसाची का चौराहा

"चाबी रख ली है न ?"

"हाँ !"

"छाता भी रख लीजिए। जल्दी कीजिए। मैं चलती हूँ, देर हो रही है।"

"हाँ तुम चलो बेटी।"

"चल अमुदा, दो ट्यूब ट्रेन पकड़नी होंगी। फिर स्टेशन से तेरे स्कूल तक कुछ दूर पैदल भी जाना होगा....देर हो गई है।" कहती हुई वनजा, बेटी अमुदावल्ली को खींचती हुई बैग कंधे पर डाले निकल पड़ी।

"भला आदमी एक दिन चाबी भूल जाता है तो दूसरे दिन अपना कोट। बूढ़े को यदि सर्दी-जुकाम हो जाए तो मुझे ही तो देखभाल करनी पड़ेगी। इस बुढ़ऊ को साथ रखकर तो आफत मोल ली है।" सीढ़ियों से उतरती वनजा की यह भुनभुनाहट वेलायुदम के कानों को अच्छी तरह सुनाई पड़ी। बाहर के दरवाजे को बन्द कर रसोई घर में बिजली के चूल्हे पर कॉफी बनाने के लिए जब वे पहुँचे तो उन्हें याद आया कि उन्होंने पूजा के बाद पैरों में चप्पल नहीं पहनीं। उस दिन ज़रा से गीले पैरों के कारण उन्हें बिजली के चूल्हे से शॉक लगा था। इस पर बहू वनजा के साथ बेटा आरुमुगम भी उन पर बरस पड़ा था।

"आप सावधानी नहीं बरत सकते? जरा अकल से काम लिया कीजिए," कहकर आरुमुगम ने डाँटा था।

पैरों को तौलिए से पोंछकर वेलायुदम ने जूते-मोजे पहने। इसके बाद उन्होंने स्विच जलाकर अपने लिए गरमा-गरम कॉफी बनाई। कॉफी पीकर उन्होंने ओवरकोट पहना और बिना भूले चाबी ले ली। उन्होंने छाता लिया और बाहर निकल पड़े। बाहर से दरवाजा बन्द करने पर क्लिक की आवाज हुई।

हे भगवान्! जान बची। हर बार जब दरवाजा ठीक से अपने आप बन्द हो जाता तो मानों उनकी जान में जान आ जाती। इस लंदन महानगर में जब वह नए-नए आए थे तब कई बार चाबी घर के अन्दर ही रह जाने के कारण उन्हें यहाँ-वहाँ चक्कर काटकर घर के बाहर ही घंटों वनजा की प्रतीक्षा करनी पड़ी थी। गाँव में कभी यदि प्रतीक्षा की स्थिति आती भी तो बाहरी दालान की मक्खन जैसी चिकनी फर्श होती। उस पर आराम से बैठकर समय गुजार लेते थे। इस लंदन महानगर में तो सभी ऊँचे-ऊँचे फ्लैट्स थे। चाबी अगर भूल जाएँ तो रास्ते में खड़े रहने के अलावा और कोई चारा न था। आरुमुगम और वनजा आते ही उन पर बरस पड़ते, "चाबी क्यों भूल जाते हैं? इस तरह बीचोंबीच सड़क पर खड़े रहकर हमें अपमानित करने के लिए?"

हुँ, कैसा अपमान? दिखावे के लिए तो बड़ी मीठी-मीठी बातें बनाते हैं। दोनों पति-पत्नी कैसे चालाक हैं! कभी-कभार पास-पड़ोस के गोरों के साथ यदि बातचीत हो तो दोनों बड़ी डींगे मारते हैं, "हमारे देश में हम अपने बूढ़े माता-पिता को सिर आँखों पर बिठाकर रखते हैं। वही हमारा धर्म है, कर्त्तव्य है। अन्य देशों में तो लोग उन्हें ओल्ड-एज होम में जाकर ढकेल आते हैं। छिः कैसा अन्याय है। हम लोग तो ऐसी बातें सोच भी नहीं सकते।" वे गोरे भी हामी भरते हुए इंडियन कल्चर पर प्रशंसा के कुछ शब्द कहकर चले जाते हैं।

वल्लिअम्मा तो चैन से चली गई। मैं ही फँस कर छटपटा रहा हूँ। गाँव में ही अपने बगीचे के निकट रह जाता, तो क्या अच्छा होता। गाँव में वलिअम्मा का भाई कुट्टन, मुझसे उम्र में बड़े बूढ़े मामा, और भी कितने नाते-रिश्तेदार हैं। अपने परिवार में चाहे कितने ही झगड़े-झंझट हों पर अपने गाँव का सुख क्या कहीं और मिल सकता है? आरुमुगम ही तो पीछे पड़ा था, "हमारे साथ लंदन चलिए पिताजी। आपको सब जगहों की सैर कराएँगे। यहाँ दक्षिण भारत में रखा ही क्या है? चारों ओर सूखा, गंदगी, धूल। वहाँ इंग्लैंड में आकर देखिए कैसा बढ़िया दूध, फल और सब्जियाँ मिलती हैं।"

इस तरह बातों में भरमाकर मुझे खींच लाया। मेरे आ जाने से इन लोगों को बड़ा आराम हो गया है। वयः प्राप्त नातिन अमुदा और नाती षण्मुगम् की देखभाल घर में ही हो जाती है। जब तक वनजा स्कूल से लौटती है तब तक मैं बच्चों को खाना गरम कर खिलाकर, दूध पिलाकर, कहानी सुनाकर सुला देता हूँ। वनजा एक छोटे से स्कूल में प्राइमरी टीचर का काम करती है। हाँ, जितनी पढ़ाई उसने की है उसके हिसाब से उसे

और क्या नौकरी मिल सकती है? बस 'अंधों में काना राजा' वाली बात है। यहाँ रहने वाले कुछ भारतीयों, पाकिस्तानियों व बंगलादेशियों ने मिलकर घर में एक नर्सरी स्कूल खोला है। वहीं पर काम करती है और नौकरीशुदा होने की डींगे मारती है। आरुमुगम भी उसकी इस तरह हाँ में हाँ मिलाता है जैसे उसकी अपनी रीढ़ की हड्डी ही न हो। नालायक! उसे मैंने और वल्लिअम्मा ने कितने चाव से पाला था।

लिफ्ट से बाहर आकर वेलायुदम सीढ़ियों से उतरे। उन्होंने छतरी नहीं खोली। बाहर तेज धूप चमक रही थी। घर के निकट के वेस्ट हैमस्टेड रेलवे स्टेशन से टिकट खरीदकर जामुनी रंग द्वारा संकेतित मेट्रो रेल लाइन की हमेशा पकड़ने वाली गाड़ी में वे जा बैठे। करीब-करीब सभी ब्रिटिश यात्री समाचार पत्र पढ़ने में तल्लीन थे। बीच-बीच में कुछ चेहरे दिखाई पड़ जाते थे। औरत और मर्द काँच की बेजान मूरतों के समान निर्विकार भाव से बैठे थे। केवल उनके शरीर रेल की गति के साथ कभी-कभी हिल जाते। कैसे लोग हैं? कोई हलचल नहीं। कैसा नीरस बेस्वाद जीवन जी रहे हैं। रोज की इस ट्यूब रेल की यात्रा ने मानों उनके चेहरे के सारे खून को सोख लिया है। वेलायुदम खिड़की में से स्टेशनों के नाम देखते रहे। बेकर स्ट्रीट स्टेशन पर वे उतर पड़े, दीवार तथा अन्य जगहों पर अलग-अलग रंगों से खिंची धारियों को देखते हुए।

जाने वाले प्लेटफार्म की ओर आराम से चल पड़े। दो मिनट में बेकर लू लाइन गाड़ी आ गई। उस पर चढ़कर वेलायुदम एम्बार्कमेन्ट स्टेशन पर उतर पड़े। उन्हें ठंड-सी महसूस हुई। एक छोटी-सी दुकान पर उन्होंने कॉफी पी। पानी को उबाल-उबालकर सारा जायका ही नष्ट कर दिया है। वलिअम्मा कैसी कॉफी बनाती थी! दूध से सफेद कपड़े पर रुई के समान नरम इडली के साथ डिकाक्शन के गिरते ही उसमें ताजा उबला दूध मिलाकर कॉफी बनाकर उसे देती। पीते ही जान आ जाती। सारे शरीर में सन-सन कर गरमाहट दौड़ जाती और शरीर ताजगी से भर उठता। उस कागज की गिलास की कॉफी को आधा पीकर ही उन्होंने उसे कचरे के डिब्बे में फेंक दिया। ट्यूब रेलवे स्टेशन की सीढ़ियाँ चढ़ते हुए वे बाहर आए। सेंट जेम्स पार्क की ओर वे बढ़े। आफिस का दिन होने के कारण रास्तों पर अधिक भीड़-भाड़ न थी। कुछ पैदल चलने वाले इधर-उधर घूम रहे थे।

कोई मेरी ओर ध्यान नहीं देता। शरीर में प्राण होने के बावजूद मैं लाश के समान चल रहा हूँ। अगर मुझे कोई न देखे तो भी ठीक ही है। मेरे काले रंग को उनकी निगाहें बेधती हैं। मैं केवल अपने लिए ही एक सत्य हूँ। यह मेरी अपनी काली त्वचा ही एक सत्य है। धूप, ठंड और ओस का अनुभव करने वाली वनजा के कड़वे बोल और उसकी हाँ में हाँ मिलाने वाले आरुमुगम के कठोर वचनों की पीड़ा को सहन करने वाली यह त्वचा ही सत्य है।

पैरों में दर्द होने लगा। सेंट जेम्स पार्क का रास्ता और लम्बा प्रतीत होने लगा। क्या मैं बहुत तड़के निकल पड़ा? ठीक नहीं किया। एम्बार्कमेंट के बाद वह हरी पट्टी

वाली जो डिस्ट्रिक्ट बस जाती है उसे पकड़ लेता तो सीधा मुझे जेम्स पार्क छोड़ देती। जाने क्यों ऐसी मूर्खता कर बैठा?

सेन्ट जेम्स पार्क में अधिक चहल-पहल न थी। चारों तरफ का वातावरण शांत था। पेड़ के नीचे एक बेंच पर वेलायुदम बैठ गए। सामने एक छोटा-सा तालाब था जिसमें कुछ बत्तखें तैरती हुई अपने सिर को पानी में डुबातीं और फिर बाहर निकालकर पानी झटक देतीं। कुछ बच्चे उनकी इस जल क्रीड़ा का आनन्द ले रहे थे। माएँ पिकनिक की टोकरी भर खाने की चीजें लेकर आई थीं। हरी घास पर कपड़ा बिछाकर बैठ वे डबल रोटी, सन्तरा, सेब, दूध, चॉकलेट और न जाने क्या-क्या खा रहे थे। कुछ ने कचरा वहीं छोड़ दिया। वाह, क्या बात है! कहने को तो सिर्फ इंडिया में ही लोग इस तरह का काम करते हैं, पर ये अंग्रेज भी कुछ कम नहीं। वेलायुदम आश्चर्य से भर उठे। रास्ते में टूरिस्ट अपने कंधों पर कैमरा लटकाए घूम रहे थे। पास के बेंच पर एक अंग्रेज कुछ खाता हुआ बड़े ध्यान से पेपर पढ़ रहा था। गरम धूप एक सुख दे रही थी। घर की अपेक्षा इस खुली जगह में कितना सुकून है। पर यहाँ आने के लिए रोज ट्यूब ट्रेन जो पकड़नी पड़ती है। जाने-आने में दो पाउंड खर्च हो जाते हैं।

"क्यों यह फिजूल खर्ची? कम-से-कम तुम तो उनसे कह सकते हो।" वनजा कहती है।

"क्या? कौन रोज दो पाउंड खर्चता है?" आरुमुगम पूछता है।

"और कौन, तुम्हारे पिता जी।"

"थोड़ी हवाखोरी के लिए जाते हैं। यहाँ अकेले घर की चारदीवारी में कैद रहकर करेंगे भी तो क्या? मुझे भी दफ्तर से घर लौटने में सात बज जाते हैं।"

"सुनो जी, यह खर्चा हमारे बस का नहीं है, हाँ। कहे देती हूँ। लंदन की महँगाई याद रहे। इस घर का किराया ही हम सबको निगल लेता है। उस पर तुम्हारे पिता जी बाहर बैठक में ही बैठे दिन-भर ऊँघते रहते हैं। कभी-कभार यदि मेरी फ्रैन्ड्स आ जाएँ, तो उन्हें बिठाने तक की जगह नहीं रहती।"

"वनजा, तुम्हीं ने तो इस दो कमरों वाले फ्लैट में रहने की जिद की थी। बच्चों के लिए एक सोने का कमरा, हम दोनों के लिए दूसरा और पिताजी को बैठक में सुलाने का इंतजाम किया। और अब न जाने क्या-क्या····

"खैर अब क्या किसी तीन कमरों के फ्लैट में चलें?"

"क्या? आपका दिमाग तो ठिकाने पर है? मैं तो यह कह रही हूँ कि इसी का खर्च उठाया नहीं जाता। अब रोज तुम्हारे पिता जी ट्यूब रेलवे में जाकर दो पाउंड खर्च करते हैं उसके बारे में आप उनसे कुछ कहेंगे या मैं कहूँ?"

"नहीं-नहीं, तुम रहने दो, मैं ही कहे देता हूँ। आज ही कहे देता हूँ। चाहें तो हफ्ते में दो-तीन बार बाहर जाएँ, ऐसा कह देता हूँ। ठीक है ना?"

"हुँ।" कहकर वनजा ने मुँह बनाया। उसकी तरफदारी करते हुए डरते-सहमते

आरुमुगम ने अपने पिता से बात चलाई। उसके होंठों से निकले शब्द वेलायुदम के कानों में नहीं पड़े। वे उस क्षण एक बहरे के समान खड़े थे। केवल उनकी आँखों ने चोर के समान उसके मुख से निकले शब्दों को पी लिया।

"अप्पा···अप्पा।"

छोटा बालक वेलायुदम की कमीज का छोर पकड़ खींच रहा था।

"का है बिटवा!"

"अप्पा···वो!"

"अरे बोल। का चाहिए तुझे? इतना डरता काहे को है?" छोटा बच्चा सिर झुकाए खड़ा रहा। घुटनों के बल होकर वेलायुदम उस छोटे बच्चे के कद तक पहुँच गए। उसकी आँखों में झाँककर कहा, "का है बोल!" बड़े ही संकोच से बच्चे ने आइसक्रीम वाले की तरफ उँगली उठाई। "बस!" चाव से कहकर उन्होंने तुरन्त आइसक्रीम ले दी। आइसक्रीम खाते आरुमुगम को देखकर उन्होंने बड़े प्यार से पूछा, "और एक खाएगा?" छोटा बच्चा चुपचाप खड़ा रहा। झट से उन्होंने एक और आइसक्रीम ले दी। वह खाने के बाद उस छोटे बच्चे ने पूछा, "उस दुकान में हरे, गुलाबी, सफेद रंग की केक नाम की जो चीज रखी है, वह कैसी होती है?" वेलायुदम ने एक केक का टुकड़ा खरीद दिया। एक केक तीन रुपए का था। ताम्बरम पहुँचने के लिए बस के पैसे न बचे। पैदल ही घर की ओर चल पड़े।

"बिटवा पइर दुखता है का?"

छोटा बच्चा सिर झुकाए खड़ा रहा। वह फिर घुटनों के बल झुककर नीचे हुए और उसकी आँखों में देखते हुए पूछा, "आरुमुगम पइर में दर्द होवे है ना!" छोटे बच्चे ने ना करते हुए सिर हिलाया। उन्होंने उसे उसी समय बाहों में भरकर अपने कंधों पर बिठाया। अपने मजबूत कंधों के बीच उस छोटे-से बच्चे की पतली टाँगों को लटकाए फूल की टोकरी के समान उसे उठाकर घर की ओर चले। घर पहुँचकर उसे उतारा और फिर प्यार से उसकी ठुड्डी पकड़कर बोले, "जो चाहे बिना डरे मन खोलकर हमसे कही देब बिटवा। हम तोहर बाप हैं।" उन्होंने उसके गाल थपथपाए। उस छोटे बच्चे ने अपनी नन्हीं बाहों से उनकी गर्दन को कसकर पकड़ लिया। अब भी आरुमुगम सहमा डरा-सा खड़ा है। अपने पिता की आँखों में झाँकने से कतराता है। आज यही आरुमुगम वनजा के साथ उसके पीछे खड़ा हो कुत्ते के समान भौंकता है।

"माफ कीजिए। आपने कुछ कहा?" पास के बेंच पर बैठकर अखबार पढ़ रहे उस अंग्रेज़ ने अंग्रेज़ी में पूछा।

"क्या? नहीं साहब, मैंने तो कुछ भी नहीं कहा।" अंग्रेज़ी में ही वेलायुदम ने उत्तर दिया।

"साहब? आप मुझे साहब कहकर क्यों बुलाते हैं? खैर छोड़िए। मैं कुछ देर से आपको देख रहा हूँ। आप लगातार कुछ बोले जा रहे थे। मैंने सोचा कि शायद आपकी

आँखें ठीक नहीं, इसलिए मेरी तरफ बिना नजर घुमाए मुझसे बातें कर रहे हैं।" अखबार मोड़ते हुए अंग्रेज ने कहा। वेलायुदम का चेहरा लाल हो गया। शर्म से गड़-से गए।

"नहीं-नहीं मुझे ठीक से दिखाई देता है। मैंने तो कुछ नहीं कहा।" वे बोले। "अगर ऐसा है तो ठीक है। मैंने सोचा कि आपको कुछ मदद चाहिए। बस इतना ही। टेक केयर!" कहकर मुस्कुराते हुए वह अंग्रेज वहाँ से उठा। उसकी तरफ एक क्षण देखकर वेलायुदम ने अपने-आपको कोसा, 'छिः-छिः, कितनी शर्म की बात है, एक नई जगह पर आकर पार्क में बैठकर मैं अपने आपसे बातें कर रहा हूँ। कैसा पागलपन है? इसका कारण ही एक जगह पर जम कर बैठना है। थोड़ा चला जाए।' सोचकर वे बेंच छोड़कर उठ खड़े हुए। गला सूख रहा था। वहीं एक छोटी-सी दुकान से उन्होंने चाय खरीद कर पी।

उनके बाईं ओर के हार्सस कार्ट रोड नाम की सड़क पर यातायात नियमित रूप से चल रहा था। बिना रुके वेलायुदम स्पर्ट रोड नाम से जानी जाने वाली सड़क की दिशा की ओर मुड़े। उनके पैरों में दर्द होने लगा। वहाँ भी पार्क में कई बेंच खाली पड़ी थीं। स्पर्ट रोड देखते ही वे एक बेंच पर बैठ गए। कई टूरिस्ट रानी एलिजाबेथ के बर्किंगघम महल को देखने जा रहे थे। वेलायुदम ने घड़ी देखी, ग्यारह बजने में दस मिनट बाकी थे। पन्द्रह मिनट के अन्दर बर्किंगहम महल में चेंजिंग आफ गार्ड नाम से जाना जानेवाला पहरेदारों के बदलने का कार्यक्रम बैंड बाजे के साथ शुरू हो जाएगा। यही देखने के लिए लोग सड़कों पर बेतहाशा भाग रहे थे।

जब वे लंदन में नए-नए आए थे, तब आरुमुगम ने उन्हें यह महल दिखाया था। उस राजवैभव को देखकर उनकी आँखें पुलकित हो उठी थीं। बेंच पर बैठकर वेलायुदम ने हौले से अपनी आँखें मींच लीं। उनके कानों में संगीत सुनाई पड़ा पर यह उस महल के बैंड बाजे का संगीत नहीं था। वह तो अभी शुरू भी नहीं हुआ है। उनके कानों में कोई और मधुर संगीत सुनाई पड़ा। बड़े वायलीन के समान दिखने वाले चेलो का संगीत। ट्राफालगर स्क्वायर नाम के चौराहे के चबूतरे पर कोई अपने दोनों घुटनों के बीच एक बड़ा-सा चेलो खड़ाकर उसके तारों को छेड़कर एक मधुर गीत गा रहा था। उसके सामने बिछे हुए कपड़े पर बहुत लोग चिल्लर डाल रहे थे। धीरे-धीरे पैसों का ढेर हो गया। मधुर संगीत के स्वरों से वह स्थान गूँज उठा। उसकी उस कला को वेलायुदम आश्चर्यचकित हो देखते ही रह गए। उस वृद्ध के चेलो का संगीत अभी तक उनका पीछा कर रहा था, स्वर अभी भी उनके कानों में गूँज रहे थे।

वह बूढ़ा आदमी क्या अपने आपको बाँटकर सड़कों के चौराहों पर अलग-अलग रूपों में अलग-अलग वाद्य बजाता है या फिर मैंने उसी के समान किसी और को वेस्ट मिन्स्टर ब्रिड्ज के पास देखा था? रविवार के दिन, कभी-कभी शनिवार को भी। वेस्टमिन्स्टर एबी के बाद की कुछ गलियारों में! वाह! एक आदमी एक त्रिकोणाकार वाद्य-यंत्र के तारों को गज़ से खींचकर हृदयस्पर्शी संगीत उत्पन्न करता था। वह वाद्य दिखने में तो रूस के बेलिलिगा के समान था पर उसके दाईं ओर एक विचित्र प्रकार की

पकड़ थी। उसे भी दाएँ हाथ से लगातार घुमाते हुए बाएँ हाथ से तारों को गज से खींचता था। थके मांदे टूरिस्टों में उसका संगीत एक नई स्फूर्ति भर देता था। उसका संगीत हवा में तैरकर पनीले बादलों के समान सब पर छा जाता था। वह भी बूढ़ा है, लेकिन बजाने में कितना निपुण है। शायद अपनी उम्र के अनुभवों के कारण।

वेलायुदम ने अपनी आँखें पोंछ लीं और नज़र बचाकर इधर-उधर देख-फिरकर और यह सोचकर कि कहीं वे बड़बड़ाने न लग जाएँ, अपना मुँह बन्द किया। इसके बाद उन्होंने आँखें बन्द कर लीं। आधे घंटे में वापस लौटना है। इस हफ्ते किसी भी हालत में ईस्टहेमिल में स्थित कार्तिकेय के मन्दिर जाना ही होगा। मन्दिर गए एक अरसा हो गया। जब भी वे उस मन्दिर में जाते हैं मन में कहीं एक रिक्तता का अनुभव होता है। बस केवल कार्तिकेय के दर्शन कर लौटना ही काफी है क्या? कंधों पर कावड़ी रखे कोलतार की तपती सड़कों पर फफोले पड़े पैरों के तलवे लेकर मीलों चलने की आवश्यकता नहीं? गाँवों में कावड़ी को कंधे पर उठाकर वेलधारी मुरूगन की जयकार करते हुए मीलों कतार में चलते थे। हर व्यक्ति अपनी कावड़ी में अपने ही लक्ष्य और अपने ही मोहपाश को बाँधे हुए।

कानों में गीत गूँजने लगा। कई प्रकार के स्वर! हारमोनिका के स्वर, सिंथा-साइजर की गम्भीर ध्वनि, ड्रम की थाप, बाँसुरी की सुरीली तान, बीच-बीच में स्कॉटिश पाइप का गूँजता नाद। उनके कानों में ही नहीं उनकी बन्द की गई आँखों में भी वह मानो चित्र जैसा अंकित हो गया। वह आदमी अपने को अलग-अलग भागों में बाँटकर संगीत छेड़ता है या फिर अनेक कौशल अपने में समेटे कोई अपूर्व मानव है यह। उन विभिन्न यंत्रों को बजाने वाला क्या कोई महान साधक है? पिकाडेली के पास वह एक चौराहे पर रहता है, मतलब पिकाडेली के पास जो ग्रीन पार्क है उसी के पास वाले कोने का चौराहा। वहाँ से गूँजते हैं मधुर स्वर। केवल स्वर ही नहीं आँखों में समा जाने वाला दृश्य भी वहीं है। उस दिन करीब जाकर देखने पर बड़ी, एक बहुत बड़ी भीड़ थी, जिसमें बच्चों का जमघट, कोलाहल मचा रहा था। हारमोनिका के संगीत के साथ-साथ छोटे-छोटे सफेद पक्षी पंख फड़फड़ाते थे। सिन्थासाइजर की धुन पर छोटे-छोटे बत्तख मुँह खोलकर बन्द कर लेते। बाँसुरी की तान पर अनेक प्रकार के देवी-देवता और आँखों को चौंधियाने वाले चित्र बड़ी ही सुन्दरता से घूमते नजर आते।

फिर कुत्ते का बच्चा, बिल्ली का बच्चा, भालू का बच्चा और मिक्की नाम का चूहा आदि स्वरूप ड्रम, बाँसुरी और हारमोनिका के स्वर में दौड़ते, खेलते, ताली बजाते।....एक अद्‌भुत समाँ बँध जाता। बच्चे, वयस्क, राह चलने वाले सभी को यह संगीत मानो बाँध लेता था। चौराहे पर वेलायुदम की आँखें बड़ी बेचैनी से उस साधक को खोजने लगीं। हारमोनिका बजाता वह आदमी, ड्रम पर थाप देता वह आदमी, स्काटिश पाइप पर मधुर स्वरों को छेड़ता वह आदमी, नसों के फूलने के कारण पूरा चेहरा लाल हो गया था। लगता था मानों नसें अभी फूट पड़ेंगी। पर वह लगातार उन

वाद्यों को बजा रहा था। उसके क्लेरेनेट बजाने पर बत्तखें मुँह खोले तैरने लगतीं। हारमोनिका के साथ ही साथ वह पैरों से ड्रम भी बजा रहा था। ड्रम के छोर पर बंधी रस्सी के ऊपर-नीचे होने के साथ रंग-बिरंगी तस्वीरें उछलतीं, कूदतीं, शोर मचातीं। वेलायुदम की दृष्टि उस थके-सूजे चेहरे पर पड़ी। उस दिन खेल के समाप्त होने पर उन्होंने सकुचाहट भूलकर उससे प्रश्न किया था, "आप इतना अच्छा गाते हैं। इसके साथ क्या केवल एक ही वाद्य बजाना काफी नहीं?" उन्होंने पूछा।

"केवल एक ही वाद्य बजाकर गाऊँ, न तो इतनी भीड़ इकट्ठी होगी और न ही इतनी आमदनी होगी," उसने उत्तर दिया।

"पर इसके लिए आप इतना कष्ट झेलकर एक साथ इतने वाद्य बजाते हैं। आप का गला थक जाता होगा, उँगलियों में दर्द होने लगता होगा। क्या आपको इतने पैसों की आवश्यकता है?"

"क्या करूँ इस लंदन महानगर में पूरा नहीं पड़ता। मैं ठहरा एक अकेली जान। मेरा ऐसा कोई नहीं जो मुझ पर एक पेनी भी खर्च करे। मेरे बच्चे मुझसे अलग हो गए। कभी भूले से भी मेरी खोज-खबर नहीं लेते। इसलिए मेहनत कर कमाना पड़ता है।" उन खिलौनों को पोंछकर पेटी में रखते हुए बोल उठा।

उसके चेहरे की थकावट मानों उसे और वृद्ध बना रही थी। हारमोनिका, बाँसुरी, बैक पाइप, सिंथसाइजर, ड्रम और न जाने कितने ही छोटे-बड़े वाद्य पेटी में रखे गए। अभी कुछ देर पहले, शायद आध घंटे पहले इसने सबको संगीत से मंत्रमुग्ध कर दिया था। तुम वास्तव में सव्यसाची हो, अर्जुन के अनेक नामों में एक नाम। दोनों हाथों से सभी शस्त्रों का बड़ी कुशलता के साथ प्रयोग करने वाला अर्जुन। कैसा अद्भुत निपुण था वह! हाथ तो केवल दो हैं। कठिन साधना को सहज ढंग से करने वाला अपराजेय वीर! उसी तरह यह वृद्ध अंग्रेज भी एक सव्यसाची ही है।

कुरुक्षेत्र में बड़े ही थके मन से, बड़े ही परिताप तथा दुःख से अर्जुन ने भगवान् कृष्ण से कहा था, "क्या अपने सगे-सम्बन्धियों को बिना दया-माया के मारना ही होगा?" सव्यसाची कहे जाने वाले उस अर्जुन का तर्क था यह। उस उत्तम वीर को देख भगवान कृष्ण ने उत्तर दिया था, "मारने वाले तुम स्वयं ही अदृश्य हो जाओगे। तुम कितनों को मार सकते हो? 'शरीर' कहलाए जाने वाले इस वस्त्र को ही मिटा सकते हो ना। अपने दोनों हाथों का अद्भुत प्रयोग करने वाले हो। फिर अपने सगे-सम्बन्धियों के लिए कैसा शोक?"

कुरुक्षेत्र के उस गहन अंधकार में बिजली-सा कौंधा था—भागवत् का यह संदेश। बिजली की कौंध ने संगीत में निपुण उस अंग्रेज को नहला दिया। वेलायुदम भी मानों उस कांति में नहा उठे। जीवन से जूझते, झुर्रियों से भरे उस अंग्रेज के चेहरे को वेलायुदम ने देखा। "आओ उतार फेंके इस पुराने चोले को!" कहकर वे बुदबुदाए—"इसे छोड़कर फिर हवा के साथ एक हो जाएँ, आओ।"

परतें

पैरों में दर्द होने लगा था। बहुत देर तक एक ही जगह पर खड़े रहने में उसे बड़ा कष्ट होता था। उसके टखनों में खुजली होने लगती थी। इस समय भी वही हाल था। पैरों में लगातार खुजली हो रही थी। दाहिने टखने को बाएँ पैर के अँगूठे से खुजाकर फिर दाहिने पैर के अँगूठे से बाएँ पैर के टखने खुजाकर, इसी तरह पैरों को बदल-बदलकर वह खुजाता रहा। छिः इस कूड़े-करकट भरे अस्पताल का फर्श ही इस खुजली का कारण है। धूल, गंदगी यही इस खुजली को जगा रही है। बिना रुके रामचन्द्रन अपने पैरों को आपस में रगड़ता रहा। फिर उस बड़ी काँच की खिड़की के सामने मौन साधे शान्त और धैर्य भाव से एक योगी-सा खड़ा रहा। काँच में से नज़र आती उस निश्चल आकृति पर उसकी दृष्टि ठहर गई।

वह बिना किसी बोलचाल, बिना हिलेडुले सोई हुई थी। 'यह इस तरह पड़ी हुई है। कहीं यह मर…?' सोचते-सोचते उसने झट अपनी जबान दाँतों तले काट ली। टखनों और तलवों में फिर खुजली शुरू हो गई। वह चिड़चिड़ा हो उठा और अब तो उसकी आँतें भी भूख से कुलबुलाने लगी थीं।

"कब तक मैं इस काँच की खिड़की के सामने खड़ा मूर्ख-सा ताकता रहूँ? कब तक अपनी भूख, थकावट को भुलाकर घंटों इस तरह खड़ा रहूँ? इससे क्या होगा?

उठकर हम पाँच प्राणियों के लिए गरमा-गरम खाना बनाकर दोगी क्या? नहीं-नहीं चन्द्रा, अब यह किसी दिन भी संभव नहीं। मैं रोज कितने कष्ट उठाकर पैरों के दर्द को झेलते यहाँ आकर खड़ा रहता हूँ। क्या तुम इसकी कल्पना भी कर सकती हो? तुमने तो बड़े आराम से कोमा में जाकर गहरी नींद में आँखें बन्द कर ली हैं। मुझे समझ नहीं पड़ता कि मैं क्या करूँ? विश्वास न होते हुए भी इसी तरह यहाँ धीरज के साथ इन्तजा करता रहूँ? हाँ, कि एक दिन तुम इस 'कोमा' से बाहर निकल आओगी? अगर तुम्हें मरना ही है तो फिर उसमें इतनी देर क्यों। पैरों में दर्द और खुजली लिए, घंटों खड़ा दाएँ और बाएँ पैर को बदल-बदलकर खुजाते हुए, मूर्ख जैसा शीशे की खिड़की से घंटों एकटक तुमको देखने के लिए मैं जो हूँ यहाँ, यह सोचकर कि जल्दी ही कुछ होगा। किन्तु कुछ भी तो नहीं होता। कुछ भी नहीं बदलता। सब कुछ इसी तरह निस्तब्ध, गतिहीन है इस इंटेसिव केयर यूनिट में।

शाम को तुमको देखने के लिए रिश्तेदारों को वार्ड के अन्दर आने की अनुमति दे देते हैं। बस और कोई परिवर्तन नहीं। बस पागल कर देने वाली निस्तब्धता और घुटन पैदा करने वाला मौन। लेकिन तुम्हें इन सबकी चिन्ता क्यों होने लगी? मैं चाहे जितनी ठोकरें खाता रहूँ, तुम तो आराम से बिना हिलेडुले लेटी हो····

रोज मानों मैं अपनी जिम्मेवारी निभाने की खानापूर्ति के लिए आ खड़ा होता हूँ। फिर इन लोगों के द्वारा दी गई वह बदबूदार, हरे रंग की गाउन को पहनकर और जूते उतारकर हौले से बड़ी ही सावधानी से इस इंटेसिव केयर यूनिट में प्रवेश करता हूँ। बावला-सा खड़ा तुम्हें देखता हूँ। तुम्हारे चेहरे को बड़े प्यार से हल्के से छूकर देखता हूँ। तुम्हारे माथे पर हाथ फेरकर बालों को सहलाता हूँ। इस विश्वास से कि तुम आँखें खोल दोगी। लेकिन तुम्हें तो ज़रा भी परवाह नहीं। जिद से आँखें मींचे पड़ी हो। चन्द्रा, तुम फिसलकर कहाँ चली गई हो? बन्द किवाड़ों-सी बन्द पलकों के अन्दर तुम्हें क्या सपने दिखाई देते हैं? वे किस प्रकार के सपने हैं? जहाँ तक मेरी अपनी बात है, मेरे पास तो सपने देखने का समय ही नहीं है। सपनों के लिए स्थान भी कहाँ है? सुबह उठकर मुझे ही कॉफी बनानी होगी, यह ध्यान आते ही बदन जैसे जल उठता है। फिर अपनी आशा को स्कूल के लिए तैयार करना पड़ता है। फिर तुम्हारे माता-पिता के लिए भी खाना बनाना पड़ता है। दोनों बस एक ही सवाल कर मुझे खाए डालते हैं—"हमारी चन्द्रा कैसी है? हमारी बेटी क्या बच जाएगी? कोई आशा है?" कभी-कभी तो वे इस मनहूस जगह पर भी आते हैं। वे दिन तो और बुरे होते हैं। हे भगवान्! कहकर तुम्हारी माँ दहाड़ें मारकर रोने लगती है। चन्द्रा, क्या तुम्हें अपनी माँ की रुलाई कानों में नहीं पड़ती? तुम्हें क्या कुछ सुनाई नहीं पड़ता? कोई आवाज़ नहीं। इस तरह बिना हिलेडुले पड़ी रहती हो एक डूबे पत्थर के समान····डू····बे पड़े····। चन्द्रा क्या तुम सचमुच डूब गई हो?

आई. सी. यू. वार्ड के एक सिरे पर कुछ हलचल-सी जान पड़ी। एक बड़ा डाक्टर

हड़बड़ाता हुआ आया और दाईं ओर की खाट पर पड़े मरीज की जाँच करने लगा। मरीज को घेरकर अन्य चार लोग खड़े थे। उस मरीज को किसी वार्ड में ले जा रहे हैं क्या? उसको होश आ गया क्या? उस संकरे वार्ड के गलियारे में नर्सें इधर-उधर दौड़ रही थीं। उनमें से एक मरीज की खाट के निकट आई। उसकी बगल में सफेद कपड़ों का बंडल था। हे भगवान्, क्या फिर?

रामचन्द्रन उस खिड़की से हटकर दाईं छोर की आखिरी खिड़की की ओर तेज कदमों से बढ़े, खिड़की के सामने एक छोटा-सा जनसमूह खड़ा था। उस भीड़ में घुसना बहुत मुश्किल था। माफ कीजिए, कहकर अन्दर घुसने पर उन्होंने एक लड़की को सुबक-सुबककर रोते देखा। रामचन्द्रन जड़वत् हो गए। उस लड़की को घेरे उसे ढाढ़स और सांत्वना देते हुए कुछ आदमियों में से एक ने उसके बालों को सहलाया। सिर पर रखा साड़ी का आँचल गरदन पर गिर पड़ा था। उस समूह में दो-एक बड़ी कठिनाई से रुलाई रोकने का प्रयास कर रहे थे। भीड़ के कोने में खड़े होकर रामचन्द्रन ने गर्दन ऊँची कर खिड़की में से देखा। शीशे में से सिरों, गर्दनों व कानों की छाया के बीच उस बड़े डाक्टर को अन्य डाक्टर से बातचीत करते देखा। वह नर्स उस सफेद चादर को बड़ी ही कुशलता से उस शरीर के चारों ओर इस तरह लपेट रही थी, मानों यही उसका सबसे महत्त्वपूर्ण कार्य हो। उस शरीर को सफेद कपड़े से ढँकने और शरीर को कपड़े से लपेटने में वह बड़ी कुशल जान पड़ी। लगा जैसे यही उसका लक्ष्य हो।

वह शरीर उस सफेद कपड़े में लिपटा इस तरह लग रहा था मानों साँचे में ढाल दिया गया हो। सिर गोलाकार नजर आ रहा था। चेहरा थोड़ा उठा हुआ, कंधे, धड़, लम्बी टाँगें और ऊपर की ओर किए हुए पैर। उठकर वह उड़ने को तैयार है और अब वह उड़ चुका। सब कुछ खत्म हो गया। अब बैठकर छाती फाड़-फाड़कर रोने के लिए समय ही समय है, जैसे यह जनसमूह बिलख रहा है।

उस जनसमूह में से निकलकर वह उस खिड़की की तरफ दौड़ा, जहाँ चन्द्रा लेटी थी। वह हमेशा की तरह बिना हिले-डुले पड़ी थी। रामचन्द्रन की आँखें भर आई थीं और गला सूखने लगा था। उसकी जीभ तालू से सट गई थी। चन्द्रा क्या तुम भी मर···। चन्द्रा मेरी प्राण, मत जाओ। थोड़ा और सहन कर लो···। मुझे माफ कर दो। अपने घटिया विचारों के लिए मुझे बड़ा दुःख है। मैं बड़ा शर्मिन्दा हूँ। आशा और तुम्हारे माता-पिता की मैं अच्छी तरह देखभाल करूँगा। मैं कुछ भी करने को तैयार हूँ। बस तुम मुझे छोड़कर मत जाना।

"हे ईश्वर! हे दयावान ईश्वर! मेरी चन्द्रा को बचा लो!" बहुत ही हल्के स्वर में वह बुदबुदाया। कहीं कोई सुन न ले सोचकर उसने यहाँ-वहाँ देखा, उसकी निगाहें आई. सी. यू. वार्ड में पड़े अन्य क्रियाहीन शरीरों पर पड़ीं। "हे ईश्वर! यहाँ पड़े सभी को बचा लो!" कहकर वह बुदबुदाया। 'चन्द्रा को बचा लो। उसके बगल में जो लेटा है उसे, वो जो वहाँ पड़ी है, उसे भी और सभी को मौत के मुँह से बचाकर वापस ले आओ। इन्हें

अभी मरना नहीं है।'

ओझल हो जाना? खत्म हो जाना? मौत? रामचन्द्रन का दम घुटने लगा। एकटक देखते हुए नाक को उस शीशे पर गड़ाकर वह वहाँ खड़ा रहा। शीशे में से उसने चन्द्रा को देखा। उसका चेहरा बाईं ओर जरा-सा झुका था। माथे पर काले बाल चिपचिपे से दिखाई दे रहे थे। उन बालों को जब वह शैम्पू से धोती थी तो वह कैसे लहराते थे। उसकी छाती पर पड़ी सफेद चादर उसकी उठती-गिरती साँसों के साथ ऊपर-नीचे हो रही थी। वह जो पतली-सी चादर दिख रही है ऊपर उठती और नीचे गिरती हुई उसके नीचे चन्द्रा बड़ी हल्की किन्तु अपने आप साँसें ले रही थी। किसी भी बाहरी उपकरण की जरूरत नहीं। इस मनहूस जगह में क्या यह बहुत बड़ी बात नहीं है। गनीमत है कि चन्द्रा कम से कम साँस तो ले रही है। एक घड़ी के लिए भी साँस लेना बन्द कर दे तो.... ? इन लोगों को काम में फुर्ती दिखाने में दस मिनट भी न लगेंगे। चन्द्रा के शरीर पर पड़ी इस चादर को फौरन खींचकर फिर उसके चेहरे व पूरे सिर को उससे ढाँप देंगे। इस आई. सी. यू. में जीवन और मौत के बीच का खेल, बार-बार खेला जा रहा यह मौन संस्कार देखते ही देखते पूरा हो जाएगा।

संघर्ष के समाप्त होने के अगले क्षण ही उस सफेद चादर को सिर के ऊपर खींचकर अगल-बगल में उस चादर को खोंस दिया जाता है, मानों उस घटना को निश्चित रूप दिया जा रहा हो। वास्तविकता जानने पर सबसे पहले चेहरे को ढाँप दिया जाता है मानों उसी क्षण उस चेहरे पर कोई भयावना रूप छा गया हो। मौत को एक निश्चित रूप देने के लिए चादर को खींचकर लपेट देना चाहिए। यह काम ये लोग कितनी श्रद्धा से मन लगाकर करते हैं, मानों जीवित और मरे लोगों के बीच का अन्तर बताने के लिए उन्हें कोई संस्कार बाध्य करता हो।

पहली बार जब रामचन्द्रन ने यह दृश्य देखा था, तब उसके हाथ-पैर ठंडे पड़ गए थे। उसे सदमा-सा पहुँचा था। मारे डर के वह पसीने-पसीने हो गया था। उस खाट पर ही तो वह घटना घटी थी। बाएँ से तीसरी खाट पर कोई एक 24 वर्ष का नौजवान! सिर से पाँव तक एक सफेद चादर खींचकर लपेट दी थी। चादर को खींचकर अगल-बगल खोंसकर इन्हीं नर्सों ने अच्छी तरह लपेटा। उस शरीर में कहीं कुछ प्राण बचे हों ऐसी तनिक भी आशंका उनके मन में न थी। वह जीवित हो सकता है, ऐसे सन्देह के लिए तो उनके मन में कहीं कोई स्थान नहीं था। उस घटना ने रामचन्द्रन को हिलाकर रख दिया था। उसे लगा कि किसी ने हथौड़े से उसके सिर पर चोट की हो। वह पसीने से नहा गया। किसी की फुसफुसाहट कानों में पड़ी, "इस केस में बचना तो मुश्किल था। जान लेवा ब्रेन फीवर का केस था यह।"

"बेचारा अभी उम्र ही कितनी थी। 24 का भी तो नहीं हुआ था। माता-पिता की पहली सन्तान। उनकी ओर देखिए किस तरह होशो-हवास गँवा कर खड़े हैं।" दूसरा बोला। उस स्थान को छोड़कर रामचन्द्रन चन्द्रा की खिड़की पर पहुँचा। उस दृश्य को

देखने के बाद उसका मन घुटनों के बल होकर ईश्वर से भीख माँगने के लिए व्याकुल हो उठा। 'हे ईश्वर! हे कृपालु ईश्वर! मेरी चन्द्रा को मत छीनो! उसे छोड़ दो! वह उम्र में छोटी है। मानता हूँ कि वह नौजवान केवल 24 साल का था और मेरी चन्द्रा बत्तीस पार कर चुकी है। फिर भी मैं यही कहूँगा कि वह छोटी है, छोटी है।'

उसके विश्वास को मानों किसी ने झकझोर कर रख दिया था। बुदबुदाते स्वर में उसने प्रार्थना की, मनौतियाँ माँगी। उसकी प्रार्थना के स्वर बिखरे, टूटे-फूटे थे क्योंकि उसने अपने जीवन में कोई श्लोक या प्रार्थना पूरी सीखी ही नहीं थी। मन में प्रश्न उठ रहे थे कि क्या इस तरह आधे-अधूरे शब्दों में की गई प्रार्थना का कोई असर होगा? एक ही धर्म के भगवान से की गई प्रार्थना क्या पर्याप्त है? इस आई. सी. यू. में कोई पैशाचिक शक्ति लोगों के जीवन के साथ खिलवाड़ कर रही है। वही यहाँ के लोगों को निगले जा रही है। इस अभिशाप को क्या केवल एक धर्म, एक भाषा में की गई प्रार्थना से दूर किया जा सकता है?

अस्फुट शब्दों में उसके होंठों पर न जाने कौन-कौन से आधे-अधूरे संस्कृत के श्लोक फूट पड़े। साथ ही पवित्र बाइबिल और किंग जेम्स के न्यू टेस्टमैंट से भी जो कुछ याद था, वह सब बुदबुदाने लगा। उसकी इच्छा हुई कि बौद्ध भिक्षुओं की तरह वह भी एक विशाल पीतल की थाली को ढंग-ढंग बजाता शान्त भाव से चले। घुटने मोड़कर माथे से धरती को छूकर फिर चेहरे और हाथ को आकाश की तरफ उठाकर मुसलमानों के समान नमाज़ पढ़कर दुआ माँगने की इच्छा हुई। वह कुछ भी करने को तैयार था। जैन साधुओं के समान मुँह पर पट्टी बाँधे, मौन धारण करने के लिए भी तैयार था। उसके चेहरे पर बैचेनी के भाव स्पष्ट थे। एक ही साँस में वह प्रार्थना कर उठा। चन्द्रा की बाईं और दाईं ओर न जाने कितने मरीज मरकर उस सफेद चादर में लिपट चुके थे, कीड़ों-मकोड़ों के समान छितर गए थे। घबराकर रामचन्द्रन ने एक ही साँस में कितनी मन्नते मान लीं। 'चन्द्रा को बचा लो भगवान, वह मेरे लिए बहुत खास है!' बड़बड़ाता हुआ वह अपनी ही दशा पर हक्का-बक्का रह गया। उसकी उस प्रार्थना को कोई सुनता तो उसे लगता कि वह ईश्वर को जी भरकर कोस रहा है। प्रार्थना के इन आधे-अधूरे शब्दों को सुनकर ऐसा लग रहा था कि वह ईश्वर को गाली दे रहा है। मानों मन में उमड़ता क्रोध और हृदय की खीझ सँभाले नहीं सँभल रही थी और वही भाव होंठों पर शब्द रूप में स्फुटित हो रहे थे।

"सब कुछ भूलकर अपने मंतव्य और लक्ष्य पर अपना सारा ध्यान लगा दो!" उसके मित्र वेणु ने सलाह दी थी, "तभी तुम्हारी प्रार्थना प्रतिफलित होगी। अपनी प्रिय वस्तु पर सारा ध्यान केन्द्रित कर मन्नत माँगोगे तभी वह पूरी होगी। प्रार्थना में इतनी शक्ति है। उसमें इतनी शक्ति है कि वह धरती की वस्तुओं को आकाश तक उठा दे, पर्वतों को हिलाकर रख दे।" उस दिन रामू ने हँसकर कहा था, "वेणु, तुम्हारा तर्क एक अंश तक सत्य हो सकता है। एक प्रकार का आधा वैज्ञानिक सत्य भी हो सकता है।" आज वही इस प्रयास में था कि वह उस सत्य को किस तरह पूरा कर सकता है। बिस्तर

पर पड़ी चन्द्रा पर उसने अपलक दृष्टि गड़ाई। उसकी आँखें चन्द्रा के सिर पर पड़ीं। काले चिपचिपे बालों, पीला पड़ा चेहरा, उसकी बन्द आँखें, सब कुछ उसकी बन्द आँखों में समा गया। श्लोक, न्यू टेस्टमैंट के अंग्रेजी में कुछ आधे-अधूरे वाक्य जो भी याद पड़ा, वह उन्हें बुदबुदाने लगा। संस्कृत के श्लोकों के साथ तमिल की पंक्तियाँ और अंग्रेजी के वाक्य सब मिल-मिला गए। उसकी आँखें चन्द्रा के चेहरे पर गई थीं और होंठ बिना रुके बुदबुदा रहे थे—'हे भगवान्! सब चल जाएगा—बौद्ध भिक्षुओं की प्रार्थना, सिनेगॉग में टोपी पहने लोगों द्वारा समझ में न आने वाली प्रार्थना की ध्वनि और जो कुछ भी है—सब मुझे स्वीकार हैं।

'चन्द्रा, मेरी प्रिय, जीवन को कसकर पकड़े रखो, मेरे लिए, हमारे बच्चे के लिए और बिलखते तुम्हारे माता-पिता के लिए। तुम्हारे बाएँ और दाएँ पल-पल लोग मौत के मुँह में समा रहे हैं। प्रेतात्माओं के इस घेरे से जल्दी बाहर आ जाओ।

उसके होंठ धीरे-धीरे हिल रहे थे, मानो कोई रहस्य बता रहे हों। उसके शब्द घनीभूत हो चन्द्रा के सिरहाने झर रहे थे, गतिहीन उस शरीर में गति लाने का प्रयास कर रहे थे। उसके शब्दों में धीरे-धीरे गर्मी आ गई। उन शब्दों ने उस सोए सिर को बींध दिया, चमड़े के अन्दर प्रवेश कर गए। अपनी मुट्ठियों को बन्द करते हुए उसने मिन्नत की, "मेरी चन्द्रा के पास वह सफेद चादर मत ले जाओ। कृपा कर उसे दंड मत दो। उसे छोड़ दो, उसे साड़ी पहना दो। अपने पैरों पर खड़े होने के काबिल बना दो। उसे धीरे से चलाकर बाहर हवा में लाकर वहाँ खड़ी मेरी कार में बिठाने में मेरी मदद करो।...."

रामचन्द्रन को अपने सास-ससुर की पूजा याद आई। बड़ी ही श्रद्धा और भक्ति से, छोटी-से-छोटी बातों का भी ध्यान रखते हुए, बिना किसी रीति-रिवाज को भूले वे पूजा करते थे। अगर कहीं कोई भूलचूक हो गई है तो क्या ईश्वर क्रोध में भरकर उसका बदला लेंगे? ऐसा एक भय भी मन में कहीं था। उसकी नन्हीं बेटी आशा भी अपने नाना-नानी के साथ मिलकर पूजा करती। पर उस बच्ची की प्रार्थना सरल सीधी सादी होती। आँखें बन्दकर हाथ जोड़कर वह कहती, "भगवान मेरी माँ को जीवन दो। उसे जल्दी अच्छा कर दो ताकि वह मेरे साथ खेल सके।" उसे देखकर रामचन्द्रन के मन में एक अनचाही ईर्ष्या की भावना उत्पन्न होती, छिः मैं इस बच्ची के समान सहजता से अपने-आपको क्यों समर्पित नहीं कर पाता?"

उस दिन उसके मन ने अपने अन्दर कई गाँठें बाँध ली थीं। उस बन्धन में वह छटपटा रहा था। हमारे भाग्य से यदि चन्द्रा बिस्तर से उठ गई तो वह विजय आखिर में चिकित्सा विज्ञान की होगी, उसके मन ने मौन तर्क रखा। आखिर इतने दिनों तक इस बायोइंजीनियरिंग की चमत्कारिक खोजों ने ही तो चन्द्रा को जीवित रखा।' मन का कहना था। इस नए चिकित्सा विज्ञान के कारण ही डाक्टर उसे इस अवस्था से बाहर निकालने में सफल हो सकेंगे। आखिर में विज्ञान ही जीतेगा, उसके सास-ससुर की पूजा नहीं।' मन का तर्क था।

वहाँ के डॉक्टर ने बिना किसी दुराव छिपाव के बात स्पष्ट रूप से कह दी थी—"इस केस में अपने को भुलावा देने का विश्वास पैदा करने की जगह नहीं है।" डॉक्टर ने कोरा जवाब दिया था। "केवल एक साधारण से अपेंडिक्स आपरेशन की वजह से आपकी पत्नी अचानक कोमा की हालत में पहुँच गई।' वह बहुत ही दुर्भाग्य जनक है। इस आपरेशन के बाद वह बेचारी किस तरह कोमा में चली गई? यह बात हमारी समझ से परे है। पर अब हमारे लिए यह जरूरी हो गया है कि हम उन्हें भी अन्य कोमाटोस मरीजों के समान ही उनकी हालत की·भी रीडिंग सावधानी से लें। वह बचेगी या नहीं यह हम पूरे विश्वास के साथ नहीं कह सकते।"

रामचन्द्रन ने उनकी स्पष्टवादिता की कदर की। अब सब कुछ इनकी बुद्धि और योग्यता पर निर्भर है। अब इनकी कुशलता और विज्ञान की नवीन खोजों पर ही चन्द्रा का जीवन टिका है। "हे ईश्वर, चिकित्सा-विज्ञान के लिए द्वार खोल दो।" वह धीरे से फुसफुसाया।

"हे भगवान मेहरबानी कर विज्ञान और चन्द्रा के बीच टाँग मत अड़ाना प्लीज़।"

पैर फिर से दुखने लगे और टखनों में असहनीय खुजहालट होने लगी। खाने से ही चैन मिलेगा। भूख से पेट कुलबुलाने लगा। गला प्यास से सूख रहा था। कभी न बुझने वाली प्यास।

वह किसी प्रकार भी बुझने में न आती थी। फलों के रस, ठंडे पेय, जल, ठंडी बीयर, गर्म चाय, काफी, छाछ किसी से भी नहीं। न जाने कितने लीटर पानी गटागट पी जाता था पर निगोड़ी प्यास न मिटती थी और ऊपर से रोज के कामों की जिम्मेदारी भी उसी पर है। तड़के ही काम खत्म करके अस्पताल आना पड़ता है। यहाँ डॉक्टरों से पूछताछ के लिए जाओ तो एक लम्बी 'क्यू' होती है। मन की थकान जब कई प्रश्नों के रूप में सामने आती है तब डॉक्टर बड़े ही कटु स्वर में टका-सा जवाब दे देते हैं। उसके बाद फिर उसी बड़ी खिड़की के सामने घंटों पागलों जैसे खड़े रहना पड़ता है। यह सोचकर हँसी आती है कि जब जीवन में दुःखों के क्षण हमें घेर लेते हैं, तब हम किस तरह विरक्त होकर संज्ञाहीन हो जाते हैं।

डॉक्टर चन्द्रा के पास के बिस्तर पर पड़े मरीज पर झुका उसकी जाँच कर रहा था। कम उम्र की लड़की थी वह। रामू ने सुना कि उसका केस भी चन्द्रा के समान ही बिगड़ा है। इस लड़की का सिज़ेरियन आपरेशन किया गया था और उसका एक स्वस्थ बच्चा भी हुआ। फिर अचानक उस लड़की को दर्द उठा और फिट्स के कारण उसके हाथ-पैर ऐंठ गए और अन्त में उसकी बोल-चाल, हिलना-डुलना, उसकी दिमागी शक्ति [illegible] जवाब दे दिया। अब वह एक रेसपिरेटर की मदद से साँस लेती है और उसका शरीर टिक-टिक करती एक घड़ी के समान हो गया है। घंटा-मिनट नहीं दिखाता, केवल रेसपिरेटर साँसें ले रहा है। उस लड़की का चेहरा बड़ा अजीब-सा लगता है। जब भी उसे चन्द्रा के बिस्तर तक पहुँचने के लिए उसके बिस्तर से गुजरना होता तो उसके प्राण

मुँह को आ जाते। उस लड़की की फटी-फटी आँखें शून्य होकर ताकतीं। अपलक किन्तु कुछ न देखती हुई उसकी आँखें इस तरह खुली रहतीं कि रामचन्द्रन को यह भय लगता कि यदि वे आँखें उस पर पड़ गईं तो उसे पत्थर का बना देंगी।

इस समय डॉक्टर उन खुली पलकों को बन्द करने का प्रयास कर रहे थे। नर्स अन्दर-बाहर दौड़ रही थी। वह देखो हमेशा की तरह आ गई वह सफेद चादर। इस अस्पताल में शायद सफेद चादरों की कमी नहीं, पर इसका क्या मतलब है? क्या वह टिक-टिक करती घड़ी बन्द हो गई? वे बड़ी-बड़ी फटी-फटी-सी आँखें कहीं दूर, बहुत दूर चली गईं? वह चली गई। गुड बाय! नन्हीं माँ जाओ, पर तुम्हारे इस शिशु की माँ कौन होगी? तुम तो आराम से इस सफेद चादर में लिपट गई हो। यह जो सिस्टर है ना। इस नर्स को विश्वास हो गया है कि तुमने सदा के लिए आँखें मूँद ली हैं। वह तुम्हारे शरीर को बड़ी कुशलता से सफेद चादर में लिपटाकर उसमें तुम्हें बाँध देगी। उसे देखो। इस काम में उसे कितना सन्तोष मिलता है मानों इसी काम के लिए उसने जन्म लिया हो और इसी काम से उसका जीवन सार्थक होता हो।

रामू ने अपने-आपको झिंझोड़ा। फिर धीरे से बगल में लेटी चन्द्रा की ओर एक नजर डाली। वह वैसे ही पड़ी थी। क्या हुआ? कहीं""क्या एक और सफेद चादर लाने वाले हैं? रामू आई. सी. यू. के दरवाजे तक दौड़ गया। घबराते हुए उसने वहाँ खड़े डॉक्टर से पूछा, "अब वो कैसी है डॉक्टर? आपने उसे देखा?"

"किसको?"

"मेरी पत्नी, वो जो उस पलंग पर है।"

"ओ""नहीं। मैंने अभी तक उन्हें देखा नहीं है। देखूँ भी तो कैसे? आप तो देख ही रहे हैं हमारी भागादौड़ी। साँस लेने की भी फुरसत नहीं। आपने आज की हमारी हार देखी? वह नवयुवती बेचारी अपने बच्चे का मुँह देखे बिना ही चल बसी और आप हैं कि...."

रुँधे स्वर में कहते हुए डॉक्टर साहब दूसरी ओर मुड़ गए। किसी एक नर्स पर बुरी तरह बरस पड़े। वह दौड़कर एक लम्बी-मोटी किताब ले आई। उस पर लिखा था—'एडमिशन एंड डेथ रजिस्टर।'

"सिस्टर अगली बार जब आप नोट करें तो मौत का समय ठीक से नोट कीजिए, समझीं?"

"ठीक है सर!"

"आप समय नोट करने जैसा एक छोटा-सा काम भी ढंग से नहीं कर सकतीं।" डाँटते हुए डॉक्टर आई. सी. यू. यूनिट से बाहर निकल गए। उस रजिस्टर को खोल कर सिस्टर ने पन्ने पलटना शुरू किया।

रामचन्द्रन के पैर और जाँघें पसीने से गोली हो गईं। हे ईश्वर! चन्द्रा पास ही में लेटी है। इस बहाने तुम उसे भी खींचकर न ले जाओ। ईश्वर क्या तुम केवल मौत

हो? अगर ऐसा है तो यहाँ से बाहर निकल जाओ। मौत तुम बाहर की ठंडी हवा खाने के लिए तुरन्त चलती बनो। आइसक्रीम या अन्य कोई मनचाही वस्तु खरीदकर खा लो। पहले तुम यहाँ से निकलो। अपनी बर्फीली ठंडी उँगलियों से मेरी चन्द्रा को मत छूना। कृपया उस सफेद चादर को सिर पर मत खींचो। मैं तुम्हारे हाथ जोड़ता हूँ। यह एक स्वस्थ होने की जगह है। यहाँ बीमारियाँ ठीक होती हैं। पहले उसे यहाँ से हटना होगा। मरीजों की भर्ती के बाद सभी हाथ पर हाथ धरे एक-एक कर मृत्यु का इंतजार किए खड़े रहते हैं और मरने पर बिना कहे-सुने तत्क्षण उस सफेद चादर को ऊपर डाल देते हैं।

अब भी तो मेरे सामने यही सब-कुछ कर रहे थे। यह जो अभी नवयुवती मरी है केवल इसी के साथ ही नहीं वह जो उस कोने में मरीज था उसके लिए भी नर्सें बड़ी चुस्ती से काम कर रही थीं। उसे आधे घंटे पहले ही तो यहाँ लाया गया था। कहीं ऐसा तो नहीं कि लाते समय ही उसके प्राण निकल चुके हों? किससे पूछा जाए? उसकी खिड़की के सामने कोई नहीं जो उत्तर दे सके। उसकी मौत पर रोने वाला भी कोई नहीं है। अब तक उस शरीर की जिम्मेदारी लेने वाला भी कोई नहीं आया। इस बेनाम अनाथ को श्रद्धांजलि के रूप में आई. सी. यू. यूनिट ने मानों सफेद चादर चढ़ा दी। उस सफेद चादर के रंग से आँखें चुँधिया उठीं।

धीरे-धीरे और कई उस सफेद चादर में लिपटते चले गए। जीवन को छोड़कर आए लोग और अकेलेपन् से व्याकुल प्रेतात्माएँ इस वार्ड के चारों तरफ घूम रही थीं। अपने लिए साथियों की तलाश करती हुई और अन्य मरीजों को अपने साथ ले जाने की आतुरता की भूख से मँडराती व्याकुल प्रेतात्माएँ। मृत और मरणासन्न। मात्र शब्द और अर्थ-जाल। कल और कुछ लोग मरेंगे और तब ये लोग कहेंगे कि चलो अच्छा हुआ मुक्ति मिल गई। चन्द्रा तुम मुझे इस तरह छोड़कर नहीं जा सकतीं, समझी। याद है, तुमने मेरे साथ प्रतिज्ञा ली है। मेरे साथ जीवन बिताने का तुमने वचन दिया है। जीवन के आँधी-तूफानों में साथ निभाने का वचन दिया है। क्या तुम भूल गईं कि विवाह के दिन किस तरह मैंने तुम्हारा दायाँ पैर पकड़कर पत्थर की सिल पर रखा था। फिर तुम मेरे साथ सात कदम चली थीं। मेरी नववधू तुम्हें याद है? कम से कम मेरी खातिर अपने प्राणों को कसकर थामे रहो। मैं घर जा रहा हूँ। कल सुबह जल्दी लौटूँगा। तब तक मुझे धोखा मत दे जाना। चन्द्रा धोखा मत दे जाना।

रामू उस गलियारे को छोड़ अस्पताल के भवन के बाहर आ गया। बाहर ठंडी ताजी हवा चल रही थी। वह मानों उसे अपनी ओर खींच रही थी। आहा कैसी पवित्र प्राण भरने वाली हवा थी।

अगले दिन तड़के ही रामचन्द्रन अस्पताल आया। कम से कम आज मेरे पैरों में खुजली न हो, सोचता हुआ वह चला था। इसी कारण उसने आज पहले से ही टखनों और तलवों पर क्रीम लगा ली थी। अगर धूल होगी भी तो वह शरीर पर चिपकेगी नहीं ऐसा एक छोटा-सा विश्वास था मन में।

"ओ ! हलो मि. रामचन्द्रन !" डॉक्टर का स्वर सुनाई पड़ा, "आप बड़े भाग्यशाली हैं। आपकी पत्नी ने कल रात आँखें खोल दीं, "उसके कंधों को थपथपाते हुए डॉक्टर बोले।

"क्या ?"

"वही जो मैंने कहा।"

"हे ईश्वर! मुझे विश्वास नहीं होता। हे भगवान्," कहकर रामू ने घुटने टेक दिए। खिड़की से उसने चन्द्रा की ओर देखा तक नहीं।

"अब उठिए !" डॉक्टर बोले, "मैंने आपको अन्दर जाने की अनुमति दे दी है। पर चुपचाप, कोई आवाज मत कीजिएगा। थोड़ी देर ही रुक सकते हैं। यह विजिटिंग आवर नहीं है।"

"ठीक है, डॉक्टर साहब, मैं आवाज नहीं करूँगा। आपका धन्यवाद, नहीं बहुत-बहुत धन्यवाद ! आपकी मेहनत का, आपकी सभी कोशिशों का बहुत-बहुत धन्यवाद ! डाक्टर साहब आप···· ।"

रामू आहिस्ता-आहिस्ता आई. सी. यू. के अन्दर घुसा। चन्द्रा सोई हुई थी। हाँ, अब वह बहुत विश्वास के साथ उन बन्द आँखों को देखकर नींद शब्द का प्रयोग कर सकता है। चन्द्रा सोई है। 'हुश' कहकर पास खड़ी नर्स ने इशारा किया, उसके होंठों पर मुस्कान थी। सिर हिलाते हुए रामू के होंठों पर भी मुस्कान तैर उठी। फिर उसने चन्द्रा को देखा।

"हे भगवान्, मैं तुम्हारा धन्यवाद कैसे करूँ," कहते हुए उसके होंठ फड़फड़ाए। उसके होंठों की बुदबुदाहट का एक-एक शब्द मानों चादर के ढ़ेर में से चादर उतारने लगा। एक-एक चादर निकालकर फेंकते चले गए। कफनों का ढेर एक सफेद पर्वत-सा दिखाई देने लगा। उस ढेर के नीचे शरीरों के ढेर पड़े थे। पर उनकी आँखें, कान, नाक, मुँह, चेहरा जैसे कोई अंग न थे। उन अनगिनत क्रूर सफेद चादरों की परतों के नीचे एक ऐसा चेहरा था जो बिना किसी शर्म के, बिना किसी स्वार्थ भाव के पूर्ण तन्मयता से प्रार्थना में लीन था। ऊपर कफन आकाश में बादलों की तरह अपनी-अपनी मंजिलों की ओर तैर रहे थे। वे रामू के कानों में फुसफुसा कर मानों कोई रहस्य बताना चाहते थे। वह सिर झुकाए बैठा था और एक गर्व भाव लिए लज्जा से गड़ा जा रहा था।

गहराता शून्यबोध

इस लेख को किसी भी तरह आज रात ही लिखकर समाप्त करना होगा। अगले सप्ताह चोल काल की शिल्प-कला के विषय में सोचने का भी समय न होगा। अगले सप्ताह संपूर्ण 'इक्ज़ामिनेशन सेल' नींद से जागकर और इतने दिनों बरबाद किए समय को जमा करने के प्रयास में फुर्ती से काम में जुट जाएगी। यू. पी. एस. सी. (यूनियन पब्लिक सर्विस कमीशन) के उच्चाधिकारियों के द्वारा हाथ धोए जाने के बाद के मैले पानी में तैर रहे कुछ काई जमे काम हम लोगों की पीठ पर जमा हो जाएँगे अन्यथा अपने प्रवाह में बहा ले जाएँगे। इस लेख को अभी समाप्त करना ही होगा। इन कुछ क्षणों को यदि हाथ से निकल जाने दें, तो बस।

आहा! रात में कैसी कितनी शान्ति है। बगल के कमरे में वसन्ता बच्ची उमा शंकरी के साथ सो रही थी।

"जहाँ एक ओर पल्लवों की शिल्प-कला में एक अपूर्व दैविक सौन्दर्य है, वहाँ ठीक उसके विपरीत चोल-काल की मूर्तियों में जीवन के प्रति एक स्वस्थ उत्साह की भावना प्रकट होती है, मानों कह रही हो कि जीवन एक ईश्वरीय वरदान है, जिसे खुलकर जीना चाहिए। उदाहरण के लिए कुंभकोणम् के नागेश्वर मन्दिर के दक्षिणी भाग की उन विलासमय अप्सराओं की मूर्तियों को लें। उनके मुख, कंधे, हाथ, पैर, गले, स्तन उनके

पूरे अस्तित्व में छाए विलास को अनदेखा नहीं किया जा सकता।" नींद आ रही थी, परन्तु सुकुमारन ने लिखना जारी रखा।

"पुदकोट्टे से लगभग 27 मील की दूरी पर कोडुम्बुल्लूर। वहाँ स्थित 'भूवर' मंदिर का गांभीर्य मन को छू जाता है। सुन्दर चोल प्रातंक काल (अर्थात् 956-973 में) बभूति विक्रम केसरी द्वारा निर्मित है यह मन्दिर। इसमें पल्लव-काल की नवीनता और चोल-देश के मूर्त सौन्दर्य का अद्‌भुत समन्वय देखने को मिलता है। ये तीनों ही मन्दिर लगता है मानों दो कमल के पुष्पों पर रखे गए हों, जिनकी पंखुड़ियाँ खिली हुई हों। इन पंखुड़ियों के किनारे 'याली' की मूर्तियों से सजे हैं।

"इस मंदिर के कालारी और गज संहार की मूर्तियाँ, लगता है जैसे पत्थर से फूटकर निकली हैं, इनमें कितना वैभव है! कैसा स्थिर तथा भव्य रूप है इनका!"

सुकुमारन को गहरी नींद जकड़ने लगी। कंधों के साथ हाथ भी दुखने लगे। बस एक-दो पृष्ठ और लिखूँ तो लेख समाप्त हो जाएगा। अगर इसे न खत्म किया तो हे ईश्वर! पता नहीं क्या होगा? आने वाले दिनों का सही अर्थ 'आना' होगा, यह भी नहीं कहा जा सकता। आनेवाले समय में दिन इस तरह गल जाएँगे कि वे दिन नहीं कहे जा सकते। अपने विषय में सन्देह मानों मुझे मार डालता है। क्या मैं मूर्त हूँ, यह सन्देह धीरे-धीरे एक विशाल रूप लेकर मुझे ही निगलता जा रहा है। फिर भी रोज तड़के उठकर दाँत साफकर, कॉफी पीकर, खाकर और कपड़े पहनकर ऑफिस नाम की एक जगह में, दिन भर सबकी आँखों में छिप-छिपाकर, कुछ काम कर फिर घर लौटता हूँ।

घर में रखी मेज, कुर्सियाँ मुझसे कहीं अधिक मूर्त जान पड़ती हैं। ऑफिस में? वहाँ अलग किए गए दीमक खाई मेज़, अलमारी के सामान में मैं भी एक हूँ। उनकी दरारों के बीच छुपकर कभी-कभार, झाँककर देखते हुए दीमक-कीड़ों में से मैं भी एक हूँ। मैं ही क्यों, मेरे कुछ सहयोगी भी। बजाज, चन्दन, पंतलु····पर वे भी मेरी ही तरह सोचते हैं, यह तो निश्चित नहीं। क्यों मेरे ही विचार, कुछ दिनों से मुझे भूत की तरह घेरे मेरे ही पीछे पड़े हुए हैं। जब मैं ही इस तरह घिसकर अदृश्य हो जानेवाला हूँ, जबकि मेरे दफ्तर के लोग और यह समाज मेरे अस्तित्व को नकारने पर तुले हुए हैं, फिर मेरे विचारों को किस प्रकार दृढ़, न नष्ट होने वाला आकार मिला है? अब जब जीवन के नाजुक बंधन से हर पल मेरा सम्बन्ध क्षीण होता जा रहा है, तब यह कैसे संभव है कि मेरे विचारों में एक प्रकार की परिपक्वता आ रही है?

इसमें कैसा आश्चर्य? और चन्द वर्षों में पूरा का पूरा अदृश्य हो जाऊँगा—अपने ऑफिस के लिए, समूह के लिए और तो और अपने परिवार वालों के लिए भी—केवल मेरे विचार ही चिरकाल तक जीवित रहेंगे। सुकुमार खाली पन्नों को देखता रहा। ठीक है चलो। आज के लिए इसी को लिखकर खत्म करता हूँ।

"जीवन क्या है? मृत्यु, नष्ट हो जाना क्या है? तिरुवालीश्वर पर स्थित

वालीश्वरन मन्दिर में चराचरित होने वाले नटराज के मुख पर ज्ञान के अथाह सागर को सोख लेने का मर्म और हर प्रकार से सम्पूर्ण होने की एक मुस्कान खेला करती थी। यह मूर्ति राज चोल के सिंहासन पर आने से पूर्व ही उत्कीर्ण की जा चुकी थी। आहा! एक ओर ऋषभद्र और देवी की मूर्ति, उस नटराज के मुख को ध्यान से देखने पर कैसी जाल भरी मुस्कान! पल-पल अलग-अलग भाव जगाती।

"मन करता है घंटों बैठकर उस छवि को निहारते रहें।"

किसी तरह लेख को समाप्त कर एक संतोष भाव से उठकर सुकुमारन ने बत्ती बुझाई और बगल वाले कमरे में जाकर लेट गया। लिखने की थकावट थी या फिर चोल देश की सम्पन्नता की कल्पना, उस रात बिना स्वप्न के उसे अच्छी नींद आई।

दूसरे दिन दफ्तर जाने से पहले पोस्ट ऑफिस में लेख के पैकेट का वजन कर, उसे ठीक तरह से डाक में डालकर वह दफ्तर पहुँचा। पौने ग्यारह बज चुके थे, पर वहाँ पूछने वाला कोई न था। उसे लगा कि उसके वहाँ पहुँचने से या रास्ते में ही मर जाने से कोई फर्क न होगा। यू. पी. एस. सी. के अंतर्गत ली जाने वाली अखिल भारतीय परीक्षाओं और महत्त्वपूर्ण इंटरव्यू के फाइल्स के बीच फँसकर सुकुमार को लगा मानों वह भी पिचक जाएगा।

ऑफिस का कमरा उसे एक बड़े हॉल जैसा प्रतीत हुआ। जब सुकुमारन अन्दर घुसा तो पन्तगु पेंसिल की नोक बना रहा था। बजाज की टेबल खाली पड़ी थी। ऑफिस में चर्चा होती कि वह किसी छोटे बिजनेस में लगा है और उसी के अनुसार वह अचानक गायब भी हो जाता था। और उसी तरह एक चिकनी-चुपड़ी पंजाबी मुस्कान लेकर सामने आ खड़ा होता था। पूछने पर कहता—"इस दफ्तर को मेरी जरूरत नहीं है, इसलिए चला गया, परन्तु इस दफ्तर से जो भीख के रूप में तनख्वाह मिलती है, उससे कम-से-कम घर का किराया तो भर सकता हूँ, इसलिए फिर वापस आ गया।" बिना संकोच कहते हुए बाकी बचे हुए काम को हड़बड़ी में पूरा कर डालता था।

पंजाबी कितनी खूबी से मिले समय को पैसे में बदलने की शक्ति रखता है और यदि मुझे समय मिले तो कला-साहित्य आदि के बारे में लिखकर, डाक के लिए पैसे खर्च कर जेब खाली करना ही आएगा।

मेज पर धूल की परत जमी हुई थी। उसे एक पुराने पेपर से पोंछकर सुकुमारन बैठ गया। एक फाइल लेकर उसे उलटने लगा। थोड़ी देर में चपरासी हमेशा की तरह चाय लेकर आया। चाय में गरमाहट के अलावा कोई कहने लायक स्वाद न था। अपने भाग्य को कोसते हुए सुकुमारन को थोड़ी देर में बड़े अधिकारी ज्वाइंट सेक्रेटरी का बुलावा आया। उठकर वह लूथरा के कमरे की ओर चल दिया।

"गुड मार्निंग सर!"

"सुकुमारन, मार्निंग! आइए, बैठिए!" कहकर लूथरा मुस्कुराए। तभी उनके टेलिफोन की घंटी बजी। बात करने के बाद, "हाँ, सुकुमारन!" उन्होंने फिर कहना

आरम्भ किया तभी टेबल पर रखी दूसरे टेलिफोन की घंटी बजी।

"ओफ्फोह!" कहकर भुनभुनाते हुए उन्होंने उसे उठाया। बाद में फिर उत्साह में न जाने क्या-क्या कहते रहे। फोन को नीचे रखते ही 'हाँ, सुकुमारन!' कहते हुए अचानक 'एक्सक्यूज़ मी, एक मिनट' कहकर स्वयं टेलीफोन उठा डायलकर कुछ बातें करने लगे। सुकुमारन को इन सबकी आदत पड़ चुकी थी। शायद वह इस कमरे में ही मौजूद नहीं। शायद इस कुर्सी पर बैठने वाला मैं नहीं, शायद यह प्रतीक्षा, मुझसे अधिक टेलीफोन की घंटी का महत्त्व, यह सब कुछ शायद मेरे साथ नहीं हो रहा।

"बहुत सारी रिपोर्ट तैयार करनी हैं सुकुमारन्, इसलिए आपको बुलवाया है।" कहते हुए पूछा, "आपके यूनिट में ही बजाज भी हैं न?"

"हाँ सर!"

"परन्तु वह आदमी तो पकड़ में ही नहीं आता। उसे एक दिन बुलाकर चेतावनी देनी ही पड़ेगी।" लूथरा ने कहा। फिर तीन मोटी फाइलों को सुकुमारन के सामने सरकाते हुए, "यू सी, मुझे इसी प्रकार के काम जरा भी अच्छे नहीं लगते। चेतावनी देना, मेमो लिखकर प्यून के हाथों भेजना। छिः आप लोग क्या स्कूली छात्र हैं या क्या मैं ही एक स्कूल मास्टर हूँ कि यह कहूँ कि अपनी जिम्मेदारी समझकर काम करें।"

"सर, अगर आपको एतराज न हो तो मैं खुद बजाज से आपसे मिलने के लिए कहे देता हूँ।" सुकुमारन बोला।

"थैंक्स! वैसा ही कीजिए। आप जैसे यदि सभी जिम्मेदारी से काम करें तो ही ठीक हो सकता है। पर लगता है कुछ लोग अपना समय बरबाद करने के लिए ही दफ्तर आते हैं।" एक लम्बी साँस लेते हुए वे बोले।

सुकुमारन फाइलों को लेकर खड़ा हुआ।

"सर?"

"यस?"

"एक बात कहनी थी!"

"कहिए!"

"आप बिज़ी हैं, मैं सच में आपका समय बरबाद नहीं करना चाहता।"

"दैट्स आल राइट! कहिए सुकुमारन कहिए!"

"कोई बात नहीं! बात ऐसी है कि सच में मैं किसी भी बात का बतंगड़ नहीं बनाना चाहता।"

"हुम!"

"सर, परन्तु इस दफ्तर में गत छः-सात वर्षों से मैं और मेरे जैसे कुछ अन्य इस तरह टेम्परेरी पोस्ट का पट्टा ढोते हुए कि क्या करें—यह समझ नहीं पा रहे।"

"सात साल पहले 'रिसर्च ऑफीसर' के इंटरव्यू के दौरान पोस्ट केवल नाम के लिए ही टेम्परेरी थी परन्तु जहाँ तक हमारा सम्बन्ध है, हमारे द्वारा चुने गए लोग परमानेन्ट

हैं। इस पोस्ट को भी सरकार जल्दी ही परमानेन्ट कर देगी।" लूथरा ने जोर-शोर से कहा था।

"हम लोग केवल नाममात्र के लिए ही रिसर्च आफीसर हैं और रिसर्च के नाम पर न तो कोई प्रोत्साहन मिलता है और न ही कोई अवसर। इन सबके बावजूद आप ही सोचकर देखें कि हम अन्ततः परमानेन्टली टेम्परेरी कहलाते हैं।"

"हाँ। सबमें यह बहुत ही लज्जाजनक अनियमितता है। पॉलिसी की बनावट में ही बहुत बड़ी त्रुटि है।" लूथरा ने गहरी साँस भरते हुए कहा।

"आप सब कुछ जानते हैं सर। हल साल हमें देहाड़ी के समान रिन्यू करते जाते हैं। हमारे बाद लगे एल. डी. सी. यू. डी. सी. भी अब सेक्शन ऑफीसर और असिस्टेंट ऑफीसर के रूप में सुख से जी रहे हैं। उनसे अधिक उपाधियाँ और डिग्रियाँ लेकर हमने कौन-सी गलती की है।"

"गलती 'एन्ट्री' में है, मतलब इस दफ्तर में घुसने के रास्ते से है। इससे तो क्लर्क बनकर एक-एक कदम रख ऊपर चढ़ना अधिक सुगम है। छिः, बहुत ही शर्मनाक बात है कि आप जैसे पढ़े और ज्ञान प्राप्त लोगों की कद्र नहीं करना जानता यह दफ्तर।'' लूथरा ने कहा।

"ऐसी कोई बात नहीं है," सुकुमारन ने बीच में टोका।

"मैं सब जानता हूँ सुकुमारन्, कला के इतिहास में आपका ज्ञान बड़ा ही प्रगाढ़ है। आपके लेखन में कितनी शक्ति है ! आपके कुछ लेख मैंने पढ़े हैं, वेरी गुड !" जी खोलकर वे बोले।

"इसमें कौन-सा बड़ा तीर मार लिया सर ! बस यूँ ही समय काटने के लिए कुछ लिख लेता हूँ। खैर छोड़िए। मेरी सर्विस के बारे में बताएँ। मैं और मेरा परिवार किस भरोसे पर····।"

"मुझे एक आइडिया सूझ रहा है।" लूथरा बोले,

"जो भी हो अपने सेक्रेटरी श्यामसुन्दर से मिलकर एक बार बात कर ल। वह हम सब जैसे एक साधारण आई. ए. एस. अधिकारी नहीं हैं। मैंने सुना है कि वे बड़े पढ़े-लिखे विद्वान् हैं। उन्हें भी कला, नाटक आदि में गहरी रुचि है। जब भी समय मिलता है तो लिखते हैं। जाकर मिलिए। मैं भी सेक्रेटरी से आपके विषय में कह दूँगा।"

"थैंक यू सर, थैंक यू।"

"हाँ, वे रिपोर्टें···· ?"

"चिन्ता मत कीजिए सर ! जल्दी ही खत्म कर लूँगा," कहते हुए फाइलों के साथ सुकुमारन बाहर आया।

शाम को बस में पायदान पर फिसलते हुए, भिड़ते हुए, धक्कमधक्का करते हुए वह भीड़ के साथ चढ़ा। बिना किसी भाव के सुकुमारन चढ़कर सीट पर बैठ गया।

उसके चारों ओर भीड़-भाड़, ठेलमठेल और एक-दूसरे पर गिर रहे लोगों का जनसमूह था। सुकुमारन को लगा जैसे वह एकदम जड़ हो गया है। कुछ दिनों पहले ही उसके जन्मदिन पर (उसकी उम्र बत्तीस वर्ष की थी) सुबह आँख खोलते ही वत्सला ने अपने पति को देखकर 'हैप्पी बर्थ डे' कहा था।

परन्तु अपने-आपको एक बूढ़ा महसूस कर उसे लगा था, जैसे वह आजकल में इस संसार से विदा लेने के लिए तैयार है। ऊपर से वत्सला बोली थी, "यह लीजिए, आपके बर्थ डे के लिए मिठाई बनाई है। भगवान् से प्रार्थना करती हूँ कि कम-से-कम इस साल वह आपको परमानेन्ट बना दे।" उसे लगा मानों सब पर राख पुत चुकी है।

वत्सला की भी कोई गलती नहीं है। पहले तो उसे इस शादी के लिए ही हामी नहीं भरनी चाहिए थी! सुकुमारन ने तो उसी दिन माँ से कह दिया था—"जब तक मेरी स्थिति कुछ पक्की नहीं हो जाती, तब तक मैं शादी नहीं करना चाहता। मैं अभी भी टेम्परेरी हूँ।"

"अरे ना रे! हमेशा टेम्परेरी का राग मत अलाप। उम्र बढ़ती जा रही है। तुम्हारे संसार को चलाने के लिए भी तो किसी की आवश्यकता है। उसे और अपनी गृहस्थी को परमानेन्ट बना लो!" कहकर माँ ने उसे मौन कर दिया। वास्तव में शादी के मंडप में बैठते समय भी शादी का गठबन्धन अनावश्यक है, इस लड़की से जुड़ रहे रिश्ते में कोई सार्थकता नहीं है—ये बातें उसे कचोटकर मन को व्यथित कर रही थीं। पर जयमाल के बाद, उसके हाथों को हाथ में लेते ही उस स्पर्श ने मन में कुछ अंकुरित कर दिया। शायद मैं इस स्पर्श के बाद इसके लिए एक वास्तव, ठोस, आकार वाला मनुष्य लगूँ?

राधा वत्सला की मौसी की लड़की थी। इन्टर तक पढ़कर एक-आध परीक्षा लिखकर केनरा बैंक में क्लर्क की नौकरी करने की डींगे मार रही थी।

"वत्सला तुम ही जीजाजी के लिए भाग्यशाली साबित हो सकती हो। मेरी हार्दिक शुभकामनाएँ हैं कि वे परमानेन्ट हो जाएँ।" बड़ी चतुराई से वह बोली थी।

दो महीने पहले कैनरा बैंक द्वारा परमानेन्ट क्लर्क की पदवी दिए जाने के कारण वह सातवें आसमान पर थी।

"क्यों रे सुकु यह क्या अन्याय है? एक ही दफ्तर में इतने वर्षों से काम करने के बाद भी तुम्हारा दफ्तर उसे कन्फर्म नहीं करता है। हमारा प्रोवेशन तो केवल छः महीने का है। यह क्या नानसेन्स है?" कहकर दस लोगों को सुनाती हुई वह चिल्लाई थी। उस दिन सुकुमारन रात में फिर अपनी माँ पर क्रोधित हुआ था। "मुझ जैसे निकम्मे की तुमने शादी क्यों कर दी? मेरा भविष्य तक तो अभी ठीक नहीं हुआ। परमानेन्ट होने तक मैं लगता है जैसे शायद एक जीता-जागता मनुष्य भी नहीं हूँ।" कहकर वह बरस पड़ा था।

"तू भी खूब कहता है।" माँ बोली थीं—"मेरे लिए बुढ़ापे की लाठी जैसा पैदा हुआ लड़का है तू और इस का पति है। कल तुझे पिता कहने के लिए एक नन्हा जीव

आएगा। वह कौन है जो तुझे दफ्तर में केवल भाप जैसे उड़ाने वाला? यह देख सुकु तू मेरा बेटा है। मेरे लिए तो तेरा होना ही सत्य है। बस और कुछ नहीं।" उसने जोरदार शब्दों में कहा था।

माँ के पैर छू, विदा लेकर दिल्ली रवाना होते समय सुकुमारन का मन जरा आश्वस्त हो गया। माँ के समान ही वत्सला भी मुझे एक ठोस वस्तु अर्थात् एक जीता-जागता मनुष्य मान लेगी, ऐसी एक छोटी-सी आशा मन में अंकुरित हुई थी।

ठोस वस्तुएँ? जहाँ तक वत्सला का प्रश्न था उसके लिए ठोस वस्तु का अर्थ था—रेशमी साड़ियाँ, ठोस सोने के गहने, मायका, फिर सैकड़ों की संख्या में देखी जानेवाली फिल्में थीं और कभी-कभी बैंक में डाली जाने वाली डिपोजिट। नहीं तो, वह भी अन्य लोगों के समान ही कब परमानेन्ट करेंगे? कब''''? कहकर सुकुमारन की जान खाए डालती थी। उस दिन शादी के मंडप में बैठे हुए उसकी अन्तरात्मा मानों बार-बार उसे प्रताड़ित कर रही थी—'सुन, इस बेकार की झंझट में मत पड़। कौन है यह? इसके साथ यह व्यर्थ का बन्धन क्यों? इन सबसे परे हो जा।' अन्तरात्मा की बात न मान न जाने क्यों इस जाल में फँस गया। शायद वही आज भी घर लौटने पर मानों मुझसे बदला लेने के लिए मुझ पर हावी हो जाती है। 'तू ही मेरे लिए सत्य है', कहती हुई माँ के बारे में उसने सोचा। उसने कहा था, 'तुम्हें पिता कहकर बुलाने के लिए कोई होगा।' उसी के कहे जैसी बच्ची उमा शंकरी का जन्म हुआ था।

उमा शंकरी के जन्म की खबर सुनते ही सुकुमारन खुशी से फूला न समाया। मेरे लिए, मुझ पर भरोसा कर पैदा हुई है यह नन्हीं जान। मैं इसका पिता हूँ। सोचते हुए बहुत दिनों बाद उसे आभास हुआ जैसे उसका शरीर एक ठोस सत्य है। वत्सला के मायके जाकर जब उसने पहली बार उमा शंकरी का चेहरा देखा था, तब 'यह मेरी बच्ची है!' कहकर पहली-पहली बार उस बच्ची को धीरे से छूकर देखा था। उसके छूते ही उन नन्हीं उँगलियों ने कसकर एक गहरे विश्वास से उसे पकड़ लिया था। आश्चर्य! इन रेशमी नन्हीं उँगलियों में कितनी शक्ति, कितना विश्वास समाया है। सारे बदन में फुरहरी-सी दौड़ गई और वह एकटक उस बच्ची को ही देखता रह गया था। वत्सला ने भी तो शादी के दिन मेरा हाथ पकड़ा था चिपचिपाते हुए। इसे देखो इस छोटी बच्ची की शक्ति। कैसी शक्ति! इस समाज का अर्थहीन बन्धन है विवाह। उसमें इस तरह जन्म लेता है एक जीवन, जो भी हो मेरी बेटी है ना!

"वत्सला अपनी उमा को देखो! कितनी प्यारी है? जानती हो, मैं इसे किस तरह पालने वाला हूँ?" उसने कहना आरंभ ही किया था कि वत्सला ने बीच में ही उसे टोक कर कहा था—"बस कीजिए! बहुत हवाई किले न बनाइए। यह बच्ची कौन हमारे लिए शाश्वत है? आज हमारे साथ है। बड़ी होने पर एक लड़का ढूँढ़कर बाँध दिए जाने पर हाथों से फिसल जाएगी।" बड़े ही तीखे स्वर में वह बोली थी।

"क्या?"

"और नहीं तो क्या? लड़का होता तो अपने बच्चे को हम खुद ही रख लेते। यह तो हमारी सम्पति ही नहीं है।" वत्सला को इस तरह कहता देखकर उसका मुँह मानों खुला का खुला ही रह गया था। खुद औरत होकर भी यह किस तरह एक ही क्षण में लड़की के होने को इस तरह अवमानित कर सकती है? सुकुमारन तेजी से वहाँ से हट गया था। मन में मानो धुआँ-सा भर गया था। पर अभी तक हाथों में उन नन्हीं उँगलियों का स्पर्श उसे वशीभूत कर उसके हृदय को कहीं कुरेदता रहा।

एक मिनट कुछ संकोच में भरकर श्यामस्वरूप के कमरे के दरवाजे पर सुकुमारन दो बार हल्की दस्तक दे अन्दर घुसा।

"नमस्ते सर! मेरा नाम सुकुमारन है। मैं यहाँ रिसर्च ऑफीसर हूँ।"

"कहाँ? हो! हो-हाँ, लूथरा ने आपके विषय में बताया था। बैठिए।"

"थैंक यू सर!"

"कहिए। मैं आपके लिए क्या कर सकता हूँ?" पाइप को मुँह में दबाए श्याम स्वरूप ने कहा। उनके पीछे चमचमाती अलमारी पुस्तकों से भरी पड़ी थी। गत सात वर्षों से इस दफ्तर में अपनी स्थिति को उसने संक्षिप्त रूप से श्यामस्वरूप के सामने रखा।

"इतने दिनों से कुछ नहीं हुआ?" श्यामस्वरूप ने पूछा।

"नथिंग सर! परमानेन्ट भी नहीं किया और इसी बहाने से प्रमोशन भी नहीं किया। इसलिए प्रमोशन की बात भी नहीं उठाई जा सकती।" सुकुमारन बोला।

"छिः-छिः!"

"हमारी टेम्परेरी होने की स्थिति का फायदा उठाकर दफ्तर के कुछ लोग हमारी मेज को कूड़ादान समझकर और उस पर ऐरे-गैरे काम डालकर हमारी जान ले रहे हैं। उन कामों को भी पूरी ईमानदारी से करने के बाद भी हमें क्या मिलता है?"

"मिस्टर, सरकारी कामों में कुछ पोस्टों के लिए तो यह बहुत ही साधारण बात है। उसे अचानक कोई भी जादू से बदल नहीं सकता।"

"सर मैं किसी को दोष नहीं दे रहा। हमारी सरकारी प्रणाली ही ऐसी है। परन्तु आखिरकार एक आदमी कितना····।"

"मुश्किल ही है। और वह भी आप जैसे एक पढ़े-लिखे आर्ट हिस्टोरियन के लिए।"

"सर!"

"आपके विषय में बहुत-कुछ सुना है मिस्टर सुकुमारन! इतना ही नहीं आपके लेख भी समय-समय पर पढ़ता रहता हूँ। बहुत ही अच्छे हैं। इसमें तनिक भी सन्देह नहीं।"

"सर! वह सब तो यूँ ही समय काटने के लिए लिखता हूँ। अभी तो मैं आपसे इस दफ्तर की उलझन के बारे में बताने आया हूँ।"

"मिस्टर सुकुमारन, आप जरा सब्र से काम लें।"

"सब्र से? सात वर्षों से पैर घसीट-घसीटकर इस दफ्तर के रास्ते आने की आदत बनाई है। शायद इसलिए हमारे साथ हो रहे 'अन्याय' को भी इस दफ्तर ने एक आदत का रूप दे दिया है।" सुकुमार बोल उठा। पर सुकुमारन के कानों को अपनी ही आवाज और तीखी सुनाई पड़ी और अचानक उसका स्वर शान्त हो गया।

"मिस्टर आपकी फर्राटेदार अंग्रेजी सुनने में बड़ी अच्छी लगती है। पर आप उसे यहाँ क्यों बरबाद कर रहे हैं? उसे आप अपने लेखों के लिए बचाकर रख लीजिए।"

"ओ नो सर। मैं····।"

"और नहीं तो क्या? आपके सोचे गए अनुसार कनफर्मेशन, प्रमोशन सरकार खासतौर से आप को क्यो देगी? क्या केवल इसलिए कि आप एक जाने-माने आर्ट हिस्टोरियन हैं, बढ़िया अंग्रेजी में लिखते हैं?" श्यामस्वरूप ने हँसते हुए राख झाड़ते हुए धुआँ छोड़ती पाइप को नीचे रखा।

"फिकर मत कीजिए, मिस्टर सुकुमारन। लीव इट टू अस। हम जानते हैं कि हमें क्या करना चाहिए। आप चलिए ओ····और खूब लिखते रहिए। गुड वर्क! आल दी बेस्ट।" कहकर फिर से पाइप को उठाक़र मुँह में रखा।

बाहर निकलकर लम्बे गलियारों के अंधकार में सुकुमारन चलने लगा। उस रास्ते पर चलते हुए कुछ लोगों से वह टकराया भी। क्या वह उनकी आँखों को नजर ही नहीं आया था या वही अंधा-सा पैरों को घसीटता दिशाहीन होकर जा रहा था।

एक ओर ऋसभद्र व देवी और दूसरी ओर बालीश्वर के मन्दिर में पत्थर में सजीव होते हुए नटराज, उनके होंठों पर खेलती पहेली जैसी मुस्कान। बदल-बदलकर अलग-अलग भाव फैलाती मोहिनी मुस्कान। अभी विनोद-भाव से वे होंठ क्या रूसी भाषा में हिल रहे हैं?

आराम से गरमाहट से भरे सुखी जीवन बिताने वाले को यह किस तरह समझाया जा सकता है कि मैं ठंड में ठिठुरकर मर रहा हूँ? अलैक्जेंडर सोल्झेनित्सिन के उपन्यास, 'वन डे इन द लाइफ आफ इवान डेनियोविच' में इवान डेनियोविच सोचता है। इवान रशियन में कहे या अंग्रेजी में, मैं उसे अंग्रेज़ी में आत्मसात करता हूँ (वह अंग्रेजी औपनिवेशिक अंग्रेजी, जिसको सुनते ही श्यामस्वरूप बौखला उठते हैं) इससे क्या फरक पड़ता है?

और यदि उसी प्रश्न को चोल देश के नटराज तमिल में अन्तर्ग्रहण कर लेते हैं तो क्या फरक पड़ता है?

इंडिया गेट

जहाँ तक दृष्टि जाती, सागर का विस्तार ही दिखाई देता था। पीछे सागर को छूता क्षितिज, सागर के तट और क्षितिज के बीच था गरजता सागर, तट तक लहराती-उछलती-गरजती भयानक लहरें! तट के किनारे बैठी पद्मिनी के हाथों की उँगलियाँ रेत से खेल रही थीं, पर मन में कहीं एक दुःख था कि उसे इस सुन्दर दृश्य को छोड़कर दूर जाना होगा। मद्रास में उसे यह मरीना का तट बहुत ही प्रिय था। बगल में उसके भाई-बहन खेल रहे थे। अब यहाँ नहीं आ पाऊँगी! दिल्ली में तो समुद्र नहीं! बगैर सागर का शहर कितना सूखा लगता होगा?

पद्मिनी कभी दिल्ली नहीं गई थी, पर अन्दर-ही-अन्दर एक छोटी-सी इच्छा लजाती हुई जन्म ले रही थी। दिल्ली में साथ एक नया व्यक्ति होगा ना! बलरामन! बलरामन? वह कैसा आदमी है? उस दिन जब मुझे देखने आया था, बस वही एक बार का देखना था। वह अपने बड़े और छोटे भाइयों की तुलना में देखने में ज्यादा अच्छा था। फिर फटाफट शादी की बात पक्की हो गई। उनके भैया ने उसी शहर से चिट्ठी भी डाल दी, इस शादी के लिए हमारी ओर से नो ऑबजेक्शन कहते हुए। पद्मिनी को हँसी भी आई पर दूसरे ही पल क्रोध भी उमड़ पड़ा, यह भी कोई ढंग है कहने का! मानों दफ्तर की कोई फाइल हो या फिर कोई मेमो!

"दामाद भी हमारी पद्मिनी की ही तरह बैंक में काम करता है। जोड़ी बड़ी अच्छी रहेगी। आहा सब देवी की ही कृपा है !" पद्मिनी के पिता बोले थे।

"सुनो जी, उनके भाई कुछ कह रहे थे न कि दामाद का तबादला दिल्ली या बम्बई कहीं होने वाला है !" माँ के स्वर में चिन्ता स्पष्ट थी।

"हाँ, हाँ कह रहे थे। अगर यह सब देखते रहे तो कैसे चलेगा? उन्हें प्रमोशन देकर दिल्ली भेज रहे हैं, यह सोचो !" पिता ने खुशी से कहा था।

"फिर हमारी पद्मिनी? मद्रास के स्टेट बैंक की शाखा ने ही तो उसे रोजी-रोटी दी !" माँ के स्वर में अभी भी चिन्ता थी।

"उसके बारे में बाद में बात करेंगे। पहले मुहूर्त ठीक कर लें।" पिताजी ने कहा था।

उस दिन पद्मिनी को नींद नहीं आई। इस विवाह की क्या आवश्यकता है? खुद मद्रास में नौकरी करे और पति यदि दिल्ली में नौकरी तो पिताजी कैसे मानते हैं कि यह अच्छी जोड़ी है?

"मुझे यह ब्याह नहीं करना पिताजी !" पद्मिनी ने कहा था। "मुझे बड़ी मुश्किल से परीक्षाओं और इंटरव्यू के बाद बैंक की नौकरी मिली है और वह भी स्टेट बैंक में। बस चैन से मैं इसी शाखा में आराम से काम करती रहूँगी। उसे नष्ट मत कीजिए।"

"हाँ जी। कोई और घर देखते हैं। बच्ची अभी-अभी काम में जम रही है। इसे न उखाड़ें !" उसकी हाँ में हाँ मिलाते हुए माँ ने कहा था।

"कोई और घर? खूब कही। लड़का देखने में राजा जैसा है। बैंक में अच्छा-खासा कमाता है। अपना अलग घर बसाने वाला है। हमें और क्या चाहिए? बेटी पद्मिनी तुम चिन्ता मत करो। आज शाम को उनके घर से विवाह की तिथि पक्की करने, कपड़े-लत्ते, बरतन आदि के बारे में बातचीत करने के लिए आ रहे हैं। उस समय चाहो तो मैं बातों-बातों में कह देता हूँ कि दामाद क्यों न यहीं नौकरी करे और दिल्ली के तबादले के लिए मनाही कर दे····।"

उनके निकट जाकर पद्मिनी ने आग्रह भरे स्वर में कहा, "प्लीज़ पिताजी! मेहरबानी कर पूछिए पिताजी !"

शाम को बलराम के साथ, उसके भाई, उनकी पत्नियाँ और छोटे भाई भी आए। देखते-ही-देखते शादी के मुहूर्त का दिन पक्का कर दिया। फिर उसके बाद घुमा-फिराकर बर्तन, गहने, कपड़े-लत्ते और नगदी की बात सुनकर लगा जैसे कोई सौदा हो रहा हो। कमरे में खड़ी पद्मिनी के बदन में जलन-सी हुई—मैं एक कमाऊ लड़की मिल रही हूँ। क्या वह काफी नहीं? उसके ऊपर से यह क्या सौदेबाजी हो रही है?

"कमला, वे कुछ कह रहे हैं क्या? या लगता है चुपचाप बैठे हैं?" वह अपनी बहन से बोली।

"वे?" नटखटपन से हँसते हुए कमला बोली, "क्यों, नाम नहीं लोगी?" आँखों

को चिमटाते हुए फिर उसने कहा, "दीदी, वे पता नहीं 'गुपचुप' बैठे हैं। शायद सोच रहे हों कि भैया लोग ही बात कर लें तो उनकी मेहनत बच जाएगी।"

पद्मिनी के कान और खड़े हो गए। यह तो पिताजी की आवाज-सी जान पड़ती है? "एक बात कहूँ, मुझे गलत न समझें। वे····मतलब दामाद ने क्या दिल्ली के तबादले के लिए हामी भर दी है? मैं इसलिए कह रहा था कि यहीं मद्रास में आराम से रह सकते हैं। अपनी जगह है जानी-पहचानी है। इसके अलावा बेटी पद्मिनी भी मद्रास के स्टेट बैंक में ही काम कर रही है। दोनों को आराम रहेगा। नव-दम्पत्ति की सहायता के लिए हम लोग भी यहीं हैं। इसलिए····"

"क्या? आप भी क्या मजाक करते हैं? अरे साहब, हमारा बलरामन दिल्ली शाखा में प्रमोशन पर जा रहा है, साहब प्रमोशन पर। क्या वह मूर्ख है जो ऐसे अवसर को छोड़ देगा?"

"नहीं, नहीं। बेशक दिल्ली जाए। अगर प्रमोशन है तो हमें भी बहुत खुशी है। बस पद्मिनी की नौकरी के भविष्य के बारे में जब सोचता हूँ!" संकोच से कह रहे पिताजी को बीच में ही टोककर "देखिए! आप चाहें तो अपनी बेटी से कह सकते हैं कि वह नौकरी से इस्तीफा दे दे। अगर यह आइडिया अच्छा न लगे तो दूसरा घर ढूँढ़ लीजिए। आपकी बेटी की नौकरी के लिए हमारा बालू प्रमोशन गँवा बैठे, इतना मूर्ख नहीं है!" कहते हुए बड़े भाई नटराजन का स्वर थोड़ा अधिक ऊँचा हो गया।

"ऐसा न कहें। आप मुझे गलत समझ रहे हैं। बेटी और दामाद बैंक में एक ही समान काम कर रहे हैं। अच्छा हो कि हम परस्पर किसी निर्णय पर पहुँच जाएँ, यही सोचकर कहा था, अन्यथा मुझे यह सम्बन्ध वास्तव में बहुत पसन्द है!" बात को तुरन्त सँभालते हुए पिताजी बोले। बीच में ही अचानक एक स्त्री का कंठ-स्वर सुनाई पड़ा। एक भाभी ने कहा—"मामा हमें अपने ही मुँह से अपने घरवालों की बढ़ाई तो नहीं करनी चाहिए। लड़की साँवली है फिर भी हमने इन सब बातों की परवाह न करते हुए रिश्ते के लिए हाँ कर दी। अब पता नहीं क्यों आप उसकी नौकरी को लेकर बड़ी आशाएँ पाल रहे हैं। नौकरी-वौकरी के मामलों में पुरुषों के साथ कैसी होड़?"

"और नहीं तो क्या" कहकर दूसरी भाभी ने हाँ में हाँ मिलाई। "ठीक है, ठीक है। कॉफी पी लीजिए। शक्कर तो ठीक है!" बगल के कमरे में खड़ी पद्मिनी को अपने कानों पर विश्वास नहीं हो रहा था। इतनी देर तक कान लगाए खड़ी थी। संभव है बलरामन ने किसी बात का विरोध किया हो जो उसके कानों में न पड़ी हो। उसने पुनः अपनी छोटी बहन से पूछा, "क्यों री कमला! वे क्या कहते हैं इस विषय में?"

"यही इस तबादले के बारे में? कुछ कहते तो जान नहीं पड़ते। बस चुपचाप कॉफी के घूँट भरते हुए टुकुर-टुकुर देखते हुए बैठे हैं।" कमला बोली।

"·····"

"दीदी।"

"?"

"ही इज़ नो गुड, मैं कहे देती हूँ। तुम्हें यह शादी जँचेगी नहीं। मना कर दो।" कमला बोली।

"यू नॉटी एंजिल" कहकर पद्मिनी ने अपनी छोटी बहन के गालों को थपथपाया।

उस दिन रात को घर में महाभारत-सा छिड़ गया। जो आदमी बिलकुल जड़ हो और जिसमें मेरे काम को लेकर कोई रुचि न हो मैं उससे क्यों शादी करूँ? आफ्टर आल हम दोनों एक सी परीक्षा तथा इंटरव्यू पास कर बैंक में काम कर रहे हैं। उनकी उम्र तक पहुँचने पर मुझे भी यही पदवी, इतनी तनख्वाह मिलेगी!" कहते-कहते पद्मिनी हाँफने लगी।

वह फिर से बरस पड़ी, "मैं एक कमाऊ लड़की हूँ, उस पर से बर्तन, गहने, कपड़े-लत्ते, को लेकर सौदेबाजी। उसे भी परम्परा, रीति-रिवाज कहकर मान लिया जाए। ऊपर से मुझे इस्तीफा देने को कह रहे हैं। ये होते कौन हैं मेरी नौकरी में रोड़े अटकाने वाले। फिर मेरे साँवले रंग के बावजूद जैसे मुझ पर कोई दया दिखला रहे हों····।"

"और बोल!" माँ बोली, "वह गँवार फूहड़, चपटे चेहरे वाली वह भाभी! उसकी क्या मजाल! हमारी पद्मिनी के सामने वह है ही क्या? पद्मिनी के चेहरे के सौन्दर्य को देखे तो घंटों देखती रह जाए।"

"हो, हो, कौए को भी अपनी सन्तान सोने की मूरत-सी जान पड़ती है।" माँ की बात हँसी में उड़ाते हुए पिताजी बोले।

अचानक कमला पिता पर झपट पड़ी—"मुझे यह घोंचू जीजा पसन्द नहीं। ढंग से बात तक तो नहीं कर सकता।"

"हुश चुप रहो कमलम्। तुम अभी बच्ची हो। तुम क्या जानो?" कहते हुए पिताजी पत्नी की ओर मुड़े, "बेकार की बहस से क्या लाभ? जितनी भी जन्मकुंडलियाँ मिली हैं, उनमें सबसे अच्छा घर यही है।"

"अब छोड़ भी दीजिए पिताजी! मैं यहाँ काम करती हुई ही ठीक हूँ। निश्चित रूप से बैंक में काम कर रहा ही मुझे कोई एक-न-एक दिन मिल जाएगा।" पद्मिनी ने कहा।

"आहा, इतना आसान है क्या? वह कोई ब्राह्मण होना चाहिए ना? फिर वह स्मार्ता ही हो और गोत्र वगैरह भी ठीक-ठाक होना चाहिए। फिर पता नहीं जन्मकुंडली में क्या दोष होगा। देखा? एक पिता के लिए क्या कुछ देखना-भालना पड़ता है?"

"वाह क्या कहने इस ब्राह्मण के?" पद्मिनी बोली, "सिर्फ नाम के लिए ऊँची जाति का है, आदमियत ज़रा भी नहीं। इससे तो अच्छा है कि मैं एक ऐसे आदमी से शादी करूँ जो खुले विचारों वाला हो, फिर वह किसी दूसरी ज़ाति या छोटी जाति का ही क्यों न हो।"

"शिव, शिव, तुम्हारी उम्र पच्चीस की होने को है। अकेली रहोगी तो ऐरे-गैरों की नजर पड़ेगी। ब्राह्मण कन्या हो!" कहकर पिताजी ने उसके बालों को धीरे से सहलाया

और बोले, "देखो, नाराज मत होओ। मुझे एक तरकीब सूझी है। तुम भी अपने मैनेजर से कहकर दिल्ली तबादला क्यों नहीं करवा लेतीं? सिम्पेथेटिक ग्राउंड्स में मिल भी सकता है। उन्हें सारी बातें समझाकर बता देना।"

"नहीं, मुझे पूछना अच्छा नहीं लगता। हाल ही में तो मैंने इस बैंक में काम करना शुरू किया है और इसी बीच...."

"पद्मिनी ज़िद मत करो। पूछ कर देखो तो सही एक बार!" पिताजी बोले।

"अरे वाह! सब देवी माँ की कृपा है। दिल्ली तबादले के लिए पूछने गई थी और अपनी पद्मिनी को हाथों-हाथ प्रमोशन भी मिल गया। क्या लायक बेटी है हमारी।" खुशी से फूले न समाते हुए पिताजी बोले।

"अब आप रास्ते पर आ ही गए न!" माँ की छाती गज भर की हो गई थी। लायक ही तो है। उसमें वह आप पर नहीं गई।"

"ए बेकार में.... ।"

पद्मिनी सचमुच खुश थी। अब इस विवाह को लेकर उसे बहुत अधिक फिक्र करने की जरूरत नहीं। शादी ही नहीं करूँगी। कहकर माता-पिता के दिल को दुखाने की नौबत भी नहीं आएगी। फिर बलरामन चाहे एक लुंज-पुंज आदमी ही क्यों न हो। मेरी एक अच्छी नौकरी होगी। जिस तरह मैंने मद्रास शाखा में अच्छा नाम कमाया है, उसी तरह दिल्ली शाखा में भी नाम कमाना होगा। उस दिन जब तबादले के बारे में पूछने गई थी तो किस अप्रत्याशित रूप से भाग्य मानो मुस्कुराया था।

मैनेजर ने खिले मुँह से पूछा था, "शादी है?"

"दिल्ली तबादला चाहती हैं?" एक क्षण सोचकर वे बोले।

"उसमें क्या है? हो जाएगा। कुछ दिनों से ही हम आपके प्रमोशन के बारे में सोच रहे थे। और उसके लिए अब आपने खुद ही हमें एक अच्छा मौका दे दिया है। दिल्ली का स्टेट बैंक बहुत बड़ा है। वहाँ आपके लिए और भी अधिक स्कोप होगा। इसलिए आपका प्रमोशन के साथ ही तबादला कर देते हैं। विश यू आल दि बेस्ट, आपकी शादी के लिए भी।"

पद्मिनी अभिभूत हो गई, फिर हृदय से उनका धन्यवाद किया।

दिल्ली आएँगे। दिल्ली राजधानी है। वहाँ पहुँचने पर सीमाएँ कुछ और खुल जाएँगी। बलरामन भी। शायद बलरामन भी अपने-आपको खोल दे। कुछ और बड़ा हो जाए, विस्तृत हो जाए!

2

मद्रास में शादी के बाद पद्मिनी तिरुचि स्थित अपनी ससुराल गई। वहाँ और

रिश्तेदारों से घर भरा हुआ था। सभी बलरामन के रिश्तेदार थे। मद्रास में आए रिश्तेदारों का जैसा बर्ताव था, वैसा ही बर्ताव इनका भी था। मानो पहले ही तय हो चुका हो। सिर को एक ओर झुका आँखों को बन्द किए बलरामन के रिश्तेदार बोल रहे थे।

"क्यों रे बलराम तुम्हारे तो दिन फिर गए हैं। शादी हुई लगे हाथों प्रमोशन भी मिल गया।" वे बोले।

"हाँ अपना बालू राजा के समान ऊँची पदवी पर दिल्ली जा रहा है।" कहकर उन्होंने उसकी पीठ ठोंकी।

'पास ही में मैं जो पत्थर के समान मंडप में बैठी हूँ, क्या इन्हें दिखाई भी नहीं देती?' सोचकर ही पद्मिनी को आश्चर्य हुआ। ठीक है इस आदमी को जरा टटोलकर कर देखा जाए कि यह कैसा आदमी है, सोचकर अकेले में।

"कांग्रेचुलेशन्स, आपके प्रमोशन की बात सुनकर बड़ी खुशी हुई," कहती हुई वह मुस्कुराई। उसकी तरफ एक दृष्टि डालकर बलरामन एक छोटा-सा थैंक्स कहकर उठ खड़ा हुआ।

"आप जानते हैं कि मेरा भी तबादला दिल्ली हो गया है और प्रमोशन सहित।" कहती हुई पद्मिनी ने उसकी ओर अपेक्षा भाव से देखा।

"जानता हूँ, तुम्हारे पिताजी ने बताया था।" कहकर अचानक बलरामन वहाँ से सरक गया। इस अप्रत्याशित रूप को पद्मिनी कुछ देर तक सँभाल न पाई। तिरुचि में घर में शादी के मेहमानों की भीड़-भाड़ थी। अत्यधिक थकावट के कारण पद्मिनी एक साधारण से कमरे में पाँच-दस लोगों के बीच जमीन पर पड़ी दरी पर सिकुड़कर सो गई। अचानक उसे लगा कि कोई उसके कंधे पकड़कर उसे निर्दयता से झकझोर रहा है। कौन है यह? पद्मिनी उठकर बैठ गई। चारों तरफ फैले अंधकार में उसने अपनी दृष्टि दौड़ाई। उसकी बड़ी भाभी, बलरामन के सबसे बड़े भाई की पत्नी थी।

"उठो, उठो। पौ फट चुकी है। इसके बाद भी सोई रहोगी तो सब हँसेंगे। हुम! जल्दी करो!" कमरे के चारों ओर अंधकार था। "अरे सुबह हो गई?" पद्मिनी ने पूछा।

"क्या सवाल है! जानती हो इस समय क्या बजा है? साढ़े चार। हुम! जल्दी उठो। बहुत काम पड़े हैं।" पद्मिनी ने उठकर बत्ती जलाई। अब उसकी दूसरी भाभी भी कमरे में घुसती हुई बोली, "उठ गई? ठीक है! इस घर के लिए नई हो इसलिए इस घर के रीति-रिवाज़ सिखाए देती हूँ। सुन लो! दाँत साफ कर, मुँह-हाथ धोकर पहले घर के बड़ों को नमस्कार करना होगा। मेरा मतलब अपनी सास, अपनी बड़ी सास, दादी-बुआ आदि को। थोड़ी देर में दूध वाला आ जाएगा। तब तक कोने में रखे घड़े में रखी खट्टी दही को मथकर मक्खन निकालना होगा। दूध के आते ही उसे उबाल पहले डिकॉक्शन की कॉफी बनाकर घर के बड़ों-बूढ़ों और आदमियों को देना होगा। उसके बाद हम सब कॉफी पिएँगे।"

"ठीक है!" तकिए को ठीक कर रखती हुई बोली पद्मिनी।

"रँगोली पूरना जानती हो? आज मंगलवार है। कौन-सी रँगोली बनाओगी, बताओ? देखें, जानती हो या नहीं?" भाभी बोली।

"क्यों, मंगल में क्या बात है?" पद्मिनी ने पूछा। दोनों भाभियाँ फक् कर हँस पड़ीं।

"खैर, जाने दो!" बड़ी वाली बोली, "वह पढ़ी-लिखी है। नौकरी करती है। इसलिए कुछ नहीं आता। रंगोली हम लोग बना लेते हैं। तुम जाकर इसके कहे अनुसार करो।" पद्मिनी पिछवाड़े गई।

"उठ गई? वह देखो, उस गरम पानी के कमरे में खिड़की के आले पर कोयले का चूरन पड़ा है। जाकर दाँत साफकर आओ!" सास बोली।

"कोयला?" बत्ती जलाकर पद्मिनी खिड़की के पास गई। प्लेट पर कौए और चिड़ियों ने गंदगी कर रखी थी। बीच में कोयले का चूरन पड़ा हुआ था। उसे उँगलियों पर रखकर घिसते हुए उसकी ननदें और भाभियाँ दाँत माँज रही थीं। पद्मिनी अन्दर जाकर ब्रुश और पेस्ट ले आई और दाँत साफ किए। उसे देखकर खुसपुस कर उन लड़कियों ने आँखों का इशारा किया।

पद्मिनी अन्दर आकर जब सास को नमस्कार करने के लिए खड़ी हुई तो बड़ी सास और ददिया बुआ सास भी थल सेना के निरीक्षक के समान आकर खड़ी हो गईं। पद्मिनी ने एक क्षण उन्हें देखा। सास को छोड़कर बाकी दोनों सिर मुँड़ाए पारम्परिक विधवा वस्त्र में थीं। आँखों को सिकोड़े दोनों उसे घूरती रहीं, जब पद्मिनी नमस्कार कर उठी।

"बड़ी भाग्यवान हो जो हमारे घर बहू बनकर आई हो!" कहकर प्रशंसा की। पद्मिनी कोने में बर्तन के खट्टी दही को मथने बैठी। एक बाबा आदम के जमाने की मथनी पास ही रखी पुरानी लकड़ी से बँधी थी। मथनी के दोनों ओर चिपचिपाती रस्सी को सर्र-सर्र कर खींचते हुए पद्मिनी को देख घर की अन्य बहुएँ हँसती हुई तमाशा देखने लग गईं।

दादी बुआ सास बोलीं, "सँभाल के, सँभाल के, चारों ओर छलक रहा है।"

घर में एक-एक कर लोग उठने लगे। एक-एक कर पुरुष रसोई घर से होते हुए घर के पीछे बने अहाते के कुएँ के पास जाने लगे। वे दाँत साफ कर रहे थे और अलग-अलग प्रकार की आवाजें आ रही थीं। भाभियों के साथ पद्मिनी ने भी मिलकर दूध उबालकर कॉफी बनाई और घर के बुजुर्गों को दी और फिर भाइयों को। बलरामन के आगे काफी रखते समय उसने एक क्षण उसे घूरा और फिर चुपचाप कॉफी लेकर पी गया। पुरुषों के पीने के बाद घर की बहुओं ने बची-खुची कॉफी पुराना डिकॉक्शन सबकुछ मिल-मिलाकर कॉफी बनाई और पी ली। उसके बाद नहाना। उसके बाद पद्मिनी और भाभियों ने चटपट खाना बनाया। रसोई बनने के बाद हाथों-हाथ पहली जमात में बच्चों और पुरुषों को बिठाया। गरमा-गरम सब्जी, साम्बार परोसा। सास और

दादी बुआ सास वहाँ खड़ी होकर बहुओं को परोसते समय धमकाती जा रही थीं।

"क्यों री, क्यों इस कंजूसी से परोस रही है? हुम, खूब अच्छी तरह से परोस। बेचारे हमारे ये लड़के धूप पानी में जाकर पसीना बहाकर कमाकर लाते हैं। अच्छी तरह से खिलाओ।" सास ने घी के बड़े-बड़े चम्मच खाने में परोसे। गुटकने की आवाज़, चटखारों की आवाज़, डकारने की आवाजें करते हुए पेट और अन्य जगहों को खुजलाते हुए आदमी खाने लगे।

"करी!"

"सब्जी!"

"हुम! वहाँ कौन है? थोड़ा चावल लाओ!"

"अचार!"

"मैंने पानी माँगा, बाप रे बाप, एक बूँद पानी लाने में इतनी देर?" सारे कमरे में बस इसी तरह की आवाजें आ रही थीं। पेट में ठूँसते हुए उन आदमियों ने एक बार भी परोसती स्त्रियों की ओर सिर उठाकर नहीं देखा। अन्त में दही बीचों-बीच रखकर चावल और दही परोसा गया। दही की चुस्की भरते हुए फिर से बिना किसी संकोच के जोर से डकारें लेते हुए वे उठ खड़े हुए और दालान में जाकर हाथ धोए।

बहुओं ने फर्श की जूठन साफ की और फर्श के सूखने के बाद बड़ी-बूढ़ों को बैठाकर खाना परोसा।

"हुम-हुम, चावल डालो, बस-बस अब इस काठ के लिए।"

"बस, बस, इससे अधिक खाने की क्या जरूरत है हमें।"

उन बूढ़ी औरतों की बस जबान ही इस तरह चल रही थी, पर खाना भरपूर खाया जा रहा था। रसोईघर से चावल की हाँडी एक-एक कर बाहर आ रही थी।

"कामू, दूसरी चावल की हाँडी ले आओ तो!" एक ने कहा, "अभी लाई!"

तीसरी भाभी ने अकेले में पद्मिनी को समझाया, "वे दोनों एक ही समय का भोजन करती हैं और थोड़ा ज्यादा खा लेती हैं।"

साम्बार, सब्जी, करी कहकर एक के ऊपर एक डालती रहीं। पद्मिनी को देखकर मतली-सी आने लगी। दही के परोसने के बाद बड़ी मुश्किल से किसी तरह वे उठ पाईं। दम फूलने लगा था। फिर से जूठन साफ करने के बाद फर्श चिपचिप करने लगा था। दिन के तीन बजने वाले थे और फर्श था कि सूखने में न आता था। उसी पर सारी बहुएँ सारे बर्तन सामने रखकर खाने बैठ गईं।

चावल-सब्जी सभी ठंडे पड़ चुके थे। उन चारों को नाममात्र के लिए थोड़ी-सी करी मिली। सब्जी समाप्त हो चुकी थी। साम्बार भी बाकी न बचा था। टमाटर तथा दाल से बनी रसम पहले ही सबको परोसी जा चुकी थी। अब रसम के नाम पर कुछ बचा-खुचा था। उसे चावल के साथ मिलाकर ऊपर से आधा पापड़ तोड़ उसमें मिला वे खाने लगीं। वे क्या खा रही थीं, खुद उन्हें ही समझ न आ रहा था। बस यूँ ही कुछ

निगल रही थीं। दही के स्थान पर उसमें ढेर-सा पानी मिला छाछ जैसा बना, उसी को उँड़ेल लिया।

"बेचारे हमारे बेटे रात-दिन धूप-पसीने में मेहनत की कमाई करते हैं, उन्हें अच्छा खाना चाहिए।"

क्या मैं भी धूप और पानी में जाकर नहीं कमाती ?

क्या औरतों द्वारा किए गए काम इनकी दृष्टि में ही नहीं पड़ते ?

औरतें ही औरतों के लिए किस प्रकार गड्ढा खोद लेती हैं ?

पद्मिनी ने छाछ और चावल को निगला। कुछ भी अच्छा नहीं लगा। उसके दोनों तरफ भाभियों को पुराने भात के साथ बचे हुए रसम और वह भी न होने पर अचार के मसाले के साथ खाली भात को मिला, उसके बड़े-बड़े गोले बना निगलते हुए देख उसे बड़ा आश्चर्य हुआ। फिर से उबकाई-सी आने लगी। वह उठकर खड़ी हो गई।

"क्यों तुमने तो कुछ नहीं खाया ?" एक ने कहा।

"मेरा पेट ठीक नहीं। उल्टी आ रही है।"

"अभी से ?" सब जोर से हँस पड़ीं।

तीसरी बार जूठन साफकर जब पीठ सीधी की तो सामने वाले कमरे में पुरुषों के खर्राटों की आवाज सुनाई दी। बूढ़ी औरतें भी एक कोने में तिरछी लेटकर कुंभकर्ण से मानों होड़ ले रही थीं।

रसोईघर में बहुओं में से एक चावल का आटा पीसने के लिए पत्थर के सामने बैठी। दूसरी ने बाहर के आहाते में कपड़े पर डाले पापड़ को धूप की ओर सरकाया। पद्मिनी पीछे के खुले बरामदे में बैठ गई। आँगन के चारों ओर ऊँची दीवारें मिल रही थीं, वहाँ एक लकड़ी का दरवाजा था। दो पटों वाला दरवाजा, जिसके ऊपर एक तोरणाकार भाग था। दरवाजा अच्छी तरह बन्द था। विस्तृत आँगन था, जिसमें धूप में पापड़ सूख रहे थे।

'मैं मूर्ख हूँ। खालिस मूर्ख। बी.ए. पास करने के बाद, बैंक-परीक्षा भी पास कर चुनी जाने के बाद मैं पुरुषों के साथ उन्हीं के समान पदवी पर काम कर, उन्हीं के समान कमा रही हूँ। हाल ही में प्रमोशन देकर मुझे दिल्ली हेड ऑफिस में भेजा जा रहा है। इतना सब कुछ होने पर भी मैंने डरपोक, बिना रीड की हड्डी वाले आदमी के आगे मंगलसूत्र पहनाने के लिए गरदन झुकाई, मेरी बुद्धि को चप्पल से मारना चाहिए, मारना चाहिए···।'

तीसरी भाभी को देख वह आकर खड़ी हो गई।

"क्यों पद्मिनी ? कुछ खोई-खोई-सी हो ?" पास में बैठकर कानों के निकट आकर वह बोली, "पद्मिनी ! पढ़ी-लिखी तुम जैसी लड़की के लिए यह सब कुछ जंगली जैसा जान पड़ता होगा। है ना ? क्या करें ? अपने तमिलनाडु के रीति-रिवाज ही कुछ ऐसे हैं। और तो और यह पूरा गाँव ही ऐसा है। तुम जी न छोटा करो। बस दो ही दिन का तो तमाशा है। बस जी पक्का कर नाटक कर डालो ! फिर तो तुम दिल्ली जा ही रही हो।

वहाँ मन चाहे ढंग से रह लेना। बस!" वह बोली। उत्तर में पद्मिनी ने मुस्कुराना चाहा, पर छाती भारी हो गई। उठकर चली गई।

किस कुएँ में आकर जान-बूझकर गिर गई हूँ? इस तोरणाकार लकड़ी के दरवाजे को धीरे-से खोलकर बिना कुछ कहे-सुने बाहर भाग जाऊँ तो? इतना आसान रास्ता होने पर भी ये भाभियाँ क्यों नरक या जेल में जैसे बन्द सड़ रही हैं?

क्या इनको यह डर है कि ये कहाँ जाएँगी? अपना पेट बढ़ाकर, बचा-खुचा बासी खाकर राक्षसी भूख रखती हुई ये भाभियाँ···· । भर-भरकर उड़ेलने वाली ये औरतें अपनी ही पैशाचिक भूख के आगे, अपने को ही बलि पर चढ़ाने वाली ये औरतें उस बचे हुए रसम, बासी भात और छाछ, काफी डिकाक्शन और बर्तन के नीचे चिपके दानों में ही अमृत का स्वाद लेती हैं?

आँगन के दरवाजे को बैठकर पद्मिनी देखती रही। उस गली के सभी घर थोड़ा बहुत अंतर लिए एक समान ही बने थे। हर घर के पिछवाड़े एक खुली जगह थी। पिछवाड़े में आँगन का दरवाजा। परन्तु एक तमिल लड़की के मन में यह बात जन्म भी न ले पाती कि वह इस दरवाजे को खोलकर इन सबसे बच निकले। किसी स्त्री ने प्रयास भी नहीं किया। क्यों? दरवाजे के दूसरी ओर क्या है? एक विस्तृत संसार? या फिर ब्राह्मण संसार के बीच घूमता हुआ इसी प्रकार का रीति-रिवाजों में डूबता-उतराता एक छोटा मध्यम वर्ग का संसार?

पद्मिनी एक बार भाभियों के साथ बाहर गई थी। वह पूरा गाँव ही छोटे-छोटे झमेलों की गाँठों में गुँथा हुआ गप्पबाजी और अफवाहों से भरा था।

नहीं। इस दरवाजे को खोलकर भागने से कुछ न होगा। सारा गाँव ही आलसी और पिछड़ा हुआ है। यह मद्रास की तरह बड़ा नगर नहीं है कि दरवाजे के दोनों ओर फैला हो बे आफ बेंगॉल। यह दिल्ली थी नहीं। ओह दिल्ली! वह तो एक बिलकुल ही नया संसार है, दिल्ली एक राजधानी ठहरी।

गले की खखारने की आवाज सुनाई दी। पद्मिनी ने पीछे मुड़कर देखा। बलरामन! उसके होठों पर धीरे-से एक हल्की मुस्कान छा गई, पर साथ ही साथ गायब भी हो गई। उस पर नजर पड़ते ही बलरामन झट से पीछे के बाथरूम में यूँ घुस गया जैसे उसने उसे देखा ही न हो।

दिल्ली जा रही हूँ? इस आदमी के साथ? आदमी? सच में यह क्या कोई मनुष्य है कि क्या केवल तमिल रीति-रिवाजों को सुरक्षित कर उसे प्रतिबिम्बित करता हुआ एक यंत्र?

3

शुरू-शुरू में पद्मिनी को ऐसा आभास ही नहीं हुआ कि वह दिल्ली में रहती है।

अपने चारों तरफ के जाल को देखकर एक विस्तृत तिरुचिरापल्ली का अनुभव हुआ। करोलबाग में एक छोटा सा फ्लैट था। दिल्ली आते ही उन्हें यही आसानी से मिला था। दो छोटे कमरे, एक लम्बा बरामदा। उसकी आधी जगह खाने की मेज और कुर्सियों ने घेर ली थी। कमरे से लगी हुई एक छोटी-सी बालकनी। उसमें बड़ी मुश्किल से केवल दो के लिए ही खड़े होने की जगह थी। किसी के वहाँ खड़े होने पर पूरी गली उसे घूर-घूर कर देखती। वही करोलबाग का ढंग था। अन्दर के कमरे की खिड़कियों से हाथ से छुए जाने वाली दूरी पर, दूसरे घर की खिड़कियों से सदा सब कुछ देखती हुई उत्सुक आँखें।

पद्मिनी का बैंक कनॉट प्लेस में था, इसलिए काम के दिनों में उसका मन खिल जाता था। कनॉट प्लेस का हवादार वातावरण उसके मन को भी ठंडक पहुँचाता। कभी-कभी लंच के समय अकेले या फिर अपनी सहेलियों के साथ बाहर घूम आती। चक्करदार कनॉट प्लेस की दुकानों को, दुकानों की खिड़कियों की चमकदार सजावट, निरन्तर इधर-उधर आ-जा रहे दिल्लीवासियों की भीड़ को देखने में उसे बड़ा आनंद आता था। बाप रे बाप कितने अलग-अलग प्रकार के लोग, अलग-अलग पहनावे, विभिन्न जातियाँ, अलग-अलग चेहरे····भारतीय विदेशी····। उसी के दफ्तर में भारत के अलग-अलग प्रांतों के लोग हैं, मानों उनको चुन-चुनकर वहाँ रखा गया हो। सबकी अपनी-अपनी भाषा, अपनी-अपनी संस्कृति। पद्मिनी को उनके साथ रहकर उनके बारे में जानना बड़ा अच्छा लगा। उसे दफ्तर से बाहर शाम को या दिन की छुट्टी के समय, नगर के अन्य निवासियों को, अलग-अलग पेशों में जुटे हुए डॉक्टर, इंजीनियर, विश्वविद्यालय के अध्यापक, कम्पनी में काम कर रहे लोग, इन सबसे मिलने की बड़ी इच्छा थी। उसमें भी इन क्षेत्रों में काम कर रही स्त्रियों से, विशेषकर दिल्ली पुलिस में पुरस्कार से सम्मानित स्त्रियों से मिलने की आतुरता थी। दफ्तर के कॉन्स्टेबल और दिल्ली ट्रैफिक पुलिस से मिलकर उनका इंटरव्यू ले तमिल पत्रिका में भेजने के लिए मन चंचल था। पर मुए, काम में ही सब कुछ खत्म हो जाता है, दफ्तर में भी और घर में भी।

दिल्ली में जितना कमाओ उतना ही कम। रसोइए की बात सोच भी नहीं सकते। थकान कहकर भी अपने-आप को काम से अलग नहीं कर सकते। फिर भूखा ही रहना होगा। घर पहुँचते ही पद्मिनी खाना बनाने में जुट जाती। धुएँ से काली पड़ी उस रसोई में पद्मिनी एक लम्बा-चौड़ा तमिल खाना बनाने में लग जाती। उस खाने को बनाने के सैकड़ों तौर-तरीकों को ध्यान में रखते हुए, नारियल घिसकर चटनी बना, सरसों का छौंक देती। इडली-दोसे के लिए चावल भिगोकर और फिर उसे मिक्सी में पीसकर पूरा खाना बना चुकने के बाद वह बलरामन को बुलाती। बाएँ हाथ से उसे खाना परोसती हुई वह अपने लिए भी थाली में डाल थकान के कारण ठीक से खा भी न पा सकने के कारण उठ जाती। खाना हो जाने के बाद बर्तनों को खाली कर खाने की मेज़ साफ करती। छिः यह भी कोई जीवन है !

बलरामन नवाबी ठाठ से बिना कुछ किए रहता। दो साफ खाने की थाली उठाकर रखता। गिलास में पानी डालता। घंटी बजने पर बाहर का दरवाजा खोलता। बस उसका इतना ही काम था। फिर दफ्तर से घर लौटने पर सामने वाले कमरे में पड़ी मेज पर अपने दोनों पैर ऊपर कर अखबार या फिर किसी तमिल पत्रिका पढ़ने में डूब जाता। अड़ोस-पड़ोस के अधिकांश परिवार इसी प्रकार के थे। इन्हीं संप्रदायों को ओढ़े हुए छोटे-छोटे द्वीप। तमिल संस्कृति का आवरण ओढ़े हुए साधारण रीति-रिवाज। इन्हें सुरक्षित रखे हुए तमिल प्रतिनिधि। पीढ़ी-दर-पीढ़ी मध्यमवर्गीय ब्राह्मण संप्रदायों में सने हुए अग्रहारम् के छोटे-छोटे साँचे। तिरुचि, तंजावूर जिले, कुंभकोणम्, कोयम्बटूर या फिर चेंगलपेट, पनरुटि, ईरोड जैसे गाँवों के सभी रूप इस करोलबाग में दिखाई दे जाएँगे। छोटे-छोटे समुदाय के रूप में गुँथी हुई भजन-मंडली, गप्पबाजी की मंडली। इसी को लेकर भाभी ने कहा था, "तिरुचि का कष्ट तो दो दिन का तमाशा है। दिल्ली में अपनी मर्जी से रहो। कुग्राम के उस बीज को अपने में लिए बलरामन दिल्ली में ही नहीं न्यूयार्क या टोकियो में क्यों न रहे, उसका सारा संसार तो सिकुड़ा हुआ है। यह है कौन? यह बलरामन? आदमी है या बस काठ का टुकड़ा?

पिछली छुट्टियों में जमा किए हुए अर्न लीव (अर्जित छुट्टी) को लेकर घर जाएँगे, अपने परिवार से मिलेंगे, कहकर दोनों निकले थे। मद्रास में दो दिन हवा की तरह उड़ गए थे। मरीना बीच में नारियल और कच्चे आम का चुंडल, नीचे हरे रंग का लहराता सागर मुँह को गुदगुदाती हुई चंचल समुद्र की हवा और फिर उसके बाद तिरुचि। वहाँ पैर रखते ही बलरामन अपनी माँ के आँचल में जाकर दुबक गया। उसका फिर वही पुराना नाटक और उससे जुड़ा अभिनय।

सुबह साढ़े चार बजे उठकर उन बुजुर्ग औरतों को प्रणाम कर, दही बिलोकर, कॉफी बना, बासी कॉफी पी, खाना बना, परोसकर फिर भाभियों के साथ बासी भात को बचे-खुचे रसम के साथ निगलकर, कुएँ की जगत के पास नंगे पैर खड़े होकर फिर दालान में बैठकर···

तुम पूरी की पूरी मूर्ख हो। बैंक की नौकरी में एक पुरुष के समान ही कमा रही हो। फिर भी गधे के समान कामों का बोझा लाद रखा है। तिस पर जब यहाँ आती हो तो तुम्हारी स्थिति रत्ती भर की नहीं। फिर तिरुचि क्यों आती हो, क्यों···?

पिछवाड़े का दरवाजा, उसके ऊपर चन्द्राकार तोरण। दरवाजा कस के बन्द था।

"पद्मिनी सबके लिए कॉफी बना लाओ।"

दोपहर को कॉफी यह एक अटल कार्यक्रम। पुरुषों के लिए ताजे दूध को उबाल कर उसमें ताजा बनाया डिकॉक्शन डालकर भाप देती कॉफी लेकर सामने बरामदे में बैठे अपने जेठ और बलरामन को दी।

भरपेट खा लेने के बाद कुंभकर्ण की नींद सोकर उठे, आलसी नींद से भरे चेहरे। पद्मिनी का सबसे बड़ा जेठ बड़ी मुश्किल से स्कूल की पढ़ाई खत्म कर खेत-खलिहान

सँभालता हुआ, दूसरों पर हुकम चलाता आराम से जीवन गुजार रहा था। एक काठ के समान।

उससे छोटा एक सरकारी दफ्तर में क्लर्क था। और करता भी क्या? उसके पास न तो पढ़ाई थी और न ही अन्य कोई कौशल। कॉलेज की चौखट पर उसने माथा तो रगड़ा, पर कुछ मिला नहीं।

इन पुरुषों से अधिक पढ़ी-लिखी हूँ, ऊँची पदवी पर हूँ और अधिक कमाती हूँ, पर फिर भी मेरी हैसियत एक नौकरानी की है।

उससे छोटा जेठ तिरुचि के एक स्कूल में मास्टरी का काम कर रहा था। वह छोटे बच्चों को गणित पढ़ाता था और शायद वह गणित के अलावा कुछ और जानता भी न था। उससे छोटा था बलरामन। इन सबों में सबसे अधिक पढ़ा-लिखा और नाम कमाने वाला। सारे घरवालों को इस बात पर गर्व था कि वह बैंक में एक ऊँची पदवी पर काम कर रहा है। और वही एक नामर्द के समान खड़ा था। पद्मिनी द्वारा दी गई कॉफी को लेकर पीने के बाद उसने यह भी न पूछा, "क्या तुमने कॉफी पी ली? क्या दोपहर में थोड़ा-सा आराम किया। तुम भी दफ्तर से छुट्टी लेकर आई हो।"

बलरामन के समान ही बैंक में काम कर कमा रही पद्मिनी का उस घर में स्थान उन अनपढ़ भाभियों की तरह ही था। उनके लिए उन तीन मोटी, अनपढ़ औरतों और पद्मिनी में कोई अन्तर न था। पर वह एक औरत है और वह भी घर की बहू। यह बात उनके मन में अच्छी तरह से बैठ गई थी। बहू होना एक ऐसा सत्य प्रतीत होता था जिसने तमिल परम्परा के एकतरफा तर्क के अनुसार उसे एक निम्न स्थान दिया। उसका दर्जा उसके उन आलसी, गँवार, अनपढ़ भाइयों और अपने पति से भी बहुत नीचा था। अगर पढ़ने-लिखने और अच्छा कमाने के बाद भी औरत को कोई इज्जत न मिले तो फिर पढ़ने की जरूरत ही क्या है? इससे तो अच्छा है कि उन भाभियों की तरह वह भी घर पर ही बैठी रहे।

इस घर के लिए गर्मी और बरसात में रात-दिन कमर-तोड़ मेहनत की आवश्यकता क्या है। अरे हाँ गर्मी और बरसात जैसे शब्दों पर तो जैसे केवल इसी घर के मर्दों (पुरुषों) का अधिकार है। मैं जो खून-पसीना एक कर रही हूँ, वह कोई अर्थ नहीं रखता, क्योंकि मैं ही किसी की आँखों को दिखाई नहीं पड़ती।

पद्मिनी ने खाली हुए कॉफी के गिलासों को एक बड़ी थाली में रखा। कॉफी की थाली के साथ यदि वह उस घर के सभी लोगों के बीच घुसकर भी निकल जाए तो भी वह उस घर के लोगों के लिए एक अदृश्य वस्तु के समान ही होगी और वह किसी को दिखाई न देने वाली हवा के समान निकल जाएगी। यह सोचकर ही उसे हल्की-सी हँसी आई। पिछवाड़े जाकर उसने काफी के गिलासों को धोया। भाभियों के साथ अपने हिस्से की कॉफी को गुटका। उसे उबकाई-सी आई। बची हुई कॉफी को झाड़ियों में फेंक, गिलास को धोकर वह पिछवाड़े बैठ गई। वही सदा का पुराना पिछवाड़े का

दरवाजा। उसके ऊपर तोरणाकार आर्च। कैसी आश्चर्य की बात है। यहाँ तिरुचि आते ही यह अखंड विस्तृत संसार कितना सिकुड़-सा जाता है मानों पिछवाड़े का यह दरवाजा। सदा कस के बन्द रहने वाला। बाहरी संसार के एक छोटे से अंश को भी अन्दर लाने की मनाही करता हुआ''''। इसे देखने पर दिल्ली कितनी बड़ी दिखाई देती है। जो भी हो दिल्ली आखिर दिल्ली ही है। उसका कोई जवाब नहीं।

पद्मिनी ने दिल्ली के अपने प्रारंभिक दिनों के उत्साह के बारे में सोचकर देखा। वह शहर घूमने जाती थी। कुछ जगहों पर तो बलरामन उसके साथ गया, नहीं तो वह दफ्तर के अपने मित्रों के साथ निकल जाती। शहर जब जाना-पहचाना लगने लगा तो उसे अकेले जाना ही भाता था। संध्या होते ही इंदिरा गांधी अंतर्राष्ट्रीय विमान अड्डे की बत्तियाँ हीरे की माला-सी जगमगाती दिखाई देतीं। दिल्ली की फ्लाई ओवरों पर होकर टैक्सी में तेजी से गुजरती तो लगता जैसे हवा में उड़ रही हो। विशाल फाइव स्टार होटल जब शाम को प्रकाश से जगमगा उठते तो सारा भवन उस प्रकाश में डूब जाता। कुछ सुन्दर जयपुरी पत्थरों के बने भवन के हल्के लाल चिकने चेहरे बड़े ही सुन्दर लगते। कुछ अन्य संगमरमर के पत्थर के बने दूध में नहाए हुए-से जान पड़ते। इन सबको देखती हुई पद्मिनी के मन ने इस अहसास को कि वह इस विशाल विस्तृत शहर में बिलकुल अकेली है, उसे घेर लिया था। पर धीरे-धीरे उसे इस अकेलेपन में एक प्रकार का सुख मिलने लगा था। अपने इस निहायत अकेलेपन में उसे एक प्रकार का सुख तथा आनन्द मिलता। अकेलापन जिंसमें समाकर वह अपने आपको बड़ा सुरक्षित पाती।

उसने बड़े ही उत्साह और उमंग से चुन-चुनकर दिल्ली की सभी जगहें देखीं और वह भी अकेले। नए भवनों को हराने का प्रयास करते हुए कुछ पुराने स्मृति मंडप। उनमें से कुछ खंडहर-से बन चुके थे। हुमायूँ का मकबरा, सफदरजंग मकबरा, पुराना किला''''दिल्ली के इतिहास के ये स्मृति-चिह्न। कुछ स्थानों पर हरे-भरे लम्बे-चौड़े सुन्दर उद्यान, राष्ट्रपति एस्टेट, राष्ट्रपति भवन का मुगल गार्डन, सुरम्य लोधी गार्डन; ये विस्तृत बगीचे अपनी ताज़गी चारों ओर फैलाए हुए थे, संग को एक विशाल स्वरूप देते हुए, विस्तृत होते हुए। और इन सबों के बीच पद्मिनी बिल्कुल अकेली खड़ी थी।

दिल्ली एक समतल प्रदेश है। एक ऊँची जगह पर खड़े हो जाओ तो दिल्ली के कई दृश्य आँखों में समा जाते हैं। पद्मिनी ने विजय चौक के दूसरी ओर के दृश्य और उसके दोनों ओर के सुन्दर प्रतिगत रास्तों को देखा। बीचों-बीच सिर ऊपर उठाए गंभीर भाव से ऊँचा खड़ा इंडिया गेट अपने आप में एक अपूर्व गांभीर्य समेटे 142 मीटर ऊँचा। गेट के ऊपर एक मेहराब (आर्च) प्रथम विश्व युद्ध में प्राणों की आहुति देने वाले करीब 90,000 वीरों की याद में बनाया गया कीर्तिस्तम्भ! उस पर उन वीरों के नाम भी अंकित थे। आर्च पर पद्मिनी ने उन नामों को देखा। इंडिया का गेट। उसके बीचों-बीच एक लम्बी बन्दूक औंधा मुँह किए रखी थी। उसके मोटे भाग पर सिपाहियों की टोपी

रखी थी। पद्मिनी ने वहाँ उन वीरों के बलिदान की स्मृति में प्रज्वलित अमर जवान ज्योति को भी जी भरकर देखा।

इस विशाल आर्च जैसे मुख के उस पार भी जाया जा सकता है या फिर उस ओर से इस ओर भी आया जा सकता है। प्रवेश करने का या बाहर निकलने का द्वार!

बम्बई स्थिति गेटवे आफ इंडिया कैसा होगा? उसका निर्माण क्यों हुआ? पद्मिनी कभी बंबई नहीं गई थी। अब उसकी बड़ी इच्छा हुई कि दिल्ली के इंडिया गेट से बम्बई के गेटवे आफ इंडिया की तुलना करे। फ्रांस के आर्च दि ट्रायम्फ के विषय में भी उसने पढ़ रखा था। वह उसे भी देखना चाहती थी। क्या किसी दिन मैं भी फ्रांस जाऊँगी? अपने देश के बाहर विदेश जाऊँगी?

पद्मिनी ने इंडिया गेट के आर्च से दूसरी ओर देखा और देश के लिए उन बलिदान हुए जाने-अजाने जवानों के खुदे नामों की ओर देखा। वह स्मारक बड़े ही शांत भाव से उन नामों को धारण किए खड़ा था। चारों ओर बस में, कारों में, स्कूटरों में, साइकिलों पर तथा पैदल चल रहे दिल्ली के निवासी। अपने दैनिक जीवन की व्यस्तता तथा भीड़-भाड़ में एक-दूसरे से धक्का-मुक्की करते हुए दिल्ली निवासियों का गतिशील स्पन्दन। भागते, हाँफते धक्का देते, कुचलते हुए दिल्ली निवासी। यही दिल्ली की तेज रफ्तार थी। लोग जीवन से भरे जान पड़ते थे। और एक मैं हूँ कि शादी के बाजार में मरी हुई-सी!

मैंने अपना सम्पूर्ण आत्मसम्मान खो दिया है और एक बंधुआ मजदूर के समान चक्कर लगा रही हूँ। बदलें में न तो प्रेम, न कोई सम्मान। इंडिया गेट के एक कोने में हम जैसी स्त्रियों का नाम भी अंकित किया जाना चाहिए। विवाह जैसे एक निरर्थक बन्धन में बँधकर जीवित बलि हुई हम लोगों को एक गौरवपूर्ण मृत्यु का भी सौभाग्य न मिल पाया। बस इसी तरह तिल-तिलकर घिस रहे हैं। इंडिया गेट के इस मुख को देखो। बिलकुल खुला हुआ है। पर इसे पार कर उस ओर जाओ तो वहाँ भी एक खुली जगह है। यहाँ से जाऊँ या फिर वहाँ से आऊँ?

इंडिया गेट का विशाल घुमावदार आर्च और उसकी तुलना में मटमैला छोटा-सा आर्च। पिछवाड़े के द्वार का घुमावदार आर्च, तिरुचि के पिछवाड़े के आँगन का वह लकड़ी का द्वार कसकर बन्द पड़ा था। क्यों आज तक कोई भी उसे चोरी-छिपे खोलकर बाहर नहीं गया? क्या तोता पिंजड़े का आदी हो गया है? पिंजड़ा अब कैदखाना नहीं लगता। पिंजड़ा एक घर हो गया है। उसके बाद वह एक छोटे संसार के रूप में बदल गया है।

पद्मिनी का दम घुटने लगा। क्यों पिछवाड़े के दरवाजे को सभ्य रूप में खोला जाए? क्यों न उसे तोड़कर चूर-चूर कर नष्ट कर दिया जाए?

4

सुबह आँख खुलने के समय से ही पद्मिनी घर के कामों को खत्म करने में जुटी हुई थी। इन दिनों दफ्तर में भी काम का दबाव बहुत अधिक था। उसने सोचा था कि आज दफ्तर से थोड़ा जल्दी निकलकर कुछ काम खत्म कर लेगी।

दफ्तर पहुँचते ही रोजमर्रा के कामों ने उसे घेर लिया। समय का कुछ पता न चला। घर वापस लौटने का समय भी निकट आ गया था पर अब भी कुछ काम अधूरे ही पड़े थे। अगर वह यह सब काम आज ही पूरा न करे तो कल वह इन कामों के नीचे दब जाएगी। पद्मिनी ने काम पूरा करने का निश्चय कर लिया। दफ्तर के अधिकांश लोग जा चुके थे। मैनेजर के अतिरिक्त दो-एक जन और थे। मैनेजर अपने कमरे में बत्ती के नीचे बैठकर कुछ लिख रहे थे। कुछ मिनटों में वह बत्ती भी बुझ गई। मैनेजर कमरे के बाहर आए और पद्मिनी को देखकर बोले, "क्यों मिसेज़ बलरामन, काम समाप्त नहीं हुआ? मैं रास्ते में कहीं आपको ड्राप कर दूँ? मानसिंह रोड की ओर से जा रहा हूँ।"

"थैंक यू सर, बस अभी चलती हूँ।" कहकर पद्मिनी उनके साथ हो ली। रास्ते में वह राजपथ पर उतर गई। उसने मैनेजर से विदा लेते हुए फिर अपनी कृतज्ञता प्रकट की और आराम से राजपथ पर चलने लगी। हमेशा की तरह भेलपूरी खाते हुए और आइसक्रीम चाटते हुए लोगों की भीड़। कई सिर दिखाई पड़े। छोटे-बड़े समूह जन-संकुल मार्ग। पद्मिनी कुछ देर तक इंडिया गेट के सामने खड़े होकर उसे तकती रही। फिर जाकिर हुसैन रोड से लगे हुए घास के रास्ते पर चलने लगी और एकांत स्थान पर बैठ गई। उसे लगा जैसे वह अकेले जी रही है। अपने बैठे हुए स्थान से इंडिया गेट का आकार स्पष्ट नजर आ रहा था। चारों ओर के जनसमूह का कोलाहल उसके मन को एक प्रकार की पूर्णता दे रहा था। उसे लगा कि पंजाबी, गुजराती, ईसाई, हिन्दू, मुसलमान, बाहरी देश के गोरे-चिट्टे अंग्रेजों का वह जन-समूह उसके मद्रास शहर से आया है। एक सुन्दर भ्रांति उसके मन में समा गई कि ये सभी लोग उसी के साथ मद्रास में उसके पिताजी के घर के सामने का द्वार खोल उसी के साथ आए हैं। उसके सामने सब कुछ विस्तृत था...धरती का फैलाव, घास...विशाल खुली जगह जहाँ घास सरसराती हुई पानी की लहरों में बदल जाती। दिल्ली के यही लोग मद्रास के मरीना बीच में, उसके साथ बैठे चटपटी वस्तुएँ खा रहे थे, आइसक्रीम खा रहे थे।

अकेली बैठी हुई पद्मिनी फिर इंडिया गेट को घूरती रही। आर्च का घुमाव और सदा खुला हुआ दरवाजा। दहलीज। इसे पार करने पर एक नया संसार मिल सकता है। शीर्ष द्वार। इंडिया का गेट। आहा इसमें कितना फैलाव है। सबको समेटकर और खिलना, फैलना होगा।

आर्च के बीचों-बीच पद्मिनी को आकाश दिखाई दिया। आकाश में इधर-उधर

उड़ते हुए पक्षियों को पद्मिनी ने देखा। उसे विजय चौक का भी एक हिस्सा दिखाई दिया। सड़कों पर बसों व कारों की तेज रफ्तार। पद्मिनी ने स्मारक के आँचल में खुदे हुए नामों को देखा और उसकी दृष्टि आर्च के बीचों-बीच दिख रहे आकाश पर पड़ी।

उस दिन पद्मिनी को घर पहुँचने में बड़ी देर हो गई। घर पहुँचते ही बलरामन उस पर बरस पड़ा।

"इतनी देर कहाँ मर गई थी?"

"देर हो गई।"

"वह तो दिखाई दे रहा है। देर क्यों हुई, यह पूछ रहा हूँ।" इसी लहजे में बलरामन बर्तन माँजने वाली घर की महरी पुष्पा और बाथरूम साफ करने वाले आदमी को लताड़ता था।

"मुझे भूख लगी है, पहले जरा कुछ खा लूँ," कहती हुई बरामदे में रखी खाने की मेज पर पद्मिनी बैठ गई। ब्रैड के दो टुकड़े प्लेट पर रखकर, उसे घूरते हुए बलरामन को देखकर वह पूछ बैठी, "आपने नाश्ता कर लिया?"

"और नहीं तो क्या? सात बज रहे हैं। रात के खाने के लिए बस एक घंटा और रह गया है।" वह तमिल ब्राह्मण चिल्लाया। चाहे कुछ भी हो जाए पर खाने का समय तो नहीं बदल सकता ना।

"हाँ जल्दी से कुछ बनाए लेती हूँ।" शांत भाव से डबल रोटी के टुकड़े करते हुए वह बोली। उसके चेहरे पर हल्की-सी मुस्कान उभर आई।

"हुम!" कहते हुए वह तपाक् से अन्दर गया। पद्मिनी ने उठकर अपने लिए चाय बनाई। एक कप में वह चाय छान रही थी।

"यह सब क्या है!" आते स्वर ने उसे अचानक झकझोर दिया। उसने मुड़कर देखा।

"क्या?" वह बोली।

बलरामन का चेहरा गुस्से से तमतमा रहा था। हाथ में रखे एक कागज को जोर से हिलाकर उस छोटे से रसोईघर में वह जोर से चीख उठा, "इसका क्या मतलब है?"

उस कागज को देखकर पद्मिनी ने कहा, "यह आपको कहाँ मिला? मैंने तो बड़ी सावधानी से इसे एक पर्स के अन्दर रखा था।"

"क्यों, कोई बड़ा रहस्य है? तुम तो देर से आई। सोचा गॉदरेज की चीजों को थोड़ा ठीक-ठाक कर दूँ कि अचानक यह मेरे हाथों लग गया।"

"ओहो!"

"इस ओहो का क्या मतलब? मुझसे सलाह किए बगैर तुम्हें बैंक से हाउसिंग लोन लेने की हिम्मत कैसे हुई?" वह चिल्लाया।

सटे हुए उन घरों के आस-पास की खिड़कियों में से कुछ लोगों की झाँकती सूरतें नजर आईं। पद्मिनी फिर से खाने की मेज के सामने बैठकर शांत भाव से चाय पीते हुए

बोली, "इसमें हिम्मत की क्या बात है ? जो भी हो, अपने नाम पर, अपने पैसे से मैं खुद एक फ्लैट बुक कर रही हूँ। इसमें हिम्मत का क्या सवाल है ?"

"तुम्हारे नाम पर, तुम्हारे पैसे से ? यह बात तो हम दोनों को मिलकर तय करनी है। उससे भी पहले तिरुचि में मेरी माँ और भाइयों से सलाह करने के बाद ही इस ओर कदम रखना होगा। अकेली तुम ही इस तरह ज्यादती...."

"देखिए जी, यह मेरा निजी मामला है क्योंकि मैं इस फ्लैट में अकेले रहने वाली हूँ।" पद्मिनी दृढ़ स्वर में बोली। बलरामन सकते में आ गया।

"तुम, और फ्लैट में अकेली रहने वाली हो ? क्या बक रही हो तुम ? इसका क्या मतलब है ?"

"तिरुचि में आपके पिछवाड़े का द्वार आखिरकार खुल ही गया, यही अर्थ है।"

"क्या ?"

"इसका मतलब यह कि तिरुचि का आपका पिछवाड़े का द्वार बड़ा होकर, खुल कर इंडिया गेट का प्रवेश द्वार हो गया है।"

"ए पद्मिनी क्या बहकी-बहकी बातें कर रही हो ?"

"बहकी बातें नहीं, मैं अच्छी तरह जानती हूँ कि मैं क्या कर रही हूँ और जल्दी ही आपकी समझ में सब आ जाएगा। मेरा वकील आपको सब समझा देगा।

"समझ गए, मैंने यह क्यों कहा कि मैं जो फ्लैट खरीद रही हूँ वह मेरे नाम पर होगा। क्योंकि मैंने व्यर्थ में ही अपने नाम को आपके नाम के साथ जोड़ रखा था। अब मैं उस खाल को उतार फेंक रही हूँ, फिर चाहे उसे उतारने पर मुझे कितना ही दर्द क्यों न झेलना पड़े और पुनः अपने कुँआरे नाम 'पद्मिनी अय्यर' के साथ जीना चाहती हूँ। और इसके लिए मुझे केवल अपने नाम से जुड़े एक घर की तो जरूरत होगी ना ?" कहकर, चाय के कप को धोकर उसने उसे एक शेल्फ पर रखा, ताकि उसका पानी छन जाए। बाथरूम में जाकर उसने मुँह-हाथ-पैरों पर अच्छी तरह से साबुन लगाया और रगड़-रगड़कर उन्हें धोया।

जब धरती नन्दनवन बनी

बड़ा अजीब-सा लग रहा था।

घर के सामने मुँहखोले एक सूनापन ! बगीचा-उपवन जैसे शब्दों को मन के पास तक न आने देने वाला एक उजाड़। ऐसा अगवाड़ा जिसमें वृक्ष, पौधे, पुष्प, घास, बेल, जैसी वस्तुओं के लिए मानों कोई स्थान ही न था। बाहर से ही उड़कर, घर के चारों ओर चक्कर लगा, फिर पिछवाड़े पहुँचने पर—बाप रे बाप ! सामने के भाग के ठीक विपरीत अन्तर स्पष्ट करता हुआ, कितनी हरियाली से भरा हुआ एक दृश्य ! वह चिड़िया आश्चर्य से भर गई। आँखों को आकर्षित करता हुआ हरा-भरा उपवन, लहलहाते पौधे, बेल ! चारों ओर वह बैठने के लिए एक अच्छी व सुरक्षित जगह ढूँढ़ने लगी।

मन को तृप्त करती हुई हरियाली ! ऐसी जगह पर क्या पीने का पानी नहीं मिलेगा ? सोचती हुई चक्कर लगाती वह चिड़िया उस घर के पिछवाड़े तक आई—अरे ! यहाँ पर कितनी ढेर-सी चिड़ियाँ हैं। अब समझ में आया कि इस तरफ उड़ते समय ही इतनी सारे पक्षियों की बातें क्यों सुनाई पड़ रही थीं। जो भी हो, एक क्षण के लिए इस घर के सूखे पड़े सामने वाले भाग को देखकर तो मैं इसी धोखे में आ गई थी कि यहाँ मुझे क्या मिलेगा ? बाप रे बाप ! यहाँ तो चिड़ियों की एक पूरी फौज है। उनमें से कुछ को तो मैंने शहर के कई भागों में पहले देखा हुआ है। वह सब ठीक, पर पीने के

लिए पानी ? वह देखो ! उस कोने में एक छोटी कठौत में पानी झिलमिला रहा है। पर उसे घेरे अन्य चिड़ियों के साथ, दो कौए, एक कोयल, एक पीला कैनरी, दो कठफोड़वे और अन्य एक-दो पक्षी उसमें डुबकी लगा-लगाकर पानी जो पी रहे हैं। खैर नीचे उतरकर तो देखा जाए !

फुर्र से उड़कर कठौत के किनारे जाकर खड़ी हो गई चिड़िया। वहाँ बैठी चिड़ियों ने हटकर उसके लिए जगह कर दी। फिर भी नई चिड़िया कौए को देखकर सावधानी से एक ओर दुबक गई। उसे देखकर कौए ने भी जल्दी से पानी पिया और वहाँ से उड़ गया।

"इस तरफ कैसे आना हुआ ?" एक चिड़िया ने पूछा !

"इस तरफ उड़ रही थी। प्यास लगी। इस घर के सामने वाले बाग को देखकर—छिः इस सूखी जगह में क्या मिलेगा ?—सोच ही रही थी कि कैसा आश्चर्य ! पिछवाड़े से आँगन तक ऐसा एक सुन्दर हरा-भरा उपवन !" नई चिड़िया ने कहा।

"हाँ आश्चर्य की ही बात है। पहले मैं भी घर के सामने के भाग को देखकर धोखा खा गई थी। यहाँ आनेवाले सभी पक्षियों का पहला अनुभव ऐसा ही रहा होगा। फिर हम सबको यह जगह बहुत भा गई। रोज यहीं पानी पीकर, प्यार-कर, धूम मचाकर खेलते हैं। आओ हम सब मिलकर दाना चुगते हैं।"

"अरे यहाँ कितने दाने छितरे पड़े हैं !" नई चिड़िया आश्चर्य भरे स्वर में कुहकी। चोंच से दानों को चुन-चुनकर उसने खाया।

दूसरी चिड़िया हँस पड़ी, "इसे तुम इतना बढ़ा-चढ़ाकर कह रही हो। तुम बहुत देर से आई हो। कल तड़के आकर देखो, किस तरह वह दादाजी दानों की मुट्ठी भर-भर के हमारे लिए बिखेरते हैं। तुम खुद समझ जाओगी," वह बोली।

"कौन दादाजी ?"

"वह देखो ! बगीचे में पेड़ के नीचे आराम कुर्सी पर बैठ शान्त भाव मे पुस्तक पढ़ रहे हैं, वही।" नई चिड़िया आदमी की आकृति देख अचकचाकर अलग होकर बैठ गई। वहीं पर बैठ वह अपनी गर्दन ज़रा तिरछी कर पढ़ने में तल्लीन दादाजी को सावधानी से देखने लगी। मित्र चिड़िया नई चिड़िया को देख जोर से हँस पड़ी।

"अरी बुद्धू क्यों डर रही है ?" उसने पूछा।

"इन्हीं दादाजी के कारण ही तो हम सब इतने वर्षों से इस सुन्दर बगीचे में आकर पेट भर दाना चुग, बगीचे के फल खा, ठंडा पानी पीकर कोमल घास को चोंच में लेकर अपने घोसलों में वापिस जाती हैं। हम इन वृक्षों-पौधों की शीतल छाया में खेलती हैं, आराम करती हैं। इस बगीचे को दादाजी ने ही तो बनाया है। हमेशा घर के बाहर ही रहते हैं केवल भरी दोपहर और रात को ही घर के अन्दर जाते हैं।" मित्र चिड़िया ने समझाया।

नई चिड़िया ने, सिर को एक ओर झुकाते हुए एक आँख से दादाजी को देखा। फिर धीरे-धीरे फुदकते-फुदकते उड़कर उनके पास पहुँची। उनकी पढ़ रही आकृति को एक बार निहारा। सिर पर सफेद रेशमी बाल थे। मुख पर एक शीतल शान्ति ! उस पर

हल्के कोहरे-सा छाया एक शोक भाव। सफेद रंग की धोती-कुरते के अन्दर एक दुबला-पतला पर सुदृढ़ शरीर। क्या यह इतनी कठोर मेहनत करते हैं! आश्चर्य लगता है। चिड़िया ने इधर-उधर सिर तिरछा कर फिर बगीचे की ओर देखा। झुके पौधे, वृक्ष, फूलों के कितने प्रकार। गुलाब, पिट्यूनिया, पान्सी, जुही, बालराम, भौंरों के दल से घिरे सालविया, आदमी के चेहरे-से बड़े-बड़े डेलिया, हाइविसकस और न जाने क्या-क्या··· बागवानी में इतने कुशल दादाजी में घर के सामने वाले भाग के प्रति इतनी उदासीनता क्यों? क्यों उन्होंने उसे सूखा छोड़ रखा है?

फट-से पीछे का दरवाजा खोल एक मोटी-सी औरत बाहर आई। डर के मारे फौरन वह चिड़िया, उस जगह को छोड़ अन्य पक्षियों के साथ हो गई। सारे पक्षी अपनी साँस रोके उस मोटी औरत को देख रहे थे।

"सुन रहे हैं? मैं आप ही से कह रही हूँ। खाने के लिए कितनी बार बुलाना होगा? यहाँ आकर बैठे····" उसने कहा।

दादाजी ने पीछे मुड़कर उसकी ओर देखा। फिर बोले, "मुझे खाना नहीं चाहिए।"

"क्यों! तीन दिन से खाना नहीं चाहिए, नाश्ता नहीं चाहिए, छाछ नहीं चाहिए, यह सब किस जिद को पूरा करने के लिए कर रहे हैं? आपका लड़का भी आप के हाथ-पैर जोड़ चुका है। मैं भी अपना सारा काम छोड़ रोज आपसे मिन्नत करती हूँ।"

"...."

"आखिर ऐसा भी क्या क्रोध? हमने ऐसी कौन-सी गलती कर दी?"

"...."

"मैं एक बड़ी बहू के नाते आपके हाथ-पैर जोड़ रही हूँ। मेरी मति मारी गई है। ठीक है मंगै को भेजती हूँ। वह तो मीठे स्वर में बोलती है ना? जैसे उसके बुलाने से आप आ जाएँगे। मंगै ओरी मंगै!" कहकर चीखती हुई वह स्त्री घर के अन्दर चली गई।

पक्षी फुदक-फुदककर दादाजी के निकट पहुँचे। वे चुपचाप पुस्तक पढ़ रहे थे।

"क्यों दादाजी! इस तरह कितने दिनों तक बिना खाए रहेंगे?" एक मादा चिल्लाई, "अरे उनको मारिए, मारिए गोली! मनुष्य की बुद्धि तो गू के समान है। उन्हें आपका घर चाहिए, आपका पैसा, आपकी खेती-बाड़ी चाहिए, आप नहीं। यहाँ तो आप ही के घर में आपके लिए अपनी कोई जगह नहीं। पर भाड़ में जाएँ वे, छोड़िए! आप अपने-आपको क्यों कष्ट दे रहे हैं? भगवान द्वारा दिए गए शरीर की अच्छी तरह से देख-भाल कीजिए। अच्छी तरह खाना खाइए, आराम से सोइए!" चिड़िया चीं-चीं करती हुई बोली। उसे देखकर दादाजी मुस्कुराए और फिर अपनी किताब में खो गए।

"उसका कहना बिलकुल ठीक है!" एक चिड़े ने कहा, "आपको अपने-आप की देखभाल अच्छी तरह से करनी चाहिए। इस घर पर आपका अधिकार है। इस उपवन के राजा आप हैं। बस दादाजी, आप राजा के समान खा-पीकर आराम-कीजिए प्लीज!"

"प्लीज, प्लीज ! हमारे लिए खा लीजिए !" सभी चिड़ियों ने मिलकर चिचियाते हुए कहा।

पुस्तक पर से दृष्टि उठाते हुए दादाजी उनकी ओर देख हँस पड़े। उँगली को अपने होठों पर रखते हुए-धीरे से "हुश्" कहते हुए उन्हें सावधान किया। चिड़ियों ने उस पर ज़रा भी ध्यान न दिया और चीं-चीं कर पंख फड़फड़ाए।

"इस तरह खाना-पीना छोड़ दें तो दादाजी का क्या होगा ?"

"सच ही तो है। आपके तीनों लड़के बिना किसी दया-ममता के अवसरवादी हैं। नालायक लड़के ! आपकी तीनों बहुएँ भी बिलकुल असभ्य हैं। उनके लिए आप अपनी सेहत क्यों बिगाड़ते हैं ? हुम !" कहते हुए एक अन्य पक्षी ने पूछा।

"क्यों बिगाड़ते हैं ?"

"क्यों बिगाड़ते हैं ?" सभी पक्षियों ने समवेत स्वर में कोलाहल मचाया।

"भगवान ने आपको सभी ऐश्वर्यों से सम्पन्न किया है। आपकी पूजा के लिए मोगरे का फूल, कनेर, हाइबिसकस, फूलों से लदे अन्य वृक्ष, दैविक सुगन्ध से भरे मरुकोषन्द की क्यारी, रेशमी हरियाली से आँखों को चौधियाँ देने वाला रंगबिरंगा उपवन। आपको यदि कुछ हो गया दादाजी तो यह बगीचा उजड़ जाएगा।"

"बगीचा ही नहीं हम सब भी उजड़ जाएँगे, दादाजी !" एक नन्ही पीलीकानरी ने कहा, "अगर आप सुबह-सुबह दाना न बिखेरें तो हम क्या करेंगे ? और फिर मेरे लिए दाना ढूँढ़ते हुए मेरी माँ को कितना उड़ना पड़ेगा।"

"यहीं पर तो मैंने निर्भय होकर उड़ना सीखा है और अपनी ही चोंच से दाना चुगने की कोशिश की है," एक छोटी चिड़िया का बच्चा बोल उठा।

"हम सब कहाँ जाएँगे ?"

"हस सबका क्या मतलब ?" फुर्र से उड़कर आए कठफोड़वे ने धमकाते स्वर में कहा, "हमें क्यों छोड़ दिया ?" चिड़ियों को देखते हुए उसने पूछा।

"दादाजी हम सबके दादाजी हैं।" कहते हुए कोयल और लाल छाती-वाले छोटे रॉविन भी उड़ते हुए आए।

काँव-काँव करते हुए पेड़ से उतरे कौओं ने भी उनकी बात का अनुमोदन किया।

"काँव-काँव-काँव, प्लीज दादाजी खाना खा लीजिए। काँव-काँव-काँव...."

"हुम ! बस अब यही एक रह गया है।" हाथों से कौओं को उड़ाती हुई वहाँ मंगै आई," अतिथि खाने के लिए आ रहे हैं, शहर से मेहमानों के आने का सन्देश लेकर आ रहे हैं। अरे नासपीटो, जाओ यहाँ से।" आवेशयुक्त स्वर में बोलते हुए उसने उन्हें उड़ाया।

कौओं के साथ चिड़िया, रॉबिन, कठफोड़वे और कैनरी फड़फड़ाते हुए चारों दिशाओं में उड़ गए।

"पिताजी !" स्वर को खींचती हुई धीरे से वह बोली, "खाना खाने चलिए पिताजी ! प्लीज, पिछले तीन दिन से आपने खाना नहीं खाया !" उसने विनती की।

"अरे इसके स्वर में कितनी मिठास घुली है ! ज़रा देखो तो !" कंपाउंड की दीवार पर बैठी एक चिड़िया बोली।

"हाँ-हाँ, उसका क्या है ! वह तो है ही एक मँजी हुई अभिनेत्री !" पेड़ पर बैठे एक कौए ने कहा।

"हल्के स्वर में चिकनी-चुपड़ी बातें कर लोगों को बहकाने की कला में तो यह माहिर है। दादाजी के पीठ पीछे अपने पति के साथ कैसी जालसाजी करती है," पीली कैनरी ने कहा।

"हाँ !" कौए ने कहा, "अपने पति के साथ, वही उस दूसरे लड़के के साथ रात को इस खिड़की के कोने में खड़ी रहती है, इनकी जालसाजी अपने पेड़ की डाली से मैं उनींदी हालत में भी सुनता हूँ। फिर मेरी नींद ही गायब हो जाती है।"

"क्यों, ऐसी क्या बातें किया करते हैं ?" गेट पर बैठी नई चिड़िया ने पूछा।

"इनकी करतूतों को तुम क्या जानो। तुम नई हो," कहते हुए कौए ने अपनी बात जारी रखी, "इतना बड़ा घर, बड़े-बड़े कमरे, दालान, आँगन, सामने का बरामदा, पिछवाड़ा, यह बगीचा और बाहर···। सबका हिसाब कर तीन बराबर के हिस्सों में बँटवाने के लिए अपने पति से ये ही बड़े मीठे शब्दों में बहस कर रही थी।"

"ऐसा ? फिर ?" कोयल ने पूछा।

उसके पति ने कहा, "मैं कितनी भी कोशिश करूँ पर भैया नहीं मानते। कहते हैं कि सबसे बड़े होने के नाते उन्हें सबसे बड़ा हिस्सा मिलना चाहिए। मतलब घर के सामने का भाग, आँगन, एक ओर के सोने के कमरे फिर यह बगीचा—कहकर एक के बाद एक गिनाते ही····।"

"यह मुँह," अपनी नुकीली चोंच को मारते हुए कठफोड़वे ने कहा, "इन्हें बगीचा चाहिए, बगीचा। एक दिन भी आकर, क्या इसने अपने हाथों से मिट्टी को छुआ भी है ? पानी दिया है ? मेरे लिए दाने डाले हैं ?" वह नन्हीं चिड़िया चीखी।

"खूब कही !" कहकर कौए ने दाद दी।

"फिर ?" अन्य पक्षियों ने पूछा।

"फिर आधी रात को खूब झगड़े की आवाज आई।" कौआ बोला, "मेरे घोंसले के सभी छोटे बच्चे जाग गए।"

"फिर क्या हुआ ? बताओ, बताओ।"

"इस मंगै तथा इसके पति के साथ उस छोटे बेटे तथा उसकी पत्नी ने झगड़ा किया। यह कैसा ऊटपटाँग बँटवारा है ? एक के लिए सामने के भाग का एक कमरा और एक को पिछवाड़े का कमरा क्या मूर्खता है। पर मैं और मेरी पत्नी पढ़े-लिखे हैं, हमें उल्लू नहीं बना सकते। पूरे घर को बेचकर, फिर उसके तीन बराबर हिस्से करते हैं। वह बोला। पर उसके लिए हमारे भैया मानें तब ना ! वह दूसरा नालायक बोला— ऐसे नहीं मानेगा, मैं भी एक हाथ देख लूँगा। आवेश भरे स्वर में वह चीखा फिर कमरे की

बत्ती गुल हो गई। उसके बाद भी अँधेरे में कुछ खुस-फुसाने की आवाजें आती रहीं। फिर कुछ भी स्पष्ट सुनाई न दिया।" कौए ने कहा।

"कैसा अन्याय है !" चीं-चीं करते हुए वे समवेत स्वर में बोले, "सबों ने दादाजी को घर से बाहर निकाल दिया, बेशर्म नरभक्षी !" सभी पक्षियों के मिलकर चीं-चीं करने के बीचों-बीच नए पक्षी की आवाज ऊँची और तीखी-सी सुनाई पड़ी।

"क्या है यह सब ! छिः ! बिलकुल अजायबघर जैसी लगती है यह जगह !" पक्षियों को 'हुश हुश' करती उड़ाती तीसरी और आखिरी बहू माधवी वहाँ आई।

"डैडी। खाना खाने चलिए, बहुत देर हो गई, आइए डैडी प्लीज !" दादाजी को देखकर वह बोली।

"तुम जाकर खा लो बेटी !" बिना सिर उठाए दादाजी बोले।

"वह कैसे ? आपके बगैर नहीं खाएँगे, इम्पासिबिल। भूख लगी है डैडी, जल्दी चलिए !"

"मुझे भूख नहीं है बेटी !" दादाजी बोले।

"ऐसा मत कहिए पिताजी, सेहत का क्या होगा ? चलिए पिताजी !" माधवी ने उन्हें धीरे से बुलाया। "ओ हो देखो तो इसका बतियाना। आइए पिताजी, आइए पिताजी !" कहकर उसी के समान कुहकने लगी कोयल।

"मुझे भूख नहीं है बेटी !" दादाजी बोले।

"तीन दिनों से खाना नहीं खाया ?" माधवी बोली, "हमसे यदि कोई भूल हो गई हो, तो माफ कर दीजिए पिताजी।"

माफ कर दीजिए, हो-हो, काँव काँव !

माफ कर दीजिए हो-हो काँव काँव !

माफ कर दीजिए काँव-काँव काँव !

"ए ! हट, गेट आउट हुश !" हाथों को नचाते हुए माधवी ने उन कौओं को उड़ाने का प्रयास किया। "छिः बड़ी आफत मचा रखी है।"

चारों तरफ बिखरे पक्षी फिर कंपाउंड की दीवार पर, पिछवाड़े के गेट पर, पेड़ों की डालों पर, कुछ दूर घास पर, जमीन पर, पानी के चारों ओर बैठकर आपस में बातें करने लगे।

"देखिए डैडी। छोटे बच्चों के समान इस तरह जिद पकड़ना बिलकुल अच्छा नहीं लगता। जल्दी खाने चलिए, हमें बाहर जाना है," माधवी बोली।

"तुम सबों ने मिलकर ही तो दादाजी को घर से बाहर निकाला है। उनके लिए अलग से आराम करने के लिए एक अपना कमरा भी न देकर !" कहते हुए गुलाब ने लम्बी साँस ली।

"हाँ तुम्हीं ने निकाला है।"

"निकाला है।"

"निकाला है।"

कहती-कहती हाइबिसकस, सालविया, लिली थक गईं।

"अब दादाजी के लिए यह बगीचा ही घर है, धरती ही बिस्तर है, आकाश ही छत है। अब वह अन्दर नहीं जाएँगे।" डेलिया ने कहा।

"अन्दर नहीं जाएँगे।"

"अन्दर नहीं आएँगे !" डेलियों के चारों तरफ चक्कर काटती हुई मधुमक्खियों ने गुंजन किया।

"अन्दर नहीं जाएँगे !"

"अन्दर नहीं आएँगे !" कहते हुए मिलकर पक्षियों ने शोर मचाया।

माधवी ने दादाजी को घूरकर देखा, फिर कंधे झटकाकर घर के अन्दर चली गई।

दादाजी ने पुस्तक से अपनी आँखें उठाईं और उसे जाते हुए देखा। फिर पक्षियों, मधुमक्खियों, पेड़-पौधों को देखकर बड़े ही रहस्यमय ढंग से आँख मारी।

फिर से सारे पक्षी अपने-अपने जंगलों से फुदक-फुदककर दादाजी के बहुत करीब आ गए। चहक-चहककर आपस में बातें करने लगे।

पीछे का दरवाजा खुला। इस बार दादाजी का दूसरा लड़का कदिरवेलन और तीसरा तथा अन्तिम बेटा मदिवेलन अन्दर से बाहर आए।

"क्यों पिताजी, यह सब क्या है ?" मदिवेलन ने पूछा।

"यही प्रश्न मुझे पूछना चाहिए।" मुस्कुराते हुए ही दादाजी ने कहा।

"भूख नहीं, खाना नहीं चाहिए यही कहा था। इस बात का बतंगड़ क्यों बना रहे हो ?" अपनी बात जारी रखते हुए दादाजी बोले।

"और नहीं तो क्या ? क्या आपने सोच लिया कि हम अकेले ही खा-पीकर सो जाएँगे ?" कदिरवेलन ने कहा।

"ऐसा तो भैया ही कर सकते हैं, हम नहीं।" मदिवेलन बोल उठा।

"माधवी, मंगै, भाभी और बड़ी भाभी यहाँ आकर आपके हाथ-पैर जोड़ चुकी हैं। पर आप हैं कि हठ कर बैठे हुए हैं। दिन भर बाहर ही बैठे रहेंगे तो क्या यह सेहत के लिए अच्छा है ? घर के अन्दर चलिए।" मदिवेलन ने कहा।

"यही घर है।"

"यही नन्दनवन है।"

"यहीं रहेंगे !"— कहकर सभी पक्षियों ने शोर मचाया। "ए हुश, यह क्या मुसीबत है।" कहते हुए गमछे से कदिरवेलन ने उन पक्षियों को उड़ाने की कोशिश की। कुछ पक्षी ही वहाँ से हटे। पक्षी वहीं बैठे चिल्लाने लगे।

"हमारे दादाजी !
यहीं रहेंगे !
यहीं रहेंगे !" कहते हुए जोर से चहके। "छिः। यह तो हिलते भी नहीं। कितनी

हिम्मत आ गई है इनमें।" एक मोटे डंडे से भगाते हुए मदिवेलन बोला।

"सब पिताजी का दिया लाड़-प्यार है। अन्दर से बोरी-बोरी धान लाकर इनके लिए छितरा देते हैं। सुबह-सुबह पिताजी को कोई और काम नहीं सूझता।" कार्तिकेयन बोला।

"इसलिए तो एक पूरी की पूरी फौज बनाकर आए हैं और रिश्तेदारी निभा रहे हैं। नासपीटे!" मदिवेलन बोला।

दादाजी आराम कुर्सी छोड़ कर उठे।

"दादाजी थोड़ा आराम कर लीजिए।" कोयल ने मीठे स्वर में कहा।

"कल सुबह मिलेंगे!" मधुमक्खी बोली।

"सुबह मिलेंगे!"

"सुबह मिलेंगे!" कहते हुए सभी मधुमक्खियाँ उनके चक्कर लगाने लगीं।

"चलिए पिताजी!" कहकर दोनों लड़कों ने रुक लम्बी साँस ली और दरवाजे की ओर चल पड़े। उनके पीछे चल रहे दादाजी ने एक क्षण पीछे मुड़कर पक्षियों की ओर देखा और बोले, "इन दोनों की बातों का बुरा न मानना। ये हैं ही ऐसे। कल सुबह मैं तुम लोगों को इससे भी अधिक दानें डालूँगा। सब आकर खाइए!" पक्षी खुशी से उछल-उछलकर कोलाहल मचाने लगे।

"आपने क्या कहा?" तपाक से पीछे मुड़कर मदिवेलन ने पूछा।

"कुछ भी तो नहीं!" दादाजी बोले।

"अभी कुछ बोल रहे थे आप?" वह बोला।

"कौन मैं?" कहकर वे हँस पड़े। अपने पिताजी की आँखों में खेल रही उस नटखट मुस्कान को देखकर बेटा एक पल के लिए उलझन में पड़ा खड़ा रहा।

दूसरे ही क्षण पक्षियों की ओर से एक ठहाके की हँसी सुनाई पड़ी। और आश्चर्य से भरकर उन्हें देखता रहा मदिवेलन। पक्षियों को देख दादाजी फिर एक बार हँसे और सिर हिलाते हुए अन्दर चले गए।

इन दस चिड़ियों के वहाँ जमा होने से पहले ही वह नई चिड़िया घर के सूखे वाले भाग के सामने के गेट के ऊपर आवेश से कूद रही थी। कूदकर चीं-चीं कर रही थी।

"अरे आज तुम हम सबों से पहले आकर खूब सारा दाना चुनकर ले जाने के लिए जल्दी ही आ गईं क्या?" पूछकर हँसने लगी। मादा चिड़िया और साथी चिड़िया भी मिलकर हंसने लगीं।

"आओ, यहाँ घर के सामने बैठने से क्या लाभ? दादाजी तो पिछवाड़े ही दाना डालते हैं।" वे बोलीं। "नहीं, नहीं!" कहती हुई नई चिड़िया चीखी, "दादाजी आज नहीं आए।"

"क्या? नहीं आए? ऐसा कभी हो ही नहीं सकता!" चिड़िया बोली।

"क्या हो गया? क्यों घर के सामने इतनी बड़ी भीड़ जमा है। यह सब कौन हैं? देखने में तो सगे सम्बन्धी और मित्र से जान पड़ते हैं।"

"परन्तु बिना कोई चहल पहल·····।"

"चलो यारो, पिछवाड़े जाकर पेड़ों में रह रहे कौओं से पूछते हैं। इन्हें ही घर की खबर रहती है।"

पिछवाड़े में पहले से ही अन्य कुछ चिड़ियों के साथ कौए और अन्य पक्षी मिलकर बातचीत कर रहे थे। पिछवाड़े का दरवाजा कसकर बन्द था। सभी पक्षी जमा होकर फिर से घर के सामने के भाग पर आकर बैठ गए।

भीड़ के बीच दो बूढ़ी औरते थीं। उनमें से एक —"हाय। हाय। तुम्हारा बाप तुम सबको धोखा देकर चला गया!" कहकर ढाढें मारने लगी।

"हाय दादाजी चले·····।"

पक्षी पंखों को फड़फड़ाते हुए चारों दिशाओं में चक्कर लगा बैठ गए। भीड़ में से दो एक ने 'हुश-हुश' कहकर पंछियों को उड़ाने का प्रयास किया। परन्तु पक्षी फिर से ऊपर चक्कर लगा, फिर उसी जगह पर बैठ गए।

सामने के खुले दरवाजे में से चार लोगों ने दादाजी के शव को अर्थी पर उठाकर बाहर ला उन्हें जमीन पर रखा। नींद में लीन लेटे हुए की तरह दादाजी। उनके गले में फूलों की मालाएँ पड़ी थीं। और कुछ लोगों ने भारी-भारी मालाएँ चढ़ाईं। चारों ओर पुष्प रखे गए। "हाय! हम सबको अनाथ कर चले गए!"

कोयल कूकी—

"अनाथ कर चले गए!"

"चले गए!" कहकर सभी पक्षी हाहाकार करने लगे। "मैंने तभी सोचा था। दादाजी ने खाना पीना क्यों छोड़ दिया था?" मादा चिड़िया बिलख उठी।

घर के सामने तिल भर की जगह छोड़े बिना सारे पक्षी वहाँ जमा हो गए। चैन से सो रहे दादाजी के निर्जीव शरीर को वेदनायुक्त नेत्रों से देखते हुए सिर को इधर-उधर झुकाते हुए किंकर्तव्यविमूढ़ की स्थिति में सारे पक्षी खड़े थे। बूढ़ी अभी भी निस्तब्ध-सी खड़ी थी। फिर "क्यों? मुझे भी अपने साथ क्यों नहीं ले गया? मुझे भी अपने साथ क्यों नहीं ले गया?" कहकर हाहाकार कर उठी।

घर के अन्दर से आ रही आवाजें बाहर आईं। दरवाजे पर खड़े पुरोहित "भाई, जल्दी आओ देर हो रही है। अंतिम संस्कार का कार्य शुरू करना है। जल्दी आओ!" "नहीं करूंगा!" अन्दर से एक जोर की आवाज आई। "छिः छिः बड़े बेटे होकर तुम इस तरह की बातें कहते हो?" पुरोहित बोले।

"हाँ बस इसी के लिए मैं बड़ा लड़का हूँ। घर का बड़ा होने के बावजूद मेरे छोटे भाई जायदाद के लिए लड़ते आ रहे हैं, यह क्या अच्छा लगता है?" कहकर चिल्लाया।

"तुम्हीं ने तो बात को झगड़े तक पहुँचाया!" कार्तिकेयन की आवाज चीरती हुई

आई।

"हाँ और क्या? तुम भी बराबर के हिस्से के लिए राजी हो सकते थे!" मदिवेलन ने अपने बड़े भाई से प्रश्न किया।

"क्या? तुम्हारी ये मजाल?" कहते हुए बड़े भाई के उठे हाथ को दोनों भाइयों ने कसकर पकड़ लिया। "छिः छिः यह समय इन सब बातों के लिए नहीं है। शर्म की बात है। अन्तिम संस्कार आरम्भ कर विधि-विधान तथा श्रद्धा पूर्वक अपने पिता को विदा दो।" कहकर सगे-सम्बन्धियों, मित्रों ने आग्रह किया। परन्तु झगड़े ने जोर पकड़ लिया। फिर भीड़ में से कुछ लोग बड़े भाई की ओर और अन्य कुछ छोटे भाइयों की ओर से वकालत करने लगे। दहाड़ें मारती हुई बूढ़ी क्रोध से बरस पड़ी।

"हाय! हाय! शरम नहीं आती। इतने बड़े-बड़े लड़के होकर अपने बाप को भेजने की भी दम नहीं। करमजलो! आओ जल्दी अपना कर्तव्य पूरा करो। उनकी आत्मा को शांति मिले।" उसकी साँस भर उठी।

"अच्छा ही हुआ कि यह सब देखने के पहले ही उन्होंने आँखें मूँद लीं।" एक मित्र बोले।

पुरोहित ने गुस्से से उन तीनों भाइयों की ओर देखा और चिल्लाए, "तुम सब अभी आते हो कि हम सब अन्य पुरोहित मिलकर यह अंतिम संस्कार पूरा कर दें? इस प्रकार के घमंडी, नालायक-पुत्र, यदि बाधा बनें तो उसके लिए भी वेदों में एक रास्ता सुझाया गया है। याद रहे! तुम सबों के बिना भी क्रिया-कर्म सम्पन्न किया जा सकता है, इसकी अनुमति वेदों में दी गई है। सावधान!" गरजते हुए पुरोहित को देखकर अब तीनों बेटे उन पर टूट पड़े। झगड़ा और अधिक बढ़ गया। रिश्तेदारों और मित्रों ने स्थिति को संभालने की कोशिश की।

घर के आँगन के बीचों-बीच चमकती धूप में दादाजी चैन से लेटे पड़े थे। उनकी ओर किसी का ध्यान नहीं था। एक के बाद एक चिड़िया-कौवे, कठफोड़वे, कोयल, कैनरी, नीचे उतरकर दादाजी की लाश को घेरकर खड़े हो गए।

"क्या हमसे हो पाएगा?" कोयल ने कहा।

"क्यों नहीं हो पाएगा? यदि सब दिल से चाहें तो जरूर हो सकता है।" कौआ बोला। "हमारे उठाते समय अगर ये लोग देखकर बीच में ही हमें रोक दें तो!" चिड़िया ने पूछा।

"अरे अपने पंख फैलाकर अपनी चोंच से उन्हें नोच न लेंगे हम!" अपनी चोंच की धार को नुकीली करते हुए कठफोड़वे ने कहा। "उन सब के बारे में चिन्ता मत करो। हम सब अपने पंख फड़फड़ा कर उन्हें डरा देंगे।" चिड़िया बोली।

"चलो तो ठीक है, पकड़ो!"

"चलिए दादाजी, उड़ते हैं, चलिए!"

दादाजी की आकृति को पक्षियों ने घेर लिया।

"अ······थोड़ा भारी जरूर है!"

"फिर नहीं होगा? सब मिलकर यदि गाते हुए उठाएँ तभी तो ताकत आएगी, हिम्मत आएगी। चलिए। गाइए!"

"यह बोझ नहीं है होइशा
हम उठा पाएँगे होइशा
जल्दी कीजिए होयशा
ऊपर चलिए होयशा
उड़ते हैं दादा, होइशा"

"छिः। धिक्कार है। भाड़ में जाओ। इस कलमुँहे घर में वैदिक आचार-विचार के लिए तिल भर भी जगह नहीं। ठीक है चलिए, अपना कर्तव्य हम पूरा किए देते हैं। हम क्यों यह पाप अपने सिर पर लें?" कहते हुए क्रोध से पुरोहित दरवाजे से अपने साथी पुरोहितों के साथ बाहर आए।

"ऐं वहाँ कौन है?" वे गरजे। दो नौकर दौड़ते हुए वहाँ आए।

"महाराज?"

"यह क्या तमाशा है? मेरी अनुमति के बिना किसने इस महापुरुष के शव को हटाया। छिः इस घर के नौकर भी गए-गुजरे हैं।" वे चीखे।

"पता नहीं महाराज!"

"क्या? मालूम नहीं। महापुरुष का शव कहाँ है? तुम तब से यहीं तो खड़े हो?"

नहीं जानता महाराज!"

क्या बकवास कर रहे हो? इस तरह लुंज-पुंज से खड़े हो। उनके शव को फिर से लाकर उसी जगह रखो। हुम, जल्दी।"

"नहीं है महाराज!"

"क्या नहीं है?"

"महापुरुष का शव···"

"अरे पागल क्या बकता है? शव कहाँ जाएगा?"

सभी बदहवास होकर ढूँढ़ने लगे। घर के अन्दर-बाहर, पिछवाड़े के बगीचे में, घर के चारों ओर सभी जगह ढूँढ़ा।

दादाजी वहाँ नहीं!

एक भी चिड़िया और पक्षी वहाँ नहीं।

□□□

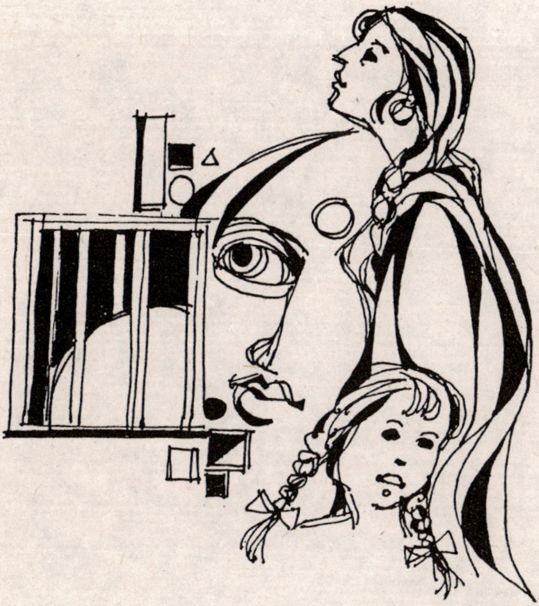

हर पल एक रंग

(लघु उपन्यास)

अध्याय : 1

"आप अपनी तनख्वाह किस तरह लेना पसन्द करेंगी? चैक तैयार करूँ या अपने ही कॉलेज के स्टेट बैंक में सीधा जमा करवा दूँ? कुछ लोग ऐसा भी करते हैं।"

"मेरा चैक भी बैंक में जमा करवा दीजिए।" जया बालचन्दर ने कहा।

"अच्छा मैडम, आपने एकाउन्ट तो खोल लिया ना?" एकाउन्टेंट ने पूछा।

"अब तक तो नहीं।"

वे हँसे। "तब तो पहले अपने नाम से एकाउन्ट खुलवा लीजिए।"

"ठीक है, मैं जल्दी ही खोल लेती हूँ। धन्यवाद।" कहकर जया अंग्रेज़ी विभाग की ओर चल पड़ी।

एकाउन्ट खोलने के लिए किसी को उसका परिचय देना होगा। रेफरेन्स देना होगा। किससे पूछूँ? वह सोच रही थी। स्टाफ रूम में सामना भास्कर से हुआ। उसने उनसे पूछा।

"हाँ-हाँ, आज ही कर डालते हैं, कहते हुए वह फौरन तैयार हो गया।"

"आपकी अगली क्लास है क्या?" उसने पूछा।

"नहीं।"

"मेरी भी नहीं है और फिर उसके बाद तो लंच टाइम है। अभी चलकर काम निपटा लेते हैं।"

"धन्यवाद!"

बैंक में एकाउन्ट खोलने के बाद दोनों ने कॉफी हाउस में जाकर कुछ खाया-पिया।

"और सुनाइए! आपको यह शहर पसन्द आया डॉ. बालचन्दर?" भास्कर ने पूछा।

"जया कहकर ही बुलाइए। शहर मुझे अच्छा लगा यह कहने में तो कुछ दिन और लगेंगे। पर मैं खुश हूँ। सालों छोटे-छोटे गाँवों और कस्बों में रहने के बाद मेरे पति का तबादला इस बड़े शहर में हुआ है। लगता है, बरसों जमीन में गड़े रहने के बाद फिर एक सभ्य जीवन में लौटी हूँ।" वह बोली।

"सभ्य! हाँ!" कहते हुए भास्कर हँस पड़ा, "यहाँ लोग कितने सभ्य हैं, इसका

पता आपको जल्दी ही चल जाएगा।"

"आप ऐसा क्यों कहते हैं?"

"बस देखते चलिए।"

"आप इस यूनिवर्सिटी में बहुत सालों से नौकरी कर रहे हैं क्या?"

"और कोई चारा भी नहीं है। मुझ जैसे पढ़े-लिखे लोगों के नसीब में तो कुछ गिने-चुने स्थानों का दाना-पानी ही लिखा होता है। आप जैसी ऊँची शिक्षा प्राप्त किए हुए लोगों को तो कहीं भी नौकरी मिल सकती है," भास्कर ने कहा।

"पर मुझे तो वह सौभाग्य न मिल सका।" जया बोली, "बार-बार नौकरी छोड़नी पड़ी। मेरे पति के बार-बार तबादले ने तो मेरी नौकरी को मटियामेट कर दिया।"

"जो हुआ उसे छोड़िए। अब आप हमारे विभाग में आ गई हैं। वेलकम। आपके आने से पहले ही आपके रिसर्च और आपकी विद्वता की बहुत चर्चा हो रही थी। अपने चेयरमैन श्री वर्मा भी तारीफ के पुल बाँध रहे थे।"

"हाँ....लेख लिखने के अलावा और करने को था भी क्या। जोरहाट जलहल्ली जैसी जगहों पर तो दो बातें करने वाला भी कोई नहीं मिलता। मेरे लेख, मेरी पी-एच. डी. की थीसिस से ही तो सम्बन्धित हैं। इसमें कौन-सी बड़ी बात है?"

"अरे दो बजने को हैं, चलें?"

दोनों स्टाफ रूम की ओर चल दिए।

"क्या आप अपने विभाग के सभी लोगों से मिल चुकी हैं?" भास्कर ने पूछा।

"हाँ। एकाध को छोड़कर।"

"डॉ. सुधा रानी जोशी से?"

"नहीं, अब तक नहीं।"

वे छुट्टी पर हैं। अगले हफ्ते ड्यूटी ज्वाइन कर रही हैं। मिलिएगा, अच्छी लेडी हैं।"

अध्याय : 2

"इतनी तन्मयता से क्या पढ़ रही हैं डॉ. जोशी ?"

"अरे जया। मुझे सुधा ही कहकर बुलाएँ तो अच्छा होगा।"

"बुलाया।"

"ठीक है।" कहकर सुधा रानी हँस पड़ी। इस समय क्या पढ़ रही हूँ? बस नॉवेल के इतिहास पर अपनी रिसर्च जारी रख रही हूँ। अपनी पी-एच. डी. पूरी करने के बाद भी मैं इस विषय को पढ़ रही हूँ। अन्य सभी साहित्यिक विधाओं में नॉवेल ही सबसे श्रेष्ठ जान पड़ती है। मैं यह देखना चाहती हूँ कि यह अपने में कितनी क्रांति की क्षमता, मौलिक सृजन तथा सिद्धांतों की गहराइयाँ समेटे है। कभी न सूखने वाले इस कुएँ की गहराइयों को खोज रही हूँ। तुम क्या कर रही हो ?"

"मेरा क्षेत्र तो कविता का है।" जया बोली, "एडरियन रीच, सिलविया, जूडिथरेट इनकी कविताओं का अध्ययन कर रही हूँ। पी-एच. डी. के लिए भी मरियन मूर, एमिली, डिकन्सन, एच. टी. जैसे महान कवियों को पढ़ा था और अब समकालीन कविता की दिशा और कवयित्रियों की कविताओं की गहराई पर अध्ययन कर रही हूँ। आप नॉवेल विधा पर कोई पेपर लिखने वाली हैं क्या ?"

"तुम मुझे फिर आप कह रही हो ? क्या इसलिए कि मैं तुमसे उम्र में बड़ी हूँ ?" सुधा कह उठी।

"सॉरी !"

उम्र में बड़ी ? कौन कह सकता है ? डॉ. जोशी के चेहरे पर कुछ ऐसा था जो उन्हें बहुत कम उम्र दिखाता था। उत्तर प्रदेश के अल्मोड़ा प्रान्त में जन्मी और वहीं पली डॉ. जोशी के चेहरे पर उस प्रान्त की स्वाभाविक कांति थी। उनका गौर वर्ण और खिला हुआ चेहरा अपने में एक आकर्षण समेटे था। सीधे-सादे, पर सुरुचिपूर्ण कपड़ों में वह बहुत ही सुन्दर लगती थीं। अथक मेहनती और गज़ब की स्फूर्ति थी उनमें। "इस उम्र में किस प्रकार ?" किसी के द्वारा यह प्रश्न पूछे जाने पर वह तपाक से उत्तर देतीं—"काम में लगे रहना ही इसका रहस्य है। निजी जीवन में कठिनाइयाँ तो आती ही हैं। अगर इस बात को स्वीकार कर लिया जाए तो आराम से बैठे रहने का समय ही कहाँ ?"

सुधा रानी के पति महेश जोशी सेवा निवृत्त व्यक्ति थे और साथ ही 'चिर रोगी'

का खिताब भी कमा चुके थे। हाइपर टेन्शन तथा बहुमूत्र रोगी होने के कारण उन्होंने स्वयं को जीवन से विमुख-सा कर लिया था। कॉलेज में पढ़ रही बड़ी बेटी प्रीति और सुधा रानी ही गृहस्थी की गाड़ी चला रहे थे। प्रीति से छोटा एक लड़का था—संजय।

"थोड़ा सुस्ता लें," जया के इस प्रकार कहने पर सुधा मना कर देती, "नहीं एक जगह आधा घंटा चुपचाप बैठी रहूँ तो 'वह' मानों मुझे खाने को दौड़ता है।"

" 'वह' का क्या मतलब ?"

"हाँ···उसे क्या कहा जाए? एक प्रकार का एकान्त-बोध है। लगता है, जैसे मैं बिलकुल अकेली खड़ी हूँ और सामने एक कोने में जड़वत् से मेरे पति बैठे-बैठे तमाशा देख रहे हैं। इसलिए हमेशा दौड़ती रहती हूँ। एक काम से दूसरे काम में उलझी रहती हूँ।" जया को अपनी ओर एकटक निहारते देख उसने पूछा, "तुम घर लौटने पर क्या करती हो ? बच्चों की देख-रेख में ही सारा समय निकल जाता होगा ना ?"

"हाँ, उनके साथ उन्हीं जैसा बनना पड़ता है।" जया ने कहा।

"तुम्हारा कहना ठीक है।" सुधा रानी बोली, "जया मुझे तो लगता है कि एक हद तक हमारी पढ़ाई ही हमें चैन दे सकती है।"

"करेक्ट, अंग्रेज़ी तथा अमरीकी साहित्य के हम जैसे अध्यापकों को हमारी नौकरी एक हद तक समूह से अछूता कर अलग रखती है।"

"हाँ, एक दोराहे की स्थिति है यह। विदेशी मान्यताएँ हमें मानों अपने समुदाय से अलग-सा कर देती हैं। शायद इसीलिए साधारण लोगों की एकान्त भावना हमें और अधिक व्यथित करती है। पर घर पहुँच कर जो समय तुम बालचन्द्र के साथ बिताती हो वह तुम्हारे सूनेपन को कुछ हद तक दूर कर देता होगा ?"

"बाला इंडियन एयरफोर्स के एक बड़े ऑफीसर हैं। उनके चारों ओर बड़ी ही सुचारू रूप से चल रही एक व्यवस्था है। मतलब किस जगह पर क्या होना चाहिए यह सब बड़े ही नियमानुसार होता है। इस व्यवस्था के अनुसार चलने का एक घेरा। उसी तरह घर में भी पत्नी, बच्चे, नौकर-चाकर सभी यथास्थान रहें, तभी उन्हें चैन मिलता है।"

"जब तुम्हारे साथ रहते हैं तब ?"

"तब भी बाला की बातचीत का विषय यही होता है कि दफ्तर में अगला प्रमोशन किसे मिलने वाला है। कौन ट्रेनिंग पर जा रहा है और किसकी कहाँ पोस्टिंग होने वाली है। या फिर वायु सेना की तुलना में नौसेना में काम करने वालों को क्या अतिरिक्त सुविधाएँ प्राप्त हैं।"

"तब साहित्य पर साधारण रूप से, शिक्षा या किसी अन्य ऐसे विषय पर कोई चर्चा नहीं होती।"

"नहीं। उनकी ऐसे विषयों के प्रति कोई रुचि नहीं है।"

"ओह !"

"हाँ सुधा, ले-देकर चर्चा के लिए हमारे पास सिर्फ एक ही विषय है।"

"वह क्या ?"

"हमारे बच्चे या फिर बैंक का बढ़ता बैलेंस।"

सुधा हँस पड़ी।

"इसके बावजूद तुम अपने पति के हर तबादले पर अपनी नौकरी से इस्तीफा देती रही। उनके साथ गृहस्थी निभाने के लिए छोटे गाँवों में बिना नौकरी के रहीं। उस दिन तुम्हारे मुँह से यह सुनकर मुझे लगा कि तुम दोनों में इतना मेल-मिलाप है कि तुम उनसे अलग नहीं रह सकतीं। तुम्हारे पति तुम्हारे लिए एक घनिष्ठ मित्र-सम हैं इसलिए जहाँ-जहाँ उनका तबादला हुआ, वहाँ तुमने उनका साथ निभाया," सुधा बोली।

"नहीं सुधा, सच कहूँ तो बाला और मेरे बीच···कुछ भी नहीं है।" कुछ देर तक वह चुप्पी साधे बैठी रही।

सुधा ने हौले से कहा, "क्या यह सच है? फिर तुमने एक अच्छी जगह में एक अच्छे कॉलेज में नौकरी क्यों न कर ली? तुमने अपनी नौकरी को लेकर बहुत मुसीबतें झेली हैं जया। अगर अकेली रहकर किसी जगह नौकरी कर लेतीं तो अब तक तुम्हारा सर्विस रिकार्ड बन जाता। तुम अपने काम से और अधिक जुड़ी रहतीं। इतनी झंझटें तो न झेलतीं।"

"छिः। सभी झंझट तो है। आप ठीक कहती हैं। मेरे परिवार के कल्चर के मुताबिक मुझे अकेला रहकर काम करने की अनुमति न मिलती। पढ़ी-लिखी विवाहिता लड़की यदि अपने पति से अलग रहकर नौकरी करे तो उसका पति उसे फिर कैसे स्वीकार कर सकता है? ऐसी कठोर मान्यता से आज भी हमारे परिवार की पढ़ी-लिखी लड़कियाँ बाधित हैं। ऐसी लक्ष्मण रेखा को पार कर मेरा नौकरी करना किसी को स्वीकार न था और तो और मेरे माता-पिता को भी नहीं।"

"डॉ. जोशी!"

दोनों ने मुड़कर देखा। दरवाजे पर एक युवती खड़ी थी।

"आओ, अन्दर आओ अखिला!" सुधा बोली।

"कैसी हो? कॉलेज ज्वाइन कर लिया क्या? तुम्हारा बच्चा ठीक तो है ना?"

"सब ठीक-ठाक है मैडम। थैंक यू! यहाँ प्रोफेसर वर्मा से मिलने आई थी। आखिरकार मेरे कॉलेज के प्रिंसिपल ने मेरी दो साल बगैर वेतन के छुट्टी मंजूर कर ली है। पी-एच. डी. के लिए यू. जी. सी. द्वारा दी जा रही स्टाइपेंड अब मुझे मिल सकती है। यह बताने के लिए ही मैं प्रो. वर्मा के पास आई थी। लगे हाथों सोचा, आपका भी धन्यवाद करती चलूँ।"

"किस बात का धन्यवाद?" कहती हुई सुधा मुस्कुराई।

"क्या कहती हैं आप? आपकी मदद और आपके सहयोग से ही मैंने भविष्य के लिए कदम उठाया है। आप मेरी गाइड न सही पर आपने इतने नोट्स देकर जो मेरी मदद की है, उसे मैं कभी भूल नहीं सकती।"

"अच्छा अब मदद नहीं करूँगी।"

"क्या?" सकपकाते हुए उस लड़की ने कहा।

"अब यह तुम्हारी मदद करेंगी। मीट माइ कॅलीग डॉ. जया बालचन्दर। हाल ही में इन्होंने हमारा डिपार्टमेंट में ज्वाइन किया है। कविता के क्षेत्र में यह विशेष योग्यता रखती हैं।"

"नमस्ते मैडम!" खिला हुआ चेहरा। उसने हाथ जोड़कर अभिवादन किया।

"जया, यह श्रीमती अखिला वर्मा हैं। लोरेंटो कॉलेज में अंग्रेजी की प्राध्यापिका। इन्होंने अपने चेयरमेन प्रो. वर्मा की देख-रेख में पी-एच. डी. के लिए रजिस्टर किया है।"

"जानकर बहुत खुशी हुई। मैं जरूर मदद करूँगी।" जया बोली, "पर यदि हमारे चेयरमेन वर्मा को कोई ऐतराज न हो।"

"वर्मा तो हमेशा बिज़ी रहते हैं। हमारे विभाग के अध्यक्ष जो ठहरे।" सुधा रानी बोली।

"हाँ-हाँ आज की कविता की दिशा और तत्‌जनित हो रहे परिवर्तनों के बारे में मैं आपसे जानना चाहूँगी। आपको जब समय मिले तो मेहरबानी कर··· ।"

"मैं जरूर तुम्हारी मदद करूँगी।"

"मुझे तुम्हारा इस तरह कॉलेज से छुट्टी लेकर यू. जी. सी. स्टाइपेंड से पी-एच. डी. करना कुछ ठीक नहीं लगता।" सुधा रानी ने कहा।

"क्या करूँ डॉ. जोशी, मेरा बच्चा अभी तीन महीने का भी नहीं हुआ है। उसकी देखभाल करने और कॉलेज में पढ़ाने के बाद मेरे पास समय या शक्ति कहाँ। फिर मुझे रिसर्च के काम से कभी बाहर भी जाना पड़ेगा। कॉलेज वाले बार-बार छुट्टी नहीं देंगे। इसलिए सोचा कि एक ही साँस में इस काम को पूरा कर लूँ। खर्च निकालने के बाद यात्रा के लिए और किताबें खरीदने के लिए ग्रांट के पैसे ही पर्याप्त होंगे, यह सोचकर ही मैं इस निर्णय पर पहुँची। प्रो. वर्मा भी खुश हुए। बोले, इसी समय शिमला जाकर अच्छी तरह पढ़ाई में जुट जाओ। मैं तुम्हारे जाने और अन्य खर्चे के पैसों के लिए सिफारिश कर दूँगा। इस महीने के अंत में शिमला जा रही हूँ।"

"कितने दिनों के लिए?"

"चार हफ्तों के लिए।"

"और तुम्हारा बच्चा?"

"मुश्किल तो है क्योंकि मैं अभी तक उसे नर्स कर रही हूँ। उसकी देखरेख के लिए [illegible] आया भी साथ लेकर जा रही हूँ। वे लोग कॉटेज का प्रबंध कर रहे हैं। सभी [illegible] है। पहाड़ी क्षेत्र की ठंड बच्चे के लिए भी सेहतमंद होगी। तो मैं चलूँ? उसे दूध पिलाने का समय हो गया है।" कहती हुई दोनों को फिर नमस्ते कर वह चली गई।

"बड़ी सुन्दर है।" जया बोली।

"हाँ और अभी प्रसव के बाद सौन्दर्य और निखर गया है। काम और रिसर्च को

लेकर भी बड़ा उत्साह है।" सुधा रानी ने कहा।

"मुझे दूसरे पीरियड में क्लास लेनी है। मैं चलती हूँ," कहकर जया उठी।

"कल की मीटिंग मत भूल जाना। अगली रिसर्च योजना और अपने विभाग के सेमिनार के बारे में चर्चा करेंगे।" सुधा रानी ने याद दिलाया।

"जानती हूँ। याद रहेगा।" कहती हुई जया कमरे से बाहर निकली।

अध्याय : 3

"इस अन्तरराष्ट्रीय सेमिनार की योजना अच्छी तरह से बनाई जानी चाहिए," प्रो. वर्मा बोले, "मूल और उससे सम्बन्धित विषयों पर भी भली-भाँति सोच-विचार कर लिया जाए। इसका उत्तरदायित्व मैं डॉ. बालचन्दर को सौंपता हूँ। क्यों ठीक है ना?" जया की ओर देखते हुए वह बोले।

"ओके सर!" जया ने कहा।

"सेमिनार का खर्च, यात्रा से सम्बन्धित खर्च, इन सबका एकाउन्ट देखने के लिए डॉ. भास्कर आपका हाथ बटाएँगे। ठीक है?" उन्होंने पूछा।

"ठीक है सर।" भास्कर ने उत्तर दिया।

"आमन्त्रित अतिथि, सेमिनार के मुख्य विषयों का चुनाव, सेमिनार में बोलने वाले वक्ता और इस गोष्ठी में भाग लेने वाले विद्वानों की सूची इत्यादि बनाने और उनको अन्तिम रूप देने में क्या आप मेरी मदद करेंगी डॉ. जोशी?" उन्हंाने पूछा।

"अवश्य!" सुधा रानी ने कहा।

"सर एक निवेदन है!" माला नायक बोली, "आप स्वयं ही पहली सभा की अध्यक्षता करें।"

"नो-नो! वह उचित नहीं!" उन्होंने आनाकानी की। सभी चुपचाप बैठे थे।

"सर उचित क्यों नहीं है?" माला रानी फिर बोली, "आप बोलेंगे तो रंग जमेगा और फिर यह हमारे लिए भी एक गौरव की बात होगी।"

"देखेंगे!" कहते हुए वर्मा ने माला की ओर देखकर मुस्कुरा दिया। उसके बाद मीटिंग समाप्त हो गई।

"आपकी फ्रेंड जया के कारण इस साल आपको सेमिनार की योजना के कार्य से छुटकारा मिल गया।" भास्कर ने सुधा रानी से कहा। उन्होंने उत्तर न दिया।

"हमेशा से आप ही करती आई हैं क्या?" जया ने पूछा, "फिर इस बार भी आप ही करें। आपको जो मदद चाहिए मैं कर दूँगी। इन बातों का मुझे अनुभव नहीं है।"

"नहीं, प्रो. वर्मा के कहे अनुसार ही करते हैं।" सुधा बोली, "एक भी परिवर्तन अपने विभाग के हित में होगा।" हैंडबैग से कार की चाबी निकालकर वह बाहर निकली।

जया को जाने कैसा-कैसा लग रहा था। 'कल प्रो. वर्मा से सीधे मिलकर, उन्हें रागझा-बुझा इस जिम्मेदारी से छुट्टी पानी होगी।' सोचती हुई वह घर की ओर रवाना हुई।

"क्यों क्या आपको स्वयं पर भरोसा नहीं कि आप यह जिम्मेदारी उठा पाएँगी?" प्रो. अनिल वर्मा ने पूछा।

"ऐसा नहीं है सर!" जया बोली, 'मैं तो यह कह रही थी कि डॉ. जोशी पहले से सेमिनार का प्रबंध करती आ रही हैं। सिर्फ इसलिए.... ।"

प्रो. वर्मा ने बीच में ही टोका, "डॉ. बालचन्दर सब यदि ऐसा ही करते रहें, तो दूसरों को सीखने का मौका कैसे मिलेगा?"

"डॉ. जोशी को देखकर भी तो सीखा जा सकता है। मैं तो हाल ही में यहाँ आई हूँ और फिर आगे कितने ही सेमिनार होंगे," जया बोली।

"आपकी बातों से साफ जाहिर है कि आप यह जिम्मेदारी नहीं लेना चाहतीं!" वर्मा बोले।

"नहीं सर, आप जो भी काम देंगे मैं उसे करने को तैयार हूँ और वह मेरा कर्त्तव्य भी है।"

"गुड। तब आप सेमिनार के लिए एक अच्छे विषय का चुनाव कर लीजिए। विषय कुछ ऐसा हो कि तीनों दिन लोगों की रुचि बराबर बनी रहे। आमतौर पर दूसरे ही दिन कार्यक्रम ठप्प हो जाता है और लोग ऊब जाते हैं।"

"मैं अपनी ओर से पूरी कोशिश करूँगी।"

"कोशिश क्यों, कर दिखाइए डॉ. बालचन्दर। इसके लिए केवल पूर्वानुभव ही काफी नहीं, जवानी की उमंग और चिन्तन में कुछ नवीनता भी चाहिए, समझीं?"

"ओह तब तो आप मुझे इस जिम्मेदारी से मुक्ति दें, मेरी उम्र काफी हो चुकी है।"

"ओ कम आन डॉ. बालचन्दर, किसे उल्लू बना रही हैं? कुछ भी हो आप डॉ. जोशी से तो बहुत छोटी हैं, यह तो मानती हैं ना?"

"सर!...."

"इस डिपार्टमेंट को नए खून की आवश्यकता है। हाँ, मैं एक हफ्ते या दस दिनों के लिए अकादमी काउंसिल मीटिंग और वाइवा परीक्षा के लिए बाहर जा रहा हूँ। मेरे लौटने तक एक निश्चित योजना बना लीजिए। फिर एक मीटिंग बुलाकर उसमें चर्चा कर लेंगे।"

"ठीक है सर!"

जया बाहर आई। लम्बे गलियारों से होते हुए उसने सीढ़ियों पर कदम रखा। नया खून चाहिए, तब तो पचास पार हुए वर्मा को पहले हटना होगा। लगता है कि

अपनी ढलती उम्र उन्हें दिखाई नहीं देती। पर यदि एक औरत चालीस पार कर गई तो सबकी आँखों में खटकती है। ये जब काम पर आएँ तो इन्हें अपने चारों और कच्ची कलियाँ चाहिए। चाहे वे फिर छात्राएँ हों या अध्यापिकाएँ। छिः कैसी कमजोरी है।

नीचे विद्यार्थियों के दल इधर-उधर बिखरे थे। उनमें से कुछ ने जया को देख अभिवादन किया। दूर टेनिस कोर्ट में कुछ छात्र खेल रहे थे। पास का फुटबाल क्षेत्र कुछ उत्साही छात्रों से भरा था। विस्तृत कैम्पस, अच्छे प्रतिभाशाली छात्र! सरकारी अनुदान से चलाए जाने के कारण अन्य जगहों की अपेक्षा वेतन भी अच्छा था।

'सालों बाद ऐसी जगह मिली है।' जया ने सोचा।

जोरहाट में किसी ग्रामीण पाठशाला के समान एक छोटा लड़कियों का कॉलेज था। जैसे-तैसे स्वयं को कोसते हुए उसने वहाँ एक वर्ष काटा था। जब सिलचर में थी तो उसे एक स्कूल तक में नौकरी न मिली थी। 'हम असमिया लोगों को ही नौकरी देते हैं। अच्छी असमिया बोलने वाले बंगालियों को ही जब हम नौकरी नहीं देते तो तुम ज़ैसी दक्षिण भारतीय को कैसे मिल सकती है?' उसे उत्तर मिला था।

इतनी मुश्किल से पी-एच. डी. कर लेने के बाद भी घर बैठकर भाड़ झोंकनी पड़ रही है। हर प्रमोशन के साथ जैसे-जैसे बालचन्दर का नई-नई जगहों पर तबादला होता जाता है, मैं उतनी ही फिसड्डी बन रही हूँ। सोचती तो उसे दुःख होता। 'फिर तुमने किसी एक अच्छी जगह कॉलेज में नौकरी क्यों न कर ली।' ठीक ही तो प्रश्न किया था सुधारानी ने। प्रश्न, जिसका कोई उत्तर नहीं। सड़क पर पहुँचकर उसने एक स्कूटर पकड़ा और घर की ओर रवाना हुई। रास्ते भर वह ऑटो के झटके खाती रही। इस बड़े शहर में कम-से-कम उसकी नौकरी तो बनी रहनी चाहिए। सोचकर उसका मन बड़ा बेचैन हो गया। अभी तो वह प्रोबेशन पर है। किसी तरह कनफर्मेशन हो जाए। कम-से-कम यहाँ चैन से रह सकूँ। पर प्रो. वर्मा तुम मेरी शांति छीनने पर क्यों तुले हो?

अध्याय : 4

यद्यपि उसका क्षेत्र कविता का था फिर भी जया के लिए सदा कविता में डूबे रहना संभव नहीं था। उसे दो बड़ी कक्षाओं में समकालीन काव्य की आलोचना के संबंध में पढ़ाना था। इसके लिए एक सुनिश्चित योजना बनाकर वह आलोचना के नए आयामों से संबंधित ग्रंथों में डूब गई। यह विषय और साहित्य का इतिहास चेयरमेन वर्मा को मिलाकर पाँच लोग पढ़ा रहे थे। भाषा-विज्ञान पढ़ा रहे भास्कर तथा माला नायक को कम कक्षाएँ मिली हुई थीं।

इस शताब्दी के साठोत्तरी साहित्य में हो रहे परिवर्तन तथा नए आयामों को लेकर जब भी जया चर्चा करती तो सुधा उसमें पूरे उत्साह से भाग लेती थी, पर माला नायक इस प्रकार की चर्चा से ऊब जाती। साहित्यिक आलोचना से अधिक नई साड़ियों के डिजाइन, पार्टियों का आयोजन, नए-नए काकटेल पेयों को तैयार करने की विधियों में उसकी ज्यादा रुचि थी। पर इन कुछ दिनों से सुधा ने भी जया से चर्चा करना छोड़ दिया था। जया की किसी भी बात में वह भाग न लेती। क्या कारण हो सकता है? घर में बीमार पति की चिन्ता सता रही है या फिर अकेली जो गृहस्थी चला रही है, उसकी थकान है? पर देखने में कितनी प्रफुल्ल और फुर्तीली दिखाई देती है। क्या अल्मोड़ा जैसे पहाड़ी प्रदेश के सभी निवासी सुधा की ही तरह असाधारण सौन्दर्य और ओस की शीतलता जैसा चेहरा लिए हुए होते हैं? सौन्दर्य के साथ-साथ एक असाधारण बुद्धि भी थी सुधारानी में। उनकी कक्षा के छात्रों ने भी उससे कहा था, "हमारी भलाई तथा उन्नति में अगर किसी की रुचि है तो वे डॉ. जोशी ही हैं।" उनके मन में भी मेरी तरह ही डॉ. जोशी के प्रति कितना गर्व! पर सुधा रानी न जाने क्यों, कहीं दूर चली गईं? क्या हो गया?

शांत भाव से बैठी अकेली सुधा रानी कुछ जाँच रही थीं। माला नायक अपने अगले पीरियड की तैयारी में एक किताब के पृष्ठों को इधर-उधर पलट रही थी। घंटी बजते ही वह उठकर चल दी। स्टॉफ रूम में दूर बैठे कुछ चाय पी रहे थे।

"बहुत बिज़ी हो क्या सुधा?" जया ने हौले से पूछा।

"बहुत काम है। इन्हें पूरा करना है।" बिना सिर उठाए हुए सुधा बोली।

"आपके लिए चाय का आर्डर दूँ?" जया ने पूछा।

"हुम ?"

"साथ में खाने के लिए कुछ ?"

"नहीं !"

"प्लीज सुधा, क्या मेरी खातिर भी आप नहीं खा सकतीं।" एक क्षण के लिए उठे सुधा रानी के चेहरे को देखकर जया की हँसी बिखर गई। उस हँसी से मानो उसका सारा चेहरा खिल उठा।

"ठीक है मेरे लिए बोंडा मँगवा दो, और तुम ?"

"मैं भी वही खाऊँगी, ए छोटू।" जया ने कैंटीन के उस छोटे बालक को आवाज दी। सुधा फिर सिर झुकाकर जाँचने में लग गई। उसकी ओर टकटकी लगाकर देखती हुई जया को लगा मानो वह किसी मूर्ति को देख रही है। अपने-आपको भुलाकर काम कर रही इसके पास शांति का कैसा वशीकरण है ? ऐसी सुन्दर और विदुषी को महेश जैसा एक पति मिला है। कैसा मूर्ख है जो इस सौभाग्य को भी नहीं समझ पाता। दूसरी ओर प्रिंसिपल वर्मा ! कैसी बेतुकी बातें करते हैं। इनके उम्र के अधिक होने की बातें कर रहे थे, कह रहे थे कि यह मेहनती नहीं हैं, नई उमंग नया उत्साह नहीं। खुद तो पचास लाँघ चुके हैं। क्या उनकी उम्र नहीं ढली ? ओ अब बातें स्पष्ट हो रही हैं। क्या यह मुझसे इस कारण दूर रहने लगी हैं कि इनके द्वारा वर्षों से किए गए काम की जिम्मेदारी अब मुझ पर सौंप दी गई है।

बोंडा और कोल्ड ड्रिंक आ गए। सुधा ने चुपचाप खाया।

"आपके लिए एक और कप चाय डाल दूँ ?" जया ने पूछा।

"नहीं····तुम लो।"

"बात क्या है सुधा ? आप कुछ उखड़ी-उखड़ी-सी जान पड़ती हैं। क्या मुझसे भी नहीं कह सकतीं ?"

"कहने के लिए तो कुछ भी नहीं, बस जरा-सी थकावट है।"

"फिर कुछ दिनों की छुट्टी ले लीजिए।"

"यही मैं भी सोच रही थी। सोचा, दो दिन की छुट्टी ले लूँ। पर प्रो. वर्मा अपना सारा काम मेरे सर पर लादकर बाहर चले गए हैं। हमेशा की ही तरह मुझे एक्टिंग प्रिंसिपल की जिम्मेदारी सँभालनी होगी।"

"फिर बाहर चले गए ?"

"इसमें कौन-सी नई बात है ? हमेशा ही ऐसा करते हैं। एक्जामिनरशिप, वाइवा, इंटरव्यू, फलाना-ढिमका कहकर टूर प्रोग्राम बनाकर यहाँ-वहाँ घूमते हैं। यहाँ मैं गधे के समान सारे कामों का बोझा ढोते हुए उनका काम पूरा करती हूँ।" थके स्वर में वह बोली।

"यह तो सरासर अन्याय है।"

"हाँ, मैने तो यहाँ तक सुना है कि कुछ विद्यार्थियों ने वर्मा को एबसेन्ट प्रोफेसर

का खिताब भी दे रखा है।" सुधा ने कहा।

जया हँस पड़ी।

"साथ में मुझे भी एक खिताब मिला है, ऐसा भी सुनने में आया है।" सुधा ने बात जारी रखी।

"अच्छा, कहो क्या नाम है ?"

"परमेन्टली आफिशिएटिंग हेड।" जया की हँसी में हँसी मिलाती हुई सुधा बोली।

चलो कम-से-कम चेहरे पर हँसी तो फूटी, सोचती हुई जया ने सारा साहस बटोरकर पूछा, "सच कहिए सुधा, आप मुझसे नाराज हैं क्या ?"

"तुम पर क्यों ? जया अचानक तुम्हें यह क्या हो गया है ?"

"सेमिनार की जिम्मेदारी प्रो. वर्मा ने मुझे सौंपी है, इस काम को मैं आपके समान सुचारू तथा व्यवस्थित ढंग से नहीं कर सकती। आप मुझसे यह जिम्मेदारी वापस ले लें प्लीज़ !"

सुधा खिलखिला दी, "तो इस बात को लेकर तुम अन्दर-ही-अन्दर घुट रही हो। जया तुमने इस बात को इतना सीरियस ले क्यों ले लिया है। तुम्हें इस काम में जो भी मदद चाहिए मैं, भास्कर, माला···· वह····अरे उसका नाम क्या है ? वही जो हाल ही में आया है····देशपांडे, हम सब तुम्हारा हाथ बटाने को तैयार हैं। इस जिम्मेदारी को एक चुनौती मान कर पूरा कर डालो। हिम्मत क्यों हारती हो ?"

"हिम्मत की बात नहीं। वे वर्मा····वो ····आप।"

"देखो जया, अपने विभाग में सभी को आगे आने का अवसर मिलना चाहिए।" मारे शर्म के जया मानो सिकुड़-सी गई। उसी समय दरवाजे पर दो बार दस्तक हुई।

"मे आई कम इन।"

दोनों ने मुड़कर देखा। अखिला शर्मा।

"अरे इस बीच तुम वापस भी लौट आईं ?" सुधा ने आश्चर्य भरे स्वर में कहा। अख़िला शर्मा ने दोनों का अभिवादन किया।

"अरे, तुमने तो कहा था कि तुम चार हफ्तों के लिए शिमला जा रही हो। बीच में एक छोटी छुट्टी बचाने आई हो क्या ?" सुधा रानी ने पूछा।

"जी नहीं, मैंने ट्रिप रद्द कर दी, मेरे बच्चे की तबीयत ठीक नहीं।"

"ओ हो, क्या हुआ ? तुम तो साथ एक आया भी ले गई थीं ना ?"

"दमा जैसा होने लगा था। शिमले में कोई बड़े डाक्टर या अस्पताल की सुविधा नहीं है।"

"पर तुम्हारा काम तो रुक गया।" जया बोली।

"आपका कहना ठीक है मैडम। परन्तु इस हालत में अपने बच्चे राजा को छोड़कर कैसे रह सकती हूँ और फिर मैं अभी तक उसे नर्स करती हूँ।"

"खैर जाने दो। यहीं अच्छी तरह मेहनत करो। बच्चे राजा की तबीयत ठीक हो जाने पर फिर बाहर चली जाना।" जया ने दिलासा देते हुए कहा।

"पता नहीं क्या करूँगी।" कहती हुई अखिला को देखकर बड़ा दुःख हो रहा था।

"अच्छा मैडम, मैं चलती हूँ यहाँ लाइब्रेरी आई थी।" कहती हुई वह बाहर निकल गई।

"बेचारी। छोटे बच्चे के साथ पी-एच. डी. करने में कितने दुःख उठा रही है।" सुधा रानी बोली।

"क्यों। हम सभी शादी-शुदा औरतों ने इसी प्रकार कष्ट झेले हैं। एक हाथ में बच्चा और दूसरे हाथ में थीसिस को लेकर···।" कहती हुई जया को किसी ने टोका।

"क्या हो रहा है ? फिर से गृहस्थी की राम कहानी !"

आवाज स्टाफ रूम में प्रवेश करती माला नायक की थी।

"तुम समझदार हो, शादी के झमेले में ही नहीं पड़ीं।" सुधा बोली।

"अभी तक नहीं, कहिए।" उनकी बात ठीक करते हुए माला ने कहा।

"ऑफ कोर्स, यही कहना चाह रही थी कि अब तक नहीं की !" सुधा ने उठते हुए कहा।

अध्याय : 5

"सेमिनार की तैयारियाँ कैसी चल रही हैं ?" प्रो. वर्मा ने पूछा।

"एक सभा के वक्ताओं के लिए कुछ बड़े नाम चुन रखे हैं। आपको दिखाती हूँ," जया ने कहा, "उपसभाओं में बोलने के लिए कुछ नए वक्ताओं की जरूरत है। पिछले दशक के विद्वानों तथा आलोचनात्मक निबंधकारों के नामों की सूची मैंने बना ली है। आपसे विचार-विमर्श करने के बाद सूची को अन्तिम रूप दे देंगे।"

"गुड ! मुख्य अतिथि के रूप में किसे बुलाएँ, इस बारे में कुछ सोचा आपने ?"

"एक-दो नाम तो सोच ही रखे हैं।"

"ठीक है। अरे मैं तो भूल ही गया। डॉ. जोशी, मेरी कक्षाएँ कैसी चल रही हैं ?"

"सब ठीक ही चल रहा है। साहित्य के इतिहास के दो अध्यायों की कक्षाएँ मैंने सँभाल ली हैं।"

"आपका बहुत धन्यवाद। मुझे क्षमा करें डॉ. जोशी। जब भी मैं बाहर जाता हूँ, आप पर सारे काम का भार डालना पड़ता है। अपनी सीनियरिटी के लिए आपको कितनी मुश्किलें उठानी पड़ रही हैं, वह देख रही हैं ना ?" कहते हुए वे हँसने लगे।

सुधा रानी ने कोई उत्तर न दिया।

"हाँ, इन सब कामों में हो रहे पैसों की व्यवस्था कैसी है ?"

"नहीं जानती प्रोफेसर, मेरा ख्याल है, इसके लिए डॉ. बालचन्दर ने कोई योजना बनाई होगी।"

"हुम, मैंने ही तो मीटिंग में उन पर वह जिम्मेदारी सौंपी थी। आप दोनों में गहरी दोस्ती है, इसलिए सोचा कि आपको पहले से ही कुछ बताया होगा, इसलिए आपसे पूछा।"

"नहीं डॉ. वर्मा !"

"आई सी ! तब आप उनकी मदद कीजिए। वह अनुभवहीन हैं। शी इज रॉ और आप अनुभवी हैं।"

"जया के कहे बिना मैं हस्तक्षेप करना नहीं चाहती प्रोफेसर !"

"छिः-छिः यह कोई हस्तक्षेप करना नहीं, सीनियर होने के नाते पूछ-ताछ करने का आपको पूरा अधिकार है। डॉ. बालचन्दर हमारे विभाग में नई-नई आई हैं। उन्हें भी

विभाग के कामों में भाग लेना चाहिए। यह सोचकर ही मैंने यह काम उनके सुपुर्द किया है। वैसे मुझे आप पर ही, पूरा भरोसा है। आपके विवेक, आपके विचार और अनुभवों के कारण कमाए हुए आपके सयानेपन पर मुझे पूरा विश्वास है। पिछले इतने सालों में मैंने आप पर विश्वास करके ही तो इतने बड़े सेमिनारों के लिए हामी भरी।

"अब जो बात आपसे कहने जा रहा हूँ, उसे कृपया अपने तक ही रखें डॉ. जोशी। हमारे विभाग में कुछ लोगों को जवानी जैसा एक भ्रम रोग लगा है। यह भ्रम उन्हें आगे बढ़ने से रोकता है, विकास की गति कम करता है। इन सबों के बीच केवल आप ही सबसे अलग सिर ऊँचा किए खड़ी हैं। मैं सच कहता हूँ।"

"प्रोफेसर?"

"मेरी बातों का यकीन कीजिए डॉ. जोशी, अ···क्या मैं आपको सुधा कहकर बुला सकता हूँ।"

"आपकी मर्जी।"

"यह क्या। अगर आप नहीं चाहतीं तो मैं आपका नाम लेकर कैसे बुला सकता हूँ। मैं भी इतने सालों से आपकी अनुमति की प्रतीक्षा कर रहा हूँ।"

"सर आप बेकार ही इस बात को इतना तूल दे रहे हैं। ठीक है, अब मैं चलती हूँ।"

"अच्छा चलिए—हाँ, एक और बात···"

"क्या है सर?"

"डॉ. बालचन्दर पर नजर रखिएगा। उनका काम कैसा चल रहा है, विद्यार्थियों के साथ उनका कैसा व्यवहार है, समय पर कक्षा में जाती हैं या नहीं। उनके जाने बगैर उन पर ध्यान रखिएगा, यह मेरी प्रार्थना है। वह नई हैं। शी इज़ स्टिल रॉ, मुझे इतना समय नहीं मिल पाता कि मैं अब उन पर निगाह रखूँ।"

बिना कोई उत्तर दिए सुधा रानी कमरे से बाहर हो गई।

"सर आपने बुलाया?"

"हाँ। बैठिए डॉ. भास्कर! यह बात आपको भी मालूम होगी। भाषा-विज्ञान में हमारे विभाग में एक सहायक प्रोफेसर की जरूरत है। हमने विज्ञापन दे दिया है। जहाँ तक हमारी बात है यह पद आपका ही है। पर इस बात को राज ही रहने दिया जाए। विश्वविद्यालय के फार्म पर रजिस्ट्रार को औपचारिक रूप से एक आवेदन पत्र डाल दीजिए। संभवतः दो महीने के अन्दर-अन्दर इंटरव्यू भी हो जाएँगे।"

"अवश्य, आज ही फार्म लेकर अर्जी भेज देता हूँ सर। बहुत धन्यवाद। पर मिस माला नायक तथा नए देशपांडे भी भाषा विज्ञान में···।"

"नो-नो डॉ. भास्कर, माला नायक ने एम. ए. की परीक्षा में केवल दो पेपरों के लिए भाषा-विज्ञान पढ़ा था, हाल ही में एम. फिल. समाप्त कर आगे की योजना बना रही हैं। मिस नायक बहुत ही कमजोर केस हैं। केवल आप ही ने भाषा-विज्ञान में विद्वता प्राप्त

कर कई लेख तथा आलोचनात्मक निबन्ध प्रकाशित किए हैं।"

"हाँ यूँ ही थोड़ी बहुत किया है। कोई खास कहने लायक नहीं।"

"इंटरव्यू के लिए अच्छी तैयारी कर आइएगा। कई स्थानों से अनेक अच्छी-अच्छी अर्जियाँ आएँगी। इंटरव्यू में आत्मविश्वास से उत्तर दीजिएगा। मैं चाहता हूँ कि यह पद आपको मिले।"

"बहुत धन्यवाद सर! मैं अपनी ओर से पूरी कोशिश करूँगा। वो जो हाल ही में आए हैं देशपांडे, वे भी भाषा-विज्ञान में.... ।"

"डॉक्टर भास्कर, क्यों चिन्ता करते हैं? जैसा मैं पहले ही कह चुका हूँ, यह पद आपका ही है। देशपांडे बहुत ही नए हैं। अनुभव भी कम है। भाषा-विज्ञान में अधिकार रखने के बावजूद उन्होंने अभी तक अपनी पी-एच. डी. की थीसिस समाप्त नहीं की है।"

"आपके इस सम्मान के लिए बहुत धन्यवाद सर!"

"हाँ, साहित्य के क्षेत्र में भी सहायक आचार्य के पद के लिए विज्ञापन दिया है। मुझे देखने का मौका मिला। उसमें भी 'एक ही' पद है। वह भी यदि बाहर वालों को न मिलकर अपने ही विभाग के शिक्षकों को मिले तो अच्छा होगा।"

"हाँ सर, अपने डॉ. जोशी के समान योग्य बाहर से आने वालों में से भी कोई न होगा, यह पक्की बात है।"

"लगता है आप डॉ. जोशी के पंखे हैं? अगर हों तो भी इसमें कोई आश्चर्य नहीं। डॉ. जोशी के व्यक्तित्व में एक आकर्षण शक्ति है।" डॉ. वर्मा बोले।

"वही नहीं सर, एक अद्‌भुत बुद्धि भी है।"

"आप तो सचमुच एक पक्के चहेते हैं। देखते हैं....क्या होता है! मेरी भी इच्छा है लेकिन, सब कुछ तो मेरे हाथ में नहीं। मेरी एक छोटी-सी सहायता करेंगे?"

"क्या सर?"

"जब हो सके डॉ. बालचन्दर से कहिएगा कि वह मुझसे मिल लें।"

"कह दूँगा सर।"

अध्याय : 6

"आइए बैठिए।"

'थैंक यू सर!"

"हाँ....तो काम कैसा चल रहा है? यह यूनिवर्सिटी आपको कैसी लगी?"

"बहुत अच्छी सर! यह मेरी खुशनसीबी है कि मुझे यहाँ नौकरी मिली। थैंक यू!" जया बोली।

"सेमिनार के कार्यक्रम, उसमें होने वाली चर्चा के विषयादि की जो योजना आपने बनाई है, उसे मैं देख चुका हूँ," प्रो. वर्मा बोले।

"सब ठीक तो है। सर, बस यह समझ लीजिए कि मैंने कुछ कोशिश की है। यह मेरा पहला प्रयास है इसलिए संभवतः इसमें कुछ कमियाँ रह सकती हैं।"

"कैसी कमियाँ? आपकी योजना तो बहुत बढ़िया है। कितनी बारीकियों से विषयों को चुना है। फाइन वर्क।"

"थैंक यू सर। बहुत धन्यवाद।"

"देखा आपने? मेरा अनुमान बिल्कुल सही है। जवान खून हो तो काम में भी फुर्ती आती है और सभा में भी रौनक।"

"सर आप मुझे जवान खून की श्रेणी में नहीं रख सकते। मैं पैंतीस पार चुकी हूँ," कहकर उसने आक्षेप किया।

"तो क्या हुआ? पर चवालीस से तो कम ही है ना?"

"प्रोफेसर इसमें कौन-सा बड़ा अन्तर है?" कहती हुई जया का चेहरा तमतमा उठा। भला आदमी उम्र-उम्र को लेकर क्यों रो रहा है मानो औरतों की उम्र का बढ़ना कोई बीमारी हो। मानो कोई बड़ा अपराध हो, जिसके लिए उन्हें दंड मिले। कुछ वर्षों बाद मेरे बारे में भी तो इसी प्रकार कहेंगे। उम्र का बढ़ना तो प्रकृति का नियम है, जिसे कोई टाल नहीं सकता। हम इन्हीं की बात ले लें। उम्र तो इनकी भी लगभग पचास की है, फिर यह किस मुँह से अपने से कम उम्र की औरतों के बारे में बार-बार तीखा व्यंग्य करते हैं।

"कल अथवा अगले हफ्ते इस सेमिनार पर चर्चा होगी। फिर निश्चित योजना कर लेंगे," प्रो. वर्मा बोले।

"ठीक है सर!"

"खैर, इस बात को छोड़िए। आपसे एक जरूरी बात करनी थी। हमारे विभाग को साहित्य के लिए एक सहायक आचार्य की आवश्यकता है। हमने इसके लिए पेपर में भी विज्ञापन दे दिया है। आपने देखा?"

"हाँ सर, देखा था।"

"आप भी औपचारिकता निभाने के लिए एक अर्जी डाल दें।"

"मैं!"

"क्यों?"

"विज्ञापन सहायक आचार्य के पद के लिए था और वह तो डॉ. सुधा रानी जोशी के लिए ही होगा ना? वही तो हम सबसे सीनियर हैं और हम सबसे अधिक योग्यता भी रखती हैं," जया बोली।

"देखिए डॉ. बालचन्दर, आप फिर वही गलती दुहरा रही हैं। इस पदवी के लिए आप जैसे कम उम्र वाले की जरूरत है।"

हे ईश्वर! यह आदमी क्यों इस तरह ऊटपटाँग बातें करता है, मानो किसी भी कार्य के लिए कम उम्र का होना ही सबसे बड़ी योग्यता हो। शिक्षा, मेहनत, कार्य, कौशल कुछ भी नहीं। इन्हें हो क्या गया है!

"सर, मुझे इतना अनुभव नहीं। पहली बार कॉलेज की देहरी लाँघ कर यूनिवर्सिटी की ड्योढ़ी में कदम रखा है।"

"आपकी यह विनम्रता ही मेरे दिल को छू जाती है, लेकिन आपका यह संकोच कहीं आपको पीछे घसीट कर आपकी प्रतिभा को खिलने से रोक न दे। थोड़े-बहुत अनुभव की कमी है तो क्या हुआ? काम में आपका लगाव और आपका रुझान तो गहरा है। बस यही तो चाहिए।"

"सर! मैं अन्य प्राध्यापकों की तुलना में खास कर डॉ. जोशी की तुलना में तो बहुत ही कम अनुभवी हूँ। मैंने हमेशा छोटी जगहों में काम किया है।"

"सच कहता हूँ आपकी सहजता और बातों की सरलता का मैं कायल हूँ डॉ. बालचन्दर। एक प्रोफेसर तथा इस विभाग के अध्यक्ष की हैसियत से मैं कहता हूँ कि आप सहायक प्रोफेसर की इस पदवी के लिए अवश्य प्रार्थना पत्र दें। आपमें इस पदवी हेतु सभी योग्यताएँ हैं। अब इसके बाद भी यदि मैं कुछ बोलूँ तो वह शोभा नहीं देता।"

"ठीक है सर, आपके कहे अनुसार ही करती हूँ। धन्यवाद!" कहती हुई जया उठी।

मन में उफनती उत्तेजना और क्रोध को शांत करने के बाद वह स्टाफ रूम में घुसी।

वहाँ भास्कर कुछ और लोगों के साथ बैठा बातें कर रहा था।

अध्याय : 7

"क्या किया जाए ? देखा जाए तो यह विज्ञापन केवल आपके लिए ही दिया गया था। इस सहायक प्रोफेसर की पदवी भी आपके लिए ही सुरक्षित रखी है। फिर भी विश्वविद्यालय के नियमानुसार आपको भी अन्य लोगों के समान फार्मल ढंग से आवेदन-पत्र देने की औपचारिकता तो निभानी ही होगी। मेरा आग्रह है कि आप इसे जल्दी ही निपटा लें," प्रो. वर्मा बोले।

"हुम ?" बिना किसी उत्साह के सुधा रानी बोली।

"आपकी मनःस्थिति मैं भली-भाँति समझ सकता हूँ, डॉ. जोशी। आपकी विद्वता और आपके काम को देखते हुए यह पद आपको चार वर्ष पहले ही मिल जाना चाहिए था। खैर विश्वविद्यालय के सभी काम तो ढीले-ढाले होते ही हैं। सिंडिकेट की अनुमति, केन्द्रीय सरकार से आ रही धनराशि के लिए इधर-उधर निर्णय लेने में देर तो हो ही जाती है।"

बदमाश, कितनी सरलता से झूठ बोल गया। चार साल पूर्व भी इसी पदवी के लिए आवेदन-पत्र देकर अच्छी तरह इंटरव्यू लेने के बाद भी इसने कैसी चालें चलीं थीं कि मुझे यह पद न मिले। प्रोफेसर की पदवी पर आ जाने के बाद इसके हाथों में जो अधिकार आ गए थे, उनका निस्संकोच प्रयोग इसने किया। सामने तो चिकनी-चुपड़ी बातें बनाता है और मुड़ने पर पीठ पर छुरा भोंककर खून पीने वाला है यह !

चुनाव-समिति के एक प्रो. ने मुझसे चुपके से कहा भी था, "वर्मा अपने और अंग्रेजी विभाग में काम कर रहे अन्य लोगों के बीच दूरी रखना चाहते हैं। आपको यदि सहायक प्रोफेसर का पद मिल गया तो नौकरी की दृष्टि से आप उनके और करीब होंगी। फिर वहीं आप प्रोफेसर न बन जाएँ, इस बात का उन्हें बेहद डर है। सच में आपकी विद्वता, आपकी परिपक्वता और आपके सुन्दर पढ़ाने के ढंग आदि से वह बहुत ही भयभीत है। हमारे व्यवसाय में चिकनी-चुपड़ी बातें बनाना ही महत्त्वपूर्ण हो गया है। आपकी पर्सनैलिटी ही आपकी दुश्मन बन गई है। जहाँ तक वर्मा का सम्बन्ध है, वह आपको एक साधारण अध्यापक की सीमा में ही बाँधकर रखना चाहते हैं।"

नौकरी में दोनों के बीच दूरी रखना चाहता है पर यह दूरी यह बेशर्म आपसी व्यवहार में नहीं रख पाता।

"मैं सोच रही हूँ कि कहीं बाहर सहायक प्रोफेसर के पद की कोशिश करूँ," सुधा रानी बोलीं।

"क्या कहती हैं आप? कहीं बाहर?" वर्मा बोले, मानो आश्चर्य में डूबे हों।

"प्लीज़, ऐसा कुछ मत कीजिए।"

"फिर क्या करूँ? मेरे पति महेश की नौकरी नहीं है। घर की जिम्मेदारी मुझ पर है। यहाँ इतने सालों से काम कर रही हूँ, परन्तु प्रमोशन नहीं मिला।"

"डॉ. जोशी, पिछले कुछ वर्षों में जो कुछ हुआ मुझे उसका सच में बहुत खेद है।"

वर्मा की तरफ उसने आश्चर्य से देखा। गले में भरभराहट और शब्दों में चिकनाहट! अन्ततः खेद से भर उठने वाली आत्मा भी क्या वर्मा के अन्दर है?

"डॉ. जोशी, आप हमारे विभाग की एक अच्छी विदुषी, परिपक्व विचारोंवाली और अनुभवी अध्यापिका हैं। सब आपकी इज्जत करते हैं। मैं भी पिछले कई सालों से सिंडिकेट के पीछे पड़ा हूँ कि इस पदवी के लिए विज्ञापन दिया जाए। पर विश्वविद्यालय में सभी कुछ तो धीरे-धीरे होता है। मैं फिर कहता हूँ कि हमारे विभाग को आप जैसों की ही जरूरत है डॉ. जोशी, बहुत ही जरूरत है, चाहे कोई कुछ भी कहे।"

"क्या? कोई कुछ भी कहे का मतलब? आप क्या कह रहे हैं डॉ. वर्मा?"

"कुछ नहीं, छोड़िए। कानों में खुसुर-फुसुर पड़ती हुई बातों पर कौन ध्यान देता है?"

"ऐसा क्या हुआ प्रोफेसर, जरा खुल कर कहिए।"

"यहाँ कुछ लोग बिना सोचे-समझे यह कहते फिर रहे हैं कि आपकी उम्र अधिक हो रही है," वर्मा बोले।

"ठीक ही तो कह रहे हैं। वास्तव में मेरी उम्र बढ़ ही तो रही है, इसमें सन्देह कैसा?"

"बहुत खूब, आपके बारे में कोई ऐसा अनाप-शनाप बोले तो मुझे इतना गुस्सा आता है और आप हैं कि····"

"ऐसा क्या कह दिया प्रोफेसर? मुझसे कुछ मत छिपाइए।"

"और कोई ऐसा कुछ कहता तो कुछ न था। पर आपकी कलीग···नहीं-नहीं, आपकी अन्तरंग मित्र के समान व्यवहार करने वालों में से एक····"

सुधारानी का सिर चकराने लगा। साँस भर उठी। अपने आपको काबू में रखते हुए पूछा, "ऐसा क्या कह दिया? क्या मैं भी सुन सकती हूँ?"

"शौक से, हम दोनों के बीच दुराव-छिपाव कैसा? बढ़ती उम्र के कारण आपका ध्यान काम में नहीं लगता। कह रही थीं कि आप किसी तरह अपने को घसीट कर लाती हैं। पीरियड में आप काम नहीं जाँचतीं और एक तरह से आपके सभी कामों में ढिलाई है। सब कुछ आपसे इतनी जूनियर डॉ. बालचन्दर के मुँह से सुनना पड़ेगा, ऐसा मैंने

सोचा भी नहीं था," आवाज को नीचे करते हुए डॉ. वर्मा बोले।

"इम्पासिबल ! जया कभी ऐसा नहीं कह सकती।"

"मैंने भी ऐसा ही सोचा था डॉ. जोशी। मुझे स्वयं अपने ही कानों पर विश्वास न हुआ। इसके पहले मैंने उनके मुँह से ऐसी ऊलजलूल बातें नहीं सुनी थीं। देखा आपने, ऊँचा पद प्राप्त करने की प्रतिस्पर्धा में मनुष्य का मन किस तरह अचानक बदलता है।"

"क्या ? जया ने इस पद के लिए आवेदन पत्र दिया है ? मुझे तो इसका पता न था।"

"हाँ, जिद करके उन्होंने भी आवेदन-पत्र दिया है। मैंने उन्हें बहुत समझाया, रोकने की कोशिश की।"

"उससे क्या डॉ. वर्मा ? पदवी के योग्य सभी आवेदन-पत्र दे सकते हैं। जया ने आवेदन-पत्र देकर कोई बड़ा अपराध तो नहीं किया," सुधा रानी बोली।

"आप सचमुच बहुत महान् दिल वाली हैं, यह जानकर भी कि उन्होंने आपके विषय में ऐसी-ऐसी बातें कीं। खैर छोड़िए कुछ नहीं होने वाला। जहाँ तक हमारी बात है, यानी हमारे सहयोगी और अकादमी काउंसिल द्वारा यह पदवी आपके लिए खासकर सुरक्षित रख दी गई है। यह राज़ की बात है। इसलिए इस बात को ध्यान में रखते हुए मैंने डॉ. बालचन्दर के रास्ते में रुकावट नहीं डाली। परन्तु पद के लालच में यदि उन्होंने मेरी कही बात पर ज़रा भी····" सुधा रानी कुर्सी से उठ खड़ी हुईं।

"एक बात और डॉ. जोशी। मैं फिर दस-पन्द्रह दिनों के लिए बाहर जा रहा हूँ। हमेशा की तरह डिपार्टमेन्ट की अच्छी तरह देखभाल कीजिए। मुझे कुछ कहने की जरूरत नहीं, फिर भी यह मेरी प्रार्थना है। मेरा पी.ए. वही मिश्रा, उससे अच्छा काम लीजिएगा। बड़ा आलसी है। अगर छुट्टी माँगे तो हाँ मत कीजिएगा।"

" "

"यह क्या डॉ. जोशी ? आप इस तरह परेशान हो गईं ? इतने साल हम दोनों ने साथ मिलकर काम किया है, इसलिए आपसे दिल खोलकर सच्ची बात कह दी। मुझे माफ कर दीजिए। पर फिक्र न करें। इस विभाग में आपको छोड़ और कोई दूसरा इस पद पर नहीं आ सकता। यह पक्की बात है।"

सुधा रानी कमरे से बाहर आईं।

"गुड ईवनिंग मैडम !" मुस्कुराती अखिला शर्मा सामने खड़ी थी।

"कैसी हो अखिला ? देखे बहुत दिन हो गए।"

"अच्छी हूँ मैडम। इस महीने कलकत्ते की नेशनल लाइब्रेरी जा रही हूँ। सुना है बड़ी विशाल लाइब्रेरी है। अनेक विषयों की दुर्लभ किताबें मिलती हैं," कहते हुए अखिला की आँखें चमक उठीं।

"हाँ, बड़ी अच्छी जगह है। मैं भी एक-दो बार नेशनल लाइब्रेरी गई हूँ। अपने आपको भुलाकर किताबों में डूब सकते हैं, ऐसी भरी-पूरी जगह है। चारों तरफ हरियाली

से भरा बेलवेडर एस्टेट है," सुधा रानी बोलीं।

"कलकत्ता में काम खत्म करने के बाद हैदराबाद सेन्टर जाने का इरादा है। उसके बाद वापस लौटूँगी," अखिला बोली।

"ओह, हैदराबाद का काम भी खत्म करके लौटने वाली हो?"

"जी हाँ, मैडम। मुझे जल्दी ही खत्म कर लेना चाहिए, क्योंकि यदि आगामी सत्रीय वर्ष के अन्दर यदि मैंने यू. जी. सी. द्वारा दिए गए यात्रा भत्ते का उपयोग नहीं किया तो वह लैप्स हो जाएगा। मुझे यात्रा के लिए जो पैसा मिलेगा वह बेकार हो जाएगा ना? इसलिए जा रही हूँ।"

"हो आओ। इस बार भी बच्चे को साथ लेकर जा रही हो क्या?"

"नहीं मैडम। राजीव थोड़ा बड़ा हो गया है। मेरे सास-ससुर आए हुए हैं। वह उसे सँभाल लेंगे। मैडम आपने डॉ. बालचन्दर को देखा? उनसे कुछ पूछना था। स्टाफ रूम में तो नहीं हैं। क्या इस समय उनकी कोई क्लास है?"

"मुझसे क्या पूछती हो? क्या मैं उनका टाइम टेबल लिए फिरती हूँ?" सुधा रानी के स्वर ने अखिला को स्तब्ध-सा कर दिया।

अध्याय : 8

घर पहुँचते ही सुधा रानी का बेटी प्रीति से सामना हुआ, "यह क्या माँ ? आपने कहा था कि आज जल्दी ही घर लौटेंगी ? बहुत लेट हो गये हैं। चलिए जल्दी चाय पीकर निकलते हैं। छः बजे वहाँ रहना है।"

"ठीक है, संजय कहाँ है ?"

"नहा रहा है। वह भी हमारे साथ चल रहा है," हड़बड़ाते स्वर में प्रीति बोली। उस दिन उसकी सहेली की सगाई का भोज था। सुधा अन्दर गई। पति महेश एक कोने में बैठे किसी पत्रिका के पन्ने उलट रहे थे।

"आप नहीं चल रहे ?" उसने पूछा।

"कहाँ ?" सूनी आँखों से उसने देखा।

"नहीं," कहकर प्रीति सुधा के कानों में फुसफुसाई—"अप्पा को यहीं रहने दो।"

सुधा रानी बाथरूम जाकर हाथ-पैर और मुँह धोकर, उन्हें पोंछती बाहर निकलीं, जल्दी-जल्दी चाय के घूँट गुटक कर साड़ी बदली।

अब भी महेश ने उसे देखकर— 'क्या', 'कहाँ' ऐसा कोई प्रश्न नहीं किया। पत्थर की मूर्ति बना बैठा रहा। सुधा रानी के कंधों और हाथों में अचानक दर्द उठा। कार चलानी होगी। यह सोचकर ही वह मानो थक-सी गईं, परन्तु इस प्रकार के आयोजनों में कम-से-कम प्रीति के लिए जाना तो आवश्यक था ही। चार लोगों से मुलाकात न हुई तो प्रीति के लिए वर कैसे ढूँढा जा सकता है ? जल्दी ही उसकी शादी कर देनी चाहिए। महेश की हालत भी दिन-ब-दिन बिगड़ती जा रही है। तैयार होते-होते जो भी माला मिली उसे ही उसने गले में टाँग लिया।

"प्रीति !"

"क्या है माँ ?"

"यहाँ आओ। कानों में ये बालियाँ पहनोगी और ये कड़े ?"

बिना कोई उत्तर दिए प्रीति ने केवल माँ कहकर उसे देखा।

"क्यों यह पसन्द नहीं है क्या ? जल्दी से तुम ही चुन लो। तुमने मुझे जल्दी तैयार होने को कहा। अब खुद ही लेट कर रही हो। अभी तो अपनी सहेली की सगाई के नाम पर उछल रही थी।"

"माँ लगता है तुम्हारी फिर से सगाई कर दी जाए!"

"यह क्या बकवास है? चलो यहाँ आओ।"

"सच कह रही हूँ माँ। इस साड़ी और इन गहनों में आप कितनी अच्छी लग रही हैं। कौन कहेगा कि आप मेरी माँ हैं? सभी तो आपको मेरी बड़ी बहन समझते हैं।"

"बस बस, अब चलो····संजय!"

"मैं तैयार हूँ माँ।" आवाज आई। नौकर से 'साहब के लिए गरम-गरम फुलके सेंक देना। और जो भी वह चाहें कर देना,' कहकर तीनों चल पड़े।

उस भोज में सुधा रानी बड़े ही अछूते भाव से सम्मिलित हुई। होने वाली दुल्हन पूजा नये कपड़ों और श्रृंगार से चमक रही थी। उसी के पास उसी से चिपटी प्रीति बैठी थी और उनको घेरे सहेलियों का शोर गूँज रहा था। एक अच्छे दामाद के मिलने की खुशी से पूजा के माता-पिता के चेहरों पर एक तृप्ति का भाव था।

"वो, महेश नहीं आए क्या?" औपचारिकता निभाते हुए उन्होंने प्रश्न किया। महेश का वहाँ उपस्थित न रहना किसी के लिए कोई आश्चर्य की बात न थी। उन्होंने सुधा रानी का परिचय कुछ नये चेहरों से करवाया। "अरे प्रीति आपकी लड़की है? आप को देखकर तो ऐसा नहीं लगता कि आपकी कोई इतनी बड़ी बेटी भी होगी। आपके इस प्रकार जवान दिखने का राज क्या है?" एक ने पूछा। सुधा को कोई बात सुनाई नहीं दे रही थी। मन लगातार जया के इर्द-गिर्द चक्कर काट रहा था। सोचा था एक अरसे के बाद एक ऊँची कुलीग, एक अच्छी सखी मिली है। और वही मेरे बारे में इस तरह बातें कर रही है? कहीं यह इस प्रोफेसर वर्मा की कोई चाल तो नहीं! हाथों में जूस थामकर वे घर के द्वार के पास जाकर खड़ी हो गईं। यदि मन को धीरज दिलाने के लिए यह मान भी लिया जाए कि प्रो. वर्मा झूठ बोल रहे हैं तो भी, उनके अथवा जया के कहे अनुसार मेरी उम्र तो ढल रही है, वह तो सच है।

बाहर आकाश का रंग गहरा होता जा रहा था। अन्दर बातों का शोर बढ़ रहा था। बाहर संध्याकाल की शांति थी, एक तरह से मन को कचोट रही थी। इसी बेला के समान मैं भी अस्त हो चुकी हूँ। मुझ पर भी अँधेरा छाने लगा है।

खाना समाप्त होते ही वह प्रीति और संजय के साथ रवाना हुई। कार चलाते समय कंधे और हाथ दर्द कर रहे थे। घर पहुँचते ही उसने 'आपने खाना खाया?' कहकर महेश से प्रश्न किया। "हाँ खा लिया। वहाँ किस-किस से मुलाकात हुई?" महेश ने पूछा और बिना उत्तर की प्रतीक्षा किए कमरे से बाहर हो गया। सुधा रानी ने कमरे को बन्द कर चटखनी लगाई। कपड़े उतार फेंके—साड़ी, ब्लाउज, पेटीकोट····जाने किस आवेश में वह आईने के सामने जा खड़ी हुई और लाइट के स्विच को दबाया। पहली ही दृष्टि में उसे लगा कि उसके शरीर में किसी प्रकार की कमी नहीं आई है। पर उसके मन को सन्तुष्टि न हुई। मन ने आँखों से देखना चाहा। उसने देखा कि उसकी छाती कुछ ढल गई है। जवानी के दिनों का वह उन्नत गर्व अब उसमें न था। कमर के

नीचे चढ़ी चर्बी उसकी दृष्टि से छुपी न रह सकी। आँखों के नीचे हल्की बहुत ही हल्की कालिमा छाई थी। होंठों के दोनों ओर की हल्की झुर्रियाँ आइनें में प्रतिबिम्बित हो रही थीं। उस प्रतिबिम्ब को उसने यूँ देखा मानो वह किसी अन्य लड़की के अंग-प्रत्यंग का प्रतिबिम्ब देख रही हो। चेहरे पर बिना किसी भाव के उसने उस प्रतिबिम्ब को देखा। मानो कोई दूसरा जन्म लिया हो। आईने में दिखाई देने वाला यह प्रतिबिम्ब! यह कौन है? मैं इसे कितना जानती हूँ। बुढ़ापा अपना संकेत यहाँ-वहाँ दे रहा था। उसे छुपाने की भावना कभी मन में नहीं जागी। इसके विपरीत कोई अकथनीय, अवर्णनीय गति उस बुढ़ापे को मानो बुलावा दे रही थी। पर बुढ़ापा था कि मानो हौले-हौले अपनी ही नशीली गति थामे आ रहा था। यौवन के सौन्दर्य को खींचकर ले जाने वाला क्षण। इसके बाद शंका के लिए कोई स्थान नहीं रह जाएगा।

मुड़कर देख न पाने की एक स्थिति। संभव है वह शांतिदायक हो। यौवन के बचे ये पद चिह्न अपने को तथा किसी अन्य को बाधित नहीं करते। क्या पचास की आयु में चैन आएगा?

आईने का चेहरा उससे कई प्रश्न पूछ रहा था। उस प्रतिबिम्ब को देखती हुई सुधा रानी की आँखें, उस चेहरे से अलग, मन की आँखों से किसी और चेहरे को देख रही थीं। छोटी दानों जैसी धँसी आँखें, जिनके चारों ओर एक मोटे फ्रेम का चश्मा। उनमें सदा मंत्र-मुग्ध दृष्टि से लहराती आँखें। चेहरे पर दोनों तरफ बढ़ी चर्बी। सदा सिगरेट पीने वाले के समान काले होंठ। मुँह खोलकर हँसने पर तम्बाकू की पीलिमा लिए दाँतों का स्वरूप। आँखों के नीचे ग्रीस पुती स्याही-सा काला रंग देखकर लगता कि मानो कोई शराबी हो जो सदा नशे में धुत रहता हो। टेबल के पीछे बैठकर प्रोफेसर की कुर्सी पर इस तरह जमकर बैठा हुआ जिसको हिलाया नहीं जा सकता, हमेशा लड़कियों की उम्र के बारे में बतियाने वाले, इसकी क्या उम्र होगी। रिकार्ड में पचपन और देखने में साठ। ज्यादा कुछ पूछने पर जैसा कि भारत के उत्तर भाग में आमतौर से लोग करते हैं, "स्वतंत्रता की लड़ाई में जब भारत पाकिस्तान बँटा तो हम सब कुछ छोड़-छाड़कर घर छोड़ भाग आए थे। छिप-छिपाकर बच निकले थे। दुश्मनों द्वारा लगाई आग में हमारे सारे रिकार्ड जलकर खाक हो गए।" इस तरह बहाना कर साफ बच निकलते। अपने-आपको मनुष्य की आयु सीमा से ऊँचा मानने वाला किसी ऊँचे स्थान पर खड़ा होकर जो अपना निर्णय दे रहा है, इसके प्रपंच में आयु का अंश क्या केवल औरतों के लिए ही है? इस प्रपंच में यदि औरत की उम्र अधिक हो गई तो क्या वह दंडनीय है।

इस वर्मा के साथ अब जया भी मिल गई है क्या? क्यों? क्या सहायक प्रोफेसर की पदवी के लिए? उसे किस तरह मालूम हुआ कि वर्मा मुझसे बदला लेने के लिए मुझे तंग कर रहा है? वर्मा से मैं लड़ी थी। यह बात तो मैंने उसे कभी नहीं बताई।

बहुत सालों पहले जब सुधा रानी ने यूनिवर्सिटी में कदम रखा ही था। नये काम को लेकर पढ़ाई के विषय में, छात्रों के विषय में उसके मन में बहुत उमंग और उत्साह था। खास कर अल्मोड़ा प्रदेश की कांति और उसके चेहरे के सुनहरे रंग की आभा दिल पर अमिट छाप छोड़ जाती थी।

"आप अब भी कितनी सुन्दर लगती हैं डॉ. जोशी," वर्मा बोले।

"आप 'अब' पर इतना जोर क्यों डाल रहे हैं?"

"मेरा मतलब 'इस उम्र में भी'।"

सुधा रानी खिलखिलाकर हँस पड़ी।

"क्यों कुछ लोग बहुत साधारण से होते हुए जवानी में बहुत साधारण से दिखाई पड़ने पर भी एक उम्र के बाद एक अपूर्व कांति युक्त जान पड़ते हैं। क्या आपने कभी ऐसे लोगों को नहीं देखा?" सुधा रानी बोली।

"हुम?"

दूसरे ही क्षण, छिः, इसकी समझ में ये बातें क्या आएँगी, सोचती हुई वह उठी। "बैठिए, क्यों इस तरह मुझसे पीछा छुड़ा रही हैं। क्या आपके जीवन में कोई और एक मित्र बनकर भी नहीं आ सकता? क्या इसके बावजूद कि आपके पति सही अर्थों में पति नहीं हैं?"

वाह! पहले एक अच्छे कुलीग की तरह रहने की तो तमीज नहीं। उसके बाद ही तो काम को लेकर सम्बन्ध बनते हैं। इन सारी सीढ़ियों को लाँघकर यह तो पति के समान या पति के स्थान पर रहने की बात कर रहा है।

"क्यों डॉ. जोशी, अपने एक मित्र के लिए एक छोटी-सी जगह···?"

हुम! जीवन में अवश्य स्थान होगा और होगा क्यों नहीं? अगर मैं जगह बना लूँ तो जीवन व्यापक हो जाएगा। परन्तु वह मैं तुम्हारे लिए नहीं करूँगी? भूलकर भी नहीं करूँगी। मूर्ख।

"कम ऑन डॉ. जोशी, हम हमेशा से मित्र ही तो थे।"

इस आदमी को मित्र जैसे शब्द का सम्मान करना नहीं आता। पहले हम भी विश्वसनीय मित्र थे। हम दोनों के बीच कितने कड़वे अनुभव हो चुके हैं। इसके बावजूद किस प्रकार यह अपेक्षा कर रहा है कि हम अच्छे दोस्त बने रहेंगे। आश्चर्य में डूबी सुधा रानी बाहर निकली।

परिस्थितियाँ एक जाल-सी आईं। उन दिनों जब नौकरी लगी ही थी, तब यही डॉ. वर्मा जब सहायक प्रोफेसर थे, तब सुधा रानी उन्हें एक पढ़े-लिखे कुलीग के रूप में मानती थी। एक ही विभाग में काम करने के कारण उनके साथ उसका सहज व्यवहार था। कुछ दिनों के बाद ही वह समझ पाई उसकी छल बुद्धि। उसके द्वारा जमा किए गए विस्तृत विवरण, उसके नोट्स तथा विचारों को उसने अपने पी-एच. डी. के विद्यार्थियों को चोरी-छिपे इस तरह दिया मानो यह जमा पूँजी उसकी अपनी हो। यह उसके अपने

विचार हों। इन सब बातों से अनजान विद्यार्थी वर्ग में से जब एक-दो ने इसके विषय में चर्चा की तभी सुधा रानी को असलियत का पता चला। और फिर उसने एक दिन उसके तथा वर्मा के बीच एक बड़े विवाद का रूप लिया। "आप ऐसा भी कर सकते हैं ऐसा मैंने कभी न सोचा था।" सुधा रानी बोली, "ऐसा मैंने क्या कर दिया?"

"और करना ही क्या बाकी रह गया है? मैं आपके साथ काम करती हूँ। आपको एक विद्वान, संवेदनशील सहयोगी जानकर मैंने बिना किसी दुराव-छिपाव के अपनी जानकारी बाँटी। और आपने बिना किसी संकोच के मेरे किए गए कार्य को, मेरे विचार को, मेरे वाक्यों की चोरी कर उनका उपयोग कर लिया!"

"मैंने चोरी की? आपने क्या साहित्य को पट्टा देकर खरीद रखा है? साहित्य सभी की जायदाद है। उस पर सभी का अधिकार है," वर्मा बोले।

"सभी की अमानत है इस बात को कौन नकार रहा है? इसका अर्थ यह तो नहीं कि उसके कोई नियम, कोई व्यवस्था नहीं। आपके लिखे गए लेखों में से कुछ अंश लेकर यदि मैं उनका उपयोग करूँ तो क्या वह उचित होगा?"

"जितना जी चाहे उपयोग कर लें, मुझे कोई आपत्ति नहीं है।" दृढ़ता भरे वर्मा के उन शब्दों को सुनकर सुधा रानी को लगा मानो वह किसी जाल में फँस गई हैं। क्या कह रहा है और कितने विश्वास से कह रहा है क्योंकि इसके पास है ही क्या जिसकी चोरी हो सके? निहायत आलसी। वर्षों से बिना कुछ पढ़े-लिखे ही अपना काम चला रहा है। अपना मौलिक चिन्तन तो कोई है नहीं। बस आराम से खा-पीकर पदवीधारी एक रेगिस्तान है यह। दूसरों के विचारों को ढूँढ़कर उन्हें निशाना बनाने वाला, मुर्दे को भी नोंचकर खाने वाला है यह! दूसरों को डरा-धमकाकर, निगलकर, डकारने वाला बेशर्म आलसी है यह। देखा! मेरी बात ठीक निशाने पर लगी ना!

वर्मा बोले, "क्यों व्यर्थ साहित्य पर केवल अपना ही अधिकार जमा रही हैं। वह हो नहीं सकता। महाकवि शेक्सपियर ने हालिन शेड द्वारा जमा की गई वस्तु सामग्री को एक सुन्दर व्यवस्थित रूप देकर इस संसार को ज्ञान का जो भंडार दिया, अब आप बताएँ कि क्या शेक्सपियर एक चोर था?"

उस गंभीर समय में भी सुधा रानी को हँसी आ गई। बिना किसी संकोच के वर्मा अपने-आपको शेक्सपियर के समकक्ष रख रहा है। बड़ी मुश्किल से उसने उस उमड़ती हँसी को रोका।

"आप भी एक शेक्सपियर हैं, यह कहने के बाद मेरे लिए कहने को रह ही क्या गया है?" कहती हुई सुधा के मुँह पर अनजाने एक मुस्कान तैर गई।

"माना मैं शेक्सपियर नहीं, लेकिन इस कारण आप मेरा अपमान नहीं कर सकतीं। इसके लिए आपको बहुत जल्दी पछताना पड़ेगा।" उन्हें घूरते हुए वर्मा चले गए।

वह पछताई नहीं, उसे पछताने के लिए मजबूर किया गया कहना, सत्य होगा। यहाँ-वहाँ भटककर, लोगों के हाथ-पैर पकड़कर, उनकी खुशामद कर, सिफारिश ढूँढ़कर

आखिरकार वर्मा को प्रोफेसर की पदवी मिल गई। उसके बाद बनाई हुई चाल के अनुसार सुधा से बदला लेना शुरू किया। उसे लगातार बात-बात पर तंग करता रहा। एक बार जब सहायक आचार्य के पद के लिए सुधा ने अपनी अर्जी दी, तब चुनाव समिति की बैठक में उसने अपनी सारी विनाशकारी शक्तियों का खुलकर प्रयोग किया। उनकी विद्वता, विवेकशीलता, कार्यकुशलता में कई कमियाँ हैं, ऐसा निरूपित करना चाहा। छात्र वर्ग और सहकर्मियों के बीच एक सम्मान का स्थान पाने वाली सुधा रानी की हर प्रकार से उपेक्षा की।

सुधा रानी ने दूसरे विश्वविद्यालयों में दूसरी जगहों पर जाने की कोशिश की। उनकी अर्जी पर प्रो. वर्मा के हस्ताक्षर की जरूरत थी, जिससे उसने इनकार कर दिया। एक दिन थककर उसने पूछ ही लिया, "आपको मैं फूटी आँखों नहीं भाती। फिर मेरे बाहर जाने के प्रयासों में आप टाँग क्यों अड़ा रहे हैं?"

"मैंने आपसे नौकरी छोड़कर जाने को तो नहीं कहा। आप ही मेरे प्रति बहुत उदासीन हैं।"

"क्या?"

"और क्या। आपसे केवल मित्रता की इच्छा की थी। आपके अन्दर का अभिमान मुझे आपको योग्य समझने की अनुमति नहीं देता।"

"डॉ. वर्मा, आप न जाने क्या उल-जुलूल सोचकर उलझ गए हैं। उस दिन मैंने केवल एक ही प्रश्न किया था। वह भी थककर पूछा था। अगर आप चाहते हैं कि हम आपस में एक अच्छे मित्र की तरह रहें तो उस दोस्ती के लिए परस्पर विश्वास की आवश्यकता है। अन्यथा हम दोनों के बीच दोस्ती नहीं हो सकती। बस यही कहा था। हमारी रुचियों में, विचारों में, व्यवहार में कहीं कोई तालमेल नहीं! मित्रता कैसे संभव है, यही कहा था। क्या उसी का बदला लिया?"

"बदला नहीं लिया। वह बदला नहीं है। बस अपनी भावनाओं को प्रकट किया। बस यही। कम से कम अब समझीं आप मेरी इच्छा। अब भी यदि आप चाहें तो हम पहले ही जैसे अच्छे दोस्त बन सकते हैं।"

पहले जैसे दोस्त! हम तो कभी दोस्त न थे। दोस्ती-मित्रता जैसी भावनाओं के लिए मेरी इच्छा या मेरी अनुमति जैसा कोई विचार इसके मन में नहीं। मन में उठते इन विचारों को सुधा मानो अन्दर ही अन्दर निगल गई। बस मैंने बहुत झेला है। आखिरकार यह पापी मेरी नौकरी को ही राख कर रहा है। आगामी कुछ वर्षों में वह वर्मा से बहुत पीछे हट गईं। बिना किसी पचड़े में पड़े अपने काम से काम रखतीं।

घटनाएँ बिखरते धुएँ के बादलों के समान घटित होकर ओझल हो गईं। थकान, दुःख, आश्चर्य, घृणा जैसी हर भावनाओं से गुज़र कर सुधा रानी ने किसी अन्य सुधा रानी को देखा।

अध्याय : 9

"जल्दी झटपट दूध पीकर फिर नहा लो देर हो रही है।" बच्चों के पीछे पड़ते हुए जया बोली।

"बात क्या है ? क्यों इस तरह उड़ रही हो ?" बालचन्दर ने कहा।

"सुबह की पहली ही क्लास मेरी है और उसके बाद भी मेरा पीरियड है।"

"जानता हूँ। वह तो तुम्हारा बुधवार के दिन का नियम है। फिर क्यों इस तरह...."

बीच में ही टोकते हुए वह बोली, "आप नहीं जानते। केवल क्लास ही नहीं लेनी है। लाइब्रेरी में भी मुझे काम है।" कहते हुए गन्दे कपड़ों को समेटकर उसने धोने के लिए नौकरानी को दिए।

"लगता है जीवन भर तुम सब लोग लाइब्रेरी में बैठकर पढ़ते ही रहते हो।" कहकर बालचन्दर चश्मे को आगे सरकाते हुए बड़े आराम से दाढ़ी बनाने के लिए मुँह पर साबुन लगाने लगे।

ठीक सात बजे बाल भारती स्कूल की बस उनके घर के निकट आ जाती है। बच्चों के टिफिन बॉक्स में खाना भरकर नौकरानी से उन दोनों को बस स्टॉप तक छोड़ आने को कहा। फिर नौकरानी के वापस आने पर नहा-धोकर, तैयार हो जल्दी-जल्दी मुँह में कुछ ठूँसकर वह चलने के लिए तैयार हो गई। बालचन्दर भी नाश्ता समाप्त कर वर्दी पहन अपने बजाज पर दफ्तर जाने के लिए तैयार हो गए।

"जया तुम्हें बस स्टॉप तक छोड़ दूँ ?" उन्होंने पूछा।

"नहीं, मैं एक ऑटो पकड़ लेती हूँ।"

"ठीक है।"

ऑटो झटके देती हुई चल पड़ी। क्लास शुरू होने में अभी एक घंटा और बचा था। पर उसने सोचा कि जाते ही यदि पन्द्रह मिनट भी मिल गए तो स्टाफरूम की उसकी अलमारी में बन्द कुछ फाइलों पर सरसरी निगाह डाल लेगी। पढ़ने के लिए तो सागर-से अथाह विषय पड़े हैं पर पढ़ने का समय जो नहीं मिल पाता। क्लास, परीक्षा, जाँचने का काम, घर का काम, बच्चों का होमवर्क, काम तो बढ़ता ही जाता है ! ऊपर से साहित्य के क्षेत्र से भी अपने एक ढंग की सोच जुड़ी हुई है जो अच्छी है या बुरी, यह तो

नहीं मालूम। चूँकि मैंने अमरीकी कवि मरियन मूर के अनुसार और एमिलि डिकंसन पर शोध कार्य किया है, एक अनकही मान्यता की अपेक्षा की जाती है कि मैं इनकी तुलना समकालीन अंग्रेज कवियों से करूँ। फिर एक श्रृंखला के रूप में कुछ यूरोपीय साहित्यिकों से तुलना कर उनका अध्ययन भी अपेक्षित है। इन सबसे समझौता कर सभी दिशाओं में दौड़-भागकर, विवरणों को जमाकर इस मुई इंटरव्यू के लिए पढ़ना भी है। आटो रिक्शा अचानक रुक गई। आटो ड्राइवर नीचे उतरा।

"क्यों भाई गाड़ी क्यों रोक दी?"

"स्पार्क प्लग ठीक नहीं है जी। बस दो मिनट में ठीक किए देता हूँ," कहते हुए उसने अपनी सीट पलटी।

जया प्रतीक्षा करती बैठी रही। सड़क पर सुबह की चहल-पहल थी। सभी लोग जल्दी में हैं। मैं भी इन्हीं की तरह दौड़ रही हूँ। अध्ययन के लिए इससे भी गहराई में डूबना चाहूँ तो हम जैसे नौकरीपेशा लोगों के लिए बहुत मुश्किल है। छिः जाने क्यों इस इंटरव्यू के चक्कर में बिना सोचे-समझे इस तरह फँस गई हूँ। इस पदवी के लिए आवेदन-पत्र देने में मेरी कोई इच्छा नहीं, इसलिए कि मैं अच्छी तरह जानती हूँ कि यह स्थान मुझे नहीं मिल सकता। क्यों बेकार अस्वीकृति और उपेक्षा के बोझ को ढोऊँ? यह सब कुछ प्रो. वर्मा की जिद के कारण करना पड़ रहा है। बेकार की मेहनत! अगर वह इस तरह मुझसे जबरदस्ती न करवाते तो मैं आराम से अपने काम में लगी रहती। इस तरह इधर-उधर से कुछ-कुछ पढ़कर इस मरे इंटरव्यू के लिए अपना समय न बरबाद करती।

"मैडम माफ कीजिए।"

"क्या है?"

"मैडम लगता है यह मुझसे ठीक न होगी। आप दूसरी ऑटो पकड़ लें।"

हे भगवान···। जया उसे पैसे देकर धीरे से पैदल चल पड़ी। उस समय उसे कोई खाली ऑटो नजर नहीं आई। बस पकड़ना एक प्रकार से असंभव बात थी। सभी खचाखच भरी हुई थीं। जल्दी जाकर थोड़ा पढ़ लूँगी, इस निश्चय पर पानी फिर गया। ठीक है, कम से कम क्लास के लिए तो सही वक्त पर पहुँच सकूँ। सामने से एक खाली टैक्सी आ रही थी। टैक्सी में चलूँ? पर इसका किराया तो मुझे पूरा निगल जाएगा। उसने हाथ में पहनी घड़ी की ओर देखा।

"टैक्सी!"

दस ही मिनट में वह विद्यालय पहुँच गई। क्लास शुरू होने में अभी भी पाँच मिनट बाकी थे। इतने समय क्या पढ़ा जा सकता है, यह सोचती हुई वह कुर्सी पर बैठ इन्तजार करने लगी। स्टाफ रूम में मौजूद दो-तीन विभागों के लोग कुछ बातें कर रहे थे।

दूसरी बार जब मैंने यह कहा कि सहायक प्रोफेसर के पद के लिए मैं आवेदन-पत्र

नहीं देना चाहती तो प्रो. वर्मा को कितना गुस्सा आया था। मानों इसको अस्वीकार कर मैंने उनका ही कोई अपमान कर दिया हो। मैं तो डर-सी गई थी।

"यह क्या डॉ. बालचन्दर? यह भूलकर कि मैं चेयरमैन और इस विभाग का अध्यक्ष हूँ, मैंने आपको सब-कुछ इतने विस्तार से समझाया था। आपकी भलाई के लिए आपकी पदोन्नति के लिए सोचा था। आप फिर आवेदन पत्र न देने का हठ कर रही हैं। क्या यह आपको शोभा देता है?" गुस्से में वे बोले।

"ओ नो सर, वेरी सॉरी। आप मुझे गलत समझ रहे हैं। मैं वास्तव में आपकी बहुत आभारी हूँ कि आपने मेरी तरक्की के विषय में सोचा। बस एक छोटी-सी बात है, जिसे लगता है आप भूल रहे हैं। अभी तक मेरे प्रोबेशन का समय समाप्त नहीं हुआ और इसी समय के अन्दर···।"

"प्रोबेशन? अरे हाँ, अच्छा याद दिलाया आपने डॉ. बालचन्दर। अगर आप चाहती हैं कि आपका प्रोबेशन के समय किसी प्रकार का झंझट न हो और अगर आप प्राध्यापक के पद पर अपना कनफर्मेशन चाहती हैं, तो मैं जैसा कहूँ वैसा कीजिए। इस सहायक प्रोफेसर के पद के लिए आवेदन पत्र दें।"

"ठीक है सर। आपके कहे अनुसार मैं अर्जी दे देती हूँ।" काँपती हुई मैं कमरे से बाहर आई। कैसी मुश्किल है। आगे कुआँ और पीछे खाई की स्थिति है। प्रो. वर्मा की योजनानुसार यदि मैं अर्जी देती हूँ तो वह मूर्खता होगी। क्योंकि इंटरव्यू में मैं निश्चित रूप से गड़बड़ा जाऊँगी। और यदि अर्जी न दूँ तो प्रो. वर्मा का पारा चढ़ जाएगा और फिर मेरा प्रोबेशन तथा कनफर्मेशन दोनों में ही अड़चन होगी। मैं अर्जी दूँ, न दूँ, इनका क्या जाता है? यह मेरे लिए ही बेकार की झंझट है, बेकार की मेहनत और व्यर्थ की उलझन। एक ओर इस मुए इंटरव्यू के लिए अपनी नींद गँवाकर पढ़ाई कर रही हूँ और दूसरी ओर मुझे उलझन में डालने वाली इस मुसीबत की स्थिति के लिए मैं उत्तरदायी नहीं हूँ, यह सुधा रानी से साफ-साफ खुलकर बताने का एक अवसर ढूँढ़ रही हूँ। परन्तु न जाने क्यों वह आजकल मेरी बातों को काटकर चली जाती हैं। इन दो महीनों में वह मुझसे बहुत दूर जा चुकी हैं। उन्हें किस बात का क्रोध है? हम दोनों के बीच कुछ भी तो नहीं घटा।

जया उठकर अपनी क्लास की ओर गई। कुछ दूरी पर अखिला शर्मा सीढ़ियों के नजदीक आती हुई दिखाई दी। क्लास का समय हो चुका था।

अगले दो घंटे कैसे बीते, पता ही नहीं चला। दूसरा पीरियड समाप्त कर लेने के बाद सुधा रानी से मिलकर बात करने की इच्छा से बेचैन होकर जया स्टॉफरूम में आई। वहाँ केवल माला नायक ही बैठी थी।

"आओ जया चाय पीते हैं," उसने कहा।

"बाद में, तुम्हारी क्लास है क्या?" जया ने पूछा।

"नहीं आखिरी क्लास चौथे पीरियड में है। उसके बाद घर जाकर आराम

करूँगी। शाम को कोई फर्स्ट शो देखने जाऊँगी," माला बोली।

"लक्की गर्ल।"

"क्यों? तुम भी सिनेमा देख सकती हो? मेरे साथ चलोगी?"

"नहीं।"

"क्यों? अरे हाँ, मैं तो भूल ही गई। एक सप्ताह में तुम्हारा इंटरव्यू है। उसके लिए जोरदार पढ़ाई करनी होगी? कैसी चल रही है तुम्हारी तैयारी?"

"आँ....इंटरव्यू। उसके लिए मैं अर्जी देने वाली हूँ, ऐसी कल्पना भी तुमने कर ली।"

"कल्पना नहीं। तुमने अर्जी दे दी है, यह मैं भी जानती हूँ। अपने विभाग की खबरें भी क्या मुझसे छिपाई जा सकती हैं? खुद प्रो. वर्मा ने मुझे बताया।" कहकर माला हँस पड़ी।

"अच्छा। तब तो तुम्हें भी इस पद के लिए अर्जी देने पर मजबूर किया होगा?"

"नहीं तो। वह पद तो पहले से ही डॉ. भास्कर के लिए तय कर दिया गया है। मैं इस विषय में बिलकुल अनजान हूँ। मैंने तो अभी तक पी-एच. डी. भी नहीं की है। डॉ. भास्कर जैसे अनुभवी, विद्वान् और मेहनती इन्सान के होते हुए यह पदवी मुझे किसी हालत में नहीं मिल सकती। ऐसा प्रो. ने मुझे साफ कह दिया। बिना किसी दुराव-छिपाव का उनका यह स्वभाव मुझे बहुत पसन्द है। बेकार झूठा विश्वास पालकर मन को उलझन में डालकर, फिर बाद में हार जाना, क्या अच्छा है?" माला ने शरारत-भरी मुस्कान से कहा।

"मैं भी इस कारण से अर्जी नहीं देना चाहती थी।"

"तुम? कम ऑन। तुम्हारी तो बात ही अलग है।" कहती हुई वह खिलखिला उठी।

"क्या? यह तुम क्या कह रही हो माला?"

"तुममें बड़ी हिम्मत है। बस इतना ही।"

"हिम्मत? व्हाट डू यू मीन?" जया बोली।

"अगर तुममें हिम्मत न होती तो तुम, तुमसे अच्छी विद्वान् सीनियर ओफिशिएटिंग अध्यक्ष का कार्यभार सँभालती डॉ. सुधा रानी जोशी को नीचा दिखाने की कोशिश करती?"

"हे भगवान्, सब झूठ है, सरासर झूठ। मैं किसी हालत में सुधा रानी को नीचा नहीं दिखाना चाहती। वह कभी हो ही नहीं सकता।"

"यह बात तो सबके सामने बिलकुल स्पष्ट है। अगर ऐसा ही था तो तुमने अर्जी दी ही क्यों?"

"टालने की बाध्यता थी। मना न कर सकने की मजबूरी।"

"बेकार कहानियाँ मत गढ़ो। प्रो. वर्मा ने मुझसे कहा था कि तुम्हारी आँखें इस

पद पर लगी हुई हैं और इसलिए इतनी अनुभवी डॉ. जोशी की स्थिति को लाँघकर अपनी जवानी और जवानी के अहंकार में डॉ. जोशी से होड़ कर उनसे जीतने की पूरी कोशिश कर रही हो।"

"हे भगवान्, यह बहुत बड़ा आरोप है। क्या प्रो. वर्मा ने ऐसा कहा? यह सरासर झूठ है। मैं किसी दिन भी सुधा रानी से होड़ नहीं ले सकती। मेरे मन में उनके लिए अपार प्रेम और गहरी श्रद्धा है। माला यह तो मेरा सौभाग्य है कि मुझे उन जैसा मित्र मिला।"

"वाह! क्या चिकनी-चुपड़ी बातें कर रही हो। अगर ऐसा ही है तो क्यों····"

'नो नो, माला मेरी बात सुनो। मैंने सपने में भी इस पद की इच्छा नहीं की है। प्रो. वर्मा ने मुझे तरह-तरह से डरा-धमकाकर अर्जी डालने पर बाध्य किया। और अगर ऐसा नहीं किया तो मेरे प्रोबेशन के समय को लेकर भी धमकी दी।"

माला हँस पड़ी, "क्या खूब मनगढ़न्त कहानी है। देखो जया, मैं इस आरोप को मान नहीं सकती। प्रो. वर्मा बिल्कुल स्पष्टवादी हैं। मुझे बिना संकोच के कहा कि यह पद तुम्हारे लिए नहीं है, इसलिए तुम अर्जी देने का कष्ट मत करो। और उनके बारे में····।" माला जाने के लिए उठ खड़ी हुई।

"माला प्लीज़, मेरी बात का विश्वास करो। तुमने बहुत गलत अर्थ निकाल लिया है। सच में····"

"जया तुम अपनी इच्छानुसार निर्णय ले सकती हो। मैं चलती हूँ। बाय!"

कुछ दूर जाकर वह फिर लौटी, "ओह मैं तो बताना भूल ही गई।" आल दी बैस्ट।" वह बोली।

"नॉनसेन्स। अगर तुम्हें मेरी बातों पर यकीन न हो तो जाओ। मैं सुधा रानी से बात कर लूँगी। वह विश्वास कर लेंगी। उन्हें ढूँढ़ती हुई ही मैं यहाँ आई थी।"

"सुधा रानी आज नहीं आई हैं। छुट्टी पर हैं। सुना है, तबीयत ठीक नहीं है।"

"क्यों, क्या हुआ? बेचारी····।"

माला ठहाका मारकर हँस पड़ी, "क्या तुम्हें वास्तव में उनकी चिन्ता है? बड़े आश्चर्य की बात है। खैर मैं चलती हूँ।"

उसके बाद जया से वहाँ नहीं रहा गया। उठकर घर के लिए रवाना हुई। रास्ता बड़ा लम्बा-सा प्रतीत हुआ। थकी-माँदी उसे पार कर सीढ़ियों से उतर चबूतरे के पास पहुँचने पर सामने लाइब्रेरी से आती अखिला शर्मा को उसने देखा। अखिला मुँह फेरकर इस तरह जा रही है, मानो उसने मुझे देखा ही न हो। आज इसे भी क्या हो गया? हे ईश्वर क्यों सब मुझसे कन्नी काट रहे हैं?

"अखिला!" कहकर उसने जरा ऊँचे स्वर से पुकारा। चलती हुई अखिला ठिठक गई। जया के पास आकर "गुड आफ्टरनून मैडम" कहा।

"गुड आफ्टरनून। कहाँ इस तरफ?"

"लाइब्रेरी में पढ़ने के लिए आई थी मैडम।"

"डॉ. जोशी ने बताया कि तुम कलकत्ता गई हो।"

"गई थी। वहाँ से हैदराबाद भी गई थी। अमेरिकन रिसर्च सेन्टर भी गई थी। परन्तु जल्दी ही लौट आई।"

"महत्त्वपूर्ण शोध ग्रन्थ, फिर कुछ रेफरेन्स की किताबें पढ़ने के लिए चार महीने का समय भी कम है।"

"आप सच कह रही हैं मैडम। काम अधूरा ही छोड़कर चली आई।"

"अरे, ऐसा क्यों किया? अखिला तुम्हारे बच्चे की तबीयत तो ठीक है?"

"वह ठीक है। मैं···मैं वहाँ···वो मैडम आप कुछ न पूछें, प्लीज," कहते हुए उसकी आँखों से आँसू बहने लगे।

"अखिला! बोलो क्या हुआ?"

सिसक-सिसक रोती हुई अचानक मुड़कर वह जल्दी-जल्दी चलने लगी।

"अखिला-अखिला!" कहकर जया ने उस दिशा में आवाज दी।

आवाज सुनकर अखिला ने अपनी चाल और तेज कर दी और देखते ही देखते वह कॉलेज के दूसरे गेट से निकलकर आँखों से ओझल हो गई। इसे क्या हुआ है? ऐसा तो नहीं कि इसका पी-एच. डी. करना इसके पति को अच्छा न लगता हो? लौट आओ, कहकर कहीं डाँट तो नहीं दिया? या फिर कहीं तबीयत तो खराब नहीं हो गई? परन्तु देखने में तो ठीक-ठाक लगती है।

जया एक आटो पकड़कर घर के लिए रवाना हो गई।

अध्याय : 10

"हम दोनों पड़ोस में वीडिया देखने जा रहे हैं, माँ, हमने होमवर्क खत्म कर लिया है।" बेटे सिद्धार्थ ने कहा।

"ओ माँ मैं तो भूल ही गई, पिताजी ने फोन किया था। कह रहे थे कि आने में देर होगी," बेटी शालिनी बोली।

उनके जाने के बाद फोन के पास बैठकर जया कुछ देर सोचती रही। फिर उसने सुधा रानी का नम्बर घुमाया।

"हलो।"

"कौन? संजय?"

"हाँ। नमस्ते आंटी।"

"क्यों बेटे कैसे हो? माँ कैसी है?"

"अभी बुलाता हूँ आँटी।"

जया प्रतीक्षा करती रही।

"हलो," फिर से संजय की आवाज सुनाई दी। "आंटी····अ ····सॉरी, माँ घर में नहीं हैं। आने में देर होगी।"

जया ने फोन नीचे रख दिया। उठकर रात के खाने का काम देखने लगी। पर किसी भी काम में मन न लगा। उसने फिर एक बार सुधा रानी कानम्बर घुमाया।

"यस", आवाज बिल्कुल स्पष्ट थी।

"सुधा, प्लीज फोन नीचे मत रखिएगा।" जया ने आवेश में भरकर कहा, "फोन मत रखिएगा। मैं आपसे विनती करती हूँ।"

"तुम चाहती क्या हो?"

"बस केवल एक बार आपसे अकेले में जी-खोलकर बातें करनी हैं।"

"मुझे नहीं लगता कि उसकी कोई जरूरत है।"

"प्लीज सुधा! मुझे इस तरह परे करने से पहले एक बार कुछ कहने का मौका तो दें। इतने दिनों का जो हमारा साथ रहा है, कम-से-कम उसकी खातिर मुझे आपसे मिलने दें। आप तब समझ जाएँगी। आप पढ़ी-लिखी हैं।"

"पढ़ने-लिखने से क्या होता है? वह मेरे आ रहे बुढ़ापे को तो नहीं रोक

सकता।"

"क्या ? आप क्या कह रही हैं ? मेरी समझ में तो कुछ नहीं आ रहा।"

"क्या ? क्या अपने ही शब्दों को पहचान नहीं रही हो ?"

"हे भगवान, यहाँ क्या हो रहा है ? इसके पहले कि स्थिति और भी बिगड़ जाए हम दोनों का मिलकर बात करना और भी आवश्यक है। मुझे दाल में कुछ काला लगता है। अगर हम मिले तो गलतफहमी दूर हो सकती है और वह हम दोनों के लिए अच्छा होगा। उसके बाद आप जैसा चाहें, मेरे साथ व्यवहार कर सकती हैं।"

"....."

"सुधा, क्या मैं आपके घर आ सकती हूँ ?"

"नहीं, इस घर के हालात तो तुम अच्छी तरह से जानती हो। महेश हमें घूरता हुआ हमारे चक्कर काटेगा। अपने विभाग···?"

"नहीं, नहीं। वहाँ तो दिल खोलकर बात ही नहीं कर सकते। सभी बीच में टाँग अड़ाएँगे। बेकार की झंझट होगी, मैडम।"

"....."

"सुधा आपने फोन रख दिया क्या ? हलो, हलो।"

"नहीं जया, मैं सोच रही हूँ कि कौन-सी जगह ठीक रहेगी।"

"गनीमत है।"

"जया, कॉफी हाउस के पास ही जो गेस्ट हाउस है, उसके लाउंज में शाम चार बजे मिलें ?"

"पास में कॉफी हाउस की भीड़ नहीं होगी ? खैर कोई बात नहीं। चार बजे भीड़ कम हो जाएगी। वहीं मिलते हैं। ठीक है फिर मिलते हैं।"

"इस सहायक प्रोफेसर की पदवी के लिए कोई भी योग्य व्यक्ति अर्जी डाल सकता है और तुम भी योग्यता रखती हो। तुम्हें अर्जी देने का पूरा अधिकार है। उसमें कोई गलती नहीं, पर मेरे पीठ पीछे प्रो. वर्मा से मेरे बारे में कहने की क्या जरूरत थी ?" सुधा रानी बोली।

"मॉय गॉड, क्या आपने सच में विश्वास कर लिया कि प्रो. वर्मा से मैं इस तरह की बातें कर सकती हूँ ?"

"विश्वास करना अच्छा नहीं लगा ?"

"आपको मुझ पर शक क्यों हुआ ? कम-से-कम जो हुआ इसके बारे में आपको जान लेना चाहिए था। प्रो. वर्मा ने ही मुझे इस पद के लिए अर्जी देने पर बाध्य किया, डराया, धमकाया, यही नहीं, यह भी कहा कि यदि मैंने उनकी बात नहीं मानी तो मेरे प्रोबेशन के समय और कनफर्मेशन पर भी आँच आ सकती है, वे बदला लेंगे। मैं सचमुच डर गई थी। सुधा! बालचन्द्रन के इतने तबादलों के कारण इस्तीफों और

परेशानियों से भरी मेरी नौकरी में पहले-पहल मुझे एक अच्छी जगह नौकरी मिली है। प्रो. वर्मा की बातों से यूँ लगा कि वह इसे भी नष्ट कर देंगे। लगा कि वह मुझे कनफर्म भी नहीं करेंगे," बोलते-बोलते जया की साँस फूलने लगी।

"ऑफकोर्स कनफर्मेशन ही क्यों, यह सहायक का पद भी तुम्हें मिलना चाहिए ना?"

"नहीं सुधा," कहती हुई उसने दोनों हाथ जोड़े, "आप अभी तक बात को पूरी समझ नहीं पाई हैं। वर्मा ने बड़े ही कटु शब्दों में मुझे बाध्य किया, और तो और जानती हैं, आपके लिए क्या कहा?"

"क्या?" कहती हुई सुधा सोफे पर टिककर मौन भाव से बैठी रही। आँखों को बन्द किए बैठी रही। इस दुःख में भी किस प्रकार पत्थर की मूरत समान बैठी है! ज़या ने सोचा।

"सुधा", कहकर उसने पुकारा। धीरे-से आँखें खोलकर सुधा ने एक क्षण जया की ओर देखा। फिर आँखों को बन्द कर बोली, "कहो, जया सब कुछ कहो। वर्मा ने मेरे बारे में जो कुछ कहा होगा, वह एक लम्बी कहानी होगी। इसलिए मैं आराम से आँखें बन्द कर सुनती हूँ, कहो।"

"वह नीच आपकी बढ़ती आयु को लेकर बातें कर रहा था। मेरा खून खौल रहा था। खुद तो पचपन पार कर चुका है। आपके बारे में बातें करते उसकी जीभ नहीं थरथराई। फिर साथ में कहा कि इस विभाग को जवान खून की जरूरत है। युवा में ही कुछ करने की क्षमता होती है। इस तरह बात-बात पर आयु को घसीटने लगे। मैंने तर्क किया कि मेरी भी आयु कोई कम नहीं, पैंतीस पार कर चुकी हूँ। पर वह बार-बार आपको ही लेकर अड़े हुए थे। कह रहे थे कि आपकी उम्र बढ़ रही है और इसलिए आपकी क्षमता भी कम हो रही है। आपका ध्यान इधर-उधर बँट जाता है और आप कुछ-न-कुछ कर बैठती हैं। जाने क्या-क्या अनर्गल बकते रहे।" सुधा आँखें बन्द किए ही हँस पड़ी।

"बेचारी तुम! तुमने उनकी बातें क्या बेकार की समझीं? तुमने अभी जो कुछ भी कहा वह सब वर्मा ने तुम्हारे मुँह में ठूँस दिया था।"

"सुधा आप क्या कह रही हैं? मेरे पल्ले तो कुछ भी नहीं पड़ा।"

"अभी तुम कह रही थीं न कि प्रो. वर्मा ने मेरे बारे में ऐसी घटिया बातें कीं।"

"हाँ।"

"इन्हीं शब्दों का प्रयोग कर प्रो. वर्मा ने मुझसे यह कहा कि तुम मेरे बारे में यह सब कुछ कह रही थीं।"

"मॉय गॉड। कोई आदमी इतना झूठ बोल सकता है!"

कॉफी हाउस के सामने से एक लड़की के साथ जा रही अखिला ने दोनों की ओर मुड़कर देखा। उस लड़की से कुछ कहकर गेट खोलकर वह गेस्ट हाउस के अन्दर

आई।

"क्यों मैडम क्या हुआ ?" उसने पूछा।

"क्यों, कुछ भी नहीं ?" सुधा रानी बोली।

" 'मॉय गॉड' जैसे शब्द सुनाई पड़े। मैंने सोचा कि पता नहीं क्या हो गया।" अखिला बोली।

सुधा रानी और जया एक-दूसरे को देख मौन बैठी रहीं।

दोनों को बारी-बारी से देखते हुए अखिला को अपनी स्थिति एक बिन बुलाए मेहमान की-सी लगी।

"ठीक है मैडम ! मैं चलती हूँ।" वह जाने के लिए मुड़ी।

जया मानों जाग-सी पड़ी। उसने 'इधर आओ' कह अखिला को बुलाया।

"कैसी हो अखिला ? घर में सब ठीक-ठाक है ना ?"

"फाइन मैडम।"

"क्या खाक फाइन है ? उस दिन तुम रोई क्यों थीं ?"

अखिला मौन खड़ी रही।

"कहो अखिला। क्या हमसे नहीं कहोगी ? क्यों उस तरह रोई थी ?" जया बोली।

"शायद मैं ही उसके लिए जिम्मेदार हूँ," सुधा रानी बोली।

"आप ?" जया का स्वर आश्चर्य से भरा था।

"क्यों अखिला ? मैंने तुम्हारे कागज पर दस्तखत नहीं किए, इसलिए गुस्से में भरकर तुम रोईं थी ना ?" उसकी तरफ देखते हुए सुधा रानी ने पूछा। अखिला सिर झुकाए खड़ी रही।

"अखिला !"

"डॉ. बालचन्दर कह रही थीं कि उस दिन तुम बहुत रोई थीं। मैं ही उसका कारण हूँ न ! बोलो !"

"नहीं, नहीं !" कहते-कहते उसका स्वर रुलाई से भर गया।

"क्या ? यहाँ क्या हो रहा है ? मेरी समझ में तो कुछ नहीं आ रहा," जया बोली।

"बैठो अखिला। आओ यहाँ बैठें। अपने आपको थोड़ा शान्त कर लो," सुधा रानी बोलीं। फिर उसने जया से कहना शुरू किया, "उस दिन अखिला मुझसे मिलने ऑफिस आई थी। बताया कि बाहर जाने पर काम पूरा न कर लौटने की बाध्यता थी, इसलिए लौट आई। इसलिए उसे दिया जाने वाला यात्रा-भत्ता यानी ट्रेवलिंग ग्रांट दोनों शहरों के आने-जाने के खर्चे में ठीक हो गया होगा, ऐसा मैंने सोचा। किन्तु कुछ पैसे बच गए थे। उस पैसे को भविष्य में आने वाली किसी यात्रा के लिए उपयोग में लाया जा सके, ऐसा एक आवेदन-पत्र अखिला लिखकर लाई थी, जिस पर वह मेरे दस्तखत चाहती थी। तबीयत के ठीक न होने के कारण शीघ्र कार्य पूरा किए बिना ही लौट आई,

उसने तर्क दिया।"

"ओहो। पर उस दिन जब मैंने पूछा, तब तो तुम कह रही थीं कि तुम्हारी तबीयत ठीक है," जया बोली। अखिला बिना कुछ कहे चुपचाप बैठी रही।

"यह झंझट तुम्हारी समझ में आई जया?" सुधा रानी बोली, "यद्यपि हमारा एकेडेमिक साल जुलाई से आरंभ होता है, परन्तु हमारा हिसाब-किताब फाइनेन्शियल इयर फरवरी में समाप्त हो जाता है। अगर उसके पहले उस वर्ष का सारा यात्रा-भत्ता खर्च नहीं किया गया तो वह फिर लैप्स हो जाता है। उसे आगामी वर्ष तक के लिए ले जाया नहीं जा सकता। इसके विपरीत मैं कैसे दस्तखत कर सकती हूँ? वह गैरकानूनी होगा ना?" सुधा रानी बोलीं।

"हाँ, ठीक तो है।" कहकर जया ने सुधा रानी की बातों का अनुमोदन किया।

"मुझे समझने की कोशिश करो अखिला।" सुधा रानी बोली, "इस विभाग के एक्टिंग अध्यक्ष की हैसियत से मुझे बहुत ही सावधानी बरतनी पड़ती है। यदि मैंने यह गलती की तो प्रो. वर्मा बाहर से लौटते ही मुझ पर बरसेंगे। उन्हें हर हालत में इस बात का पता चल ही जाएगा। मेरी अनुपस्थिति में मुझसे पूछे बगैर यह निर्णय लेने का हक तुमको किसने दिया, यह कहकर क्रोधित होंगे।"

"आपका कहना बिल्कुल सही है," जया बोली, "इनकी मुश्किल समझने की कोशिश करो अखिला। प्रो. वर्मा तो इनसे ही जवाब-तलब करेंगे ना? जैसे ही वह वापस आ जाएँ तो उनसे खुद इस विषय पर बात कर लो। वही तो तुम्हारे गाइड हैं। तुम्हारे गाइड होने की हैसियत से वह निश्चय ही कोई न कोई रास्ता सुझाएँगे। उन्हें आने दो, फिर देखते हैं।"

"वो कैसे आ सकते हैं मैडम? वह कुछ दिन और हैदराबाद में रहने वाले हैं।" अखिला बोली, "हैदराबाद में ही वह कह रहे थे कि वह तिरुपति यूनिवर्सिटी जा रहे हैं।"

आश्चर्य से सुधा रानी ने पूछा, "मैंने भी ऐसा ही सुना था। मुझसे कह रहे थे कि पहले आसाम के गुवाहाटी यूनिवर्सिटी और फिर तिरुपति जाएँगे?"

"पहले कलकत्ता फिर हैदराबाद।" अखिला बोली।

"लेकिन यहाँ कुछ कहते हैं और करते कुछ और हैं, ऐसा क्यों?"

"तब क्या दोनों जगहों पर तुम उनसे मिलीं?" सुधा रानी ने पूछा।

"हाँ, मिली!"

"फिर उनसे ही इस यात्रा भत्ते के बारे में क्यों नहीं पूछा?"

"ओ। उनसे कैसे जाकर पूछ सकती थी? उन्हीं के कारण तो दोनों बार बिना काम खत्म किए मैं वापस आ गई।" अखिला ने उत्तर दिया। उसकी साँस भर गई।

"तुम क्या कह रही हो?"

"मैडम आप दोनों से मैं कैसे कहूँ? मेरे बिना काम को पूरा किए लौटने का

कारण प्रो. वर्मा ही हैं।" मुँह को छिपाकर वह सिसक उठी।

"अखिला-अखिला। बताओ तो क्या हुआ, हमें बताओ," सुधा रानी ने कहा।

"मैडम जब-जब भी मैं बाहर जाती हूँ, तो वहाँ प्रो. वर्मा भी पहुँच जाते हैं। मैं उनके साथ अकेली फँस जाती हूँ। मुझसे····मेरे साथ उनका व्यवहार सीमा से बाहर हो जाता है।"

"क्या?"

"जी हाँ, हर बार। मैं इससे पहले शिमला गई थी ना? वहाँ भी पहुँच गए थे।"

"तुम्हारे शिमला जाने के समय····।" कहकर कुछ देर सोचकर सुधा रानी ने कहा, "हाँ! याद आया, तब उन्होंने बताया था कि वह चंडीगढ़ जा रहे हैं।"

"न जाने क्यों, मेरे शिमला पहुँचने के दूसरे दिन ही वह भी वहाँ आ धमके। बड़ा फूहड़ व्यवहार किया। दूसरों के सामने मुझे बड़ी शर्म आई," कहते हुए अखिला की आँखों से आँसू बहने लगे। सुधा रानी और जया निस्तब्ध होकर बैठी रहीं।

"क्या यही कारण था कि हर बार तुम लौट आती थीं?" सुधा रानी ने पूछा।

"खुद लौटती नहीं तो और क्या करती। आप खुद सोच सकती हैं कि मुझ पर क्या बीती होगी? मैं शादी-शुदा हूँ। एक दुध-मुँहे बच्चे की माँ हूँ। आसपास के सब लोग हमें बड़ी अजीब आँखों से घूरते थे। प्रो. वर्मा इस बात से जरा भी चिन्तित नहीं दिखाई पड़े। परन्तु मैं? मेरे पति, सास-ससुर, वे सब मेरे बारे में क्या सोचेंगे? लगता है कि प्रो. वर्मा को इन बातों की जरा भी परवाह नहीं।"

"कितना बड़ा अन्याय है!" जया बोली, "इनके कारण तुम्हारे यात्रा भत्ते की सारी राशि बेकार हो रही है।"

"देखिए मैडम, कैसी-कैसी बातें करते हैं। इतनी कम उम्र होने पर भी तुम कितनी बुद्धिमान हो। मेरा साथ दो, मैं तुम्हें अच्छी पदवी दूँगा, मैं तुम्हें कुछ बनाऊँगा। पति, सगे-सम्बन्धी इनमें क्या धरा है? अगर मेरा कहना मान लो तो तुम्हारी पी-एच. डी. हो जाएगी और तुम्हारा भविष्य भी सँवर जाएगा। बड़ी ही अश्लील बातें थीं।"

"क्या आदमी है? बम्बई, आसाम के दौरे का बहाना कर मुझ पर गधे जैसा सारा बोझ लादता है। क्या केवल इसलिए कि छोटी लड़कियों को डरा-धमका सके? छिः!" सुधा रानी बोली।

"अगर मैं उनके चाल-चलन पर आक्षेप करूँ तो धमकाते हैं। 'मैं इतना बड़ा प्रोफेसर विभाग का अध्यक्ष यदि तुम्हारे पास आना चाहता हूँ तो तुम्हारा इतना अहंकार कि मेरा विरोध करती हो? मैं चाहूँ तो तुम्हें नष्ट कर सकता हूँ, मेरी अनुमति के बिना तुम किसी और की देख-रेख में यह पी-एच. डी. नहीं कर सकतीं। मेरे चाहे बिना कोई तुम्हें स्वीकार नहीं कर सकता। तुम नहीं जानती कि मैं तुमसे बदला लेने के लिए क्या-क्या कर सकता हूँ!' कहते हुए वे गरजे।" अखिला बोली। बोलते-बोलते अखिला थक चुकी थी और आँखों के आँसू मानो सूख चुके थे। सूनी दृष्टि से देखती

वह बैठी रही। वहाँ एक चुप्पी-सी छा गई।

"तुम उम्र में बहुत छोटी हो इसलिए उन्होंने सोचा कि वे तुम्हें आसानी से काबू में कर लेंगे। उसी तरह डॉ. बालचन्दर को देखकर उन्हें लगा कि अपने विभाग में एक नया जवान खून आया है। उसी समय जब वे मुझे देखते हैं तो पल-पल बढ़ती उम्र की औरत का एहसास होता है। उम्र जैसी वस्तु ने उन्हें किस तरह हिला कर रख दिया है, देखा?" सुधा रानी बोली।

"मैडम आप क्या कह रही हैं?" अखिला बोली।

"हम तीनों को जो आपस में जोड़ती है, वह है हमारे स्त्रीत्व के साथ जुड़ी मांस और हड्डी के रूप में जुड़ा एक सूक्ष्म अंश। वही उम्र है। देख रही हो कि वह कितने रूपों में इस जैसे आदमी को प्रताड़ित कर रही है!" सुधा रानी बोलीं।

"मैडम, जवानी बहुत ही कष्टदायी है। जल्दी ही तीस पार हो जाए तभी कोई औरत चैन से जी सकती है," अखिला बोली।

"वह भी कुछ निश्चित रूप से नहीं कहा जा सकता," जया बोली।

सुधा रानी हँस पड़ीं। अनजान अखिला उन दोनों को बारी-बारी से देखती रही।

सुधा रानी ने उससे कहा, "अच्छा, तुम एक काम करो, कल तुम दोपहर में चार बजे आकर मुझसे मिलना।"

"ओ. के. मैडम। स्टाफ रूम में?"

"नहीं-नहीं, मुझे ऑफिस रूम में काम है। वहीं आना।"

"ठीक है मैडम!"

अध्याय : 11

"फिर? कोई खास बात?" सदा की ही तरह बड़े गम्भीर रूप से प्रो. वर्मा ने सुधा रानी से प्रश्न किया। "मुझे बड़ी थकान महसूस हो रही है। जब भी मैं टूर के लिए बाहर जाता हूँ तो वहाँ मुझे यहाँ से तीन गुना ज्यादा काम करना पड़ता है।" शिकायत भरे स्वर में वे बोले।

"चच, सच बड़ी मुश्किल है।" सुधा रानी बोलीं, "फिर भी यहाँ के रोजमर्रा के कामों से छुट्टी पाना भी एक प्रकार की ताजगी प्राप्त करना होगा," वह बोली।

"हाँ, बाहर निकलने पर ही ताजगी प्राप्त करने का अवसर मिलता है," वर्मा बोले।

दरवाजे पर हल्की-सी दस्तक हुई। जया अन्दर आई।

शायद मैंने आप दोनों की बातचीत में दखल दी। माफ कीजिए," वह बोली।

"ऐसा कुछ भी नहीं है। आइए-आइए डॉ. बालचन्दर। बैठिए," कहकर वर्मा ने उनका स्वागत किया। "कैसी हैं? आपको देखे दो दिन हो गए। वापस लौटने पर इसी तरह बचे हुए कामों में फँस जाता हूँ," वर्मा बोले।

"आपकी बात छोड़िए। मुझे स्वयं जया से मिले तीन दिन हो गए। लगता है बहुत बिजी है," सुधा रानी बोली।

"हाँ ऐसे ही जरा काम था," जया ने कहा।

"हाँ काम तो होगा ही। लगता है बड़े जोर-शोर से इंटरव्यू की तैयारी हो रही है," सुधा रानी ने कहा।

"देखिए डॉ. जोशी, अगर आपकी भी इस इंटरव्यू में इतनी ही रुचि है तो आप भी अपने आपको तैयार क्यों नहीं कर लेतीं। किसी ने मना तो नहीं किया," जया ने बड़े कटु स्वर में कहा।

"क्या? इच्छा है का क्या मतलब? जानती हो मैं यहाँ कितने सालों से काम कर रही हूँ? और तो और मैंने आफिशियेटिंग अध्यक्ष के पद का भी कार्यभार सँभाला है। मुझसे, एक सीनियर से बात करने की तमीज भी क्या तुममें नहीं है?" सुधा रानी चीखीं।

डॉ. जोशी…डॉ. बालचन्दर…एक मिनट…क्यों इस तरह….।" प्रो. वर्मा

हकलाए।

"सीनियर होना कौन-सी बड़ी बात है?" जया ने प्रश्न किया, वर्मा की ओर जरा भी ध्यान न देते हुए, "मैं यह कहना नहीं चाह रही थी···हमारे विभाग को नए जवान खून की जरूरत है, जानती हैं?" अपनी आवाज ऊँची करती हुई जया बोली।

"प्लीज···प्लीज ····आप दोनों कुछ शांत होकर···" बोल रहे प्रो. वर्मा को बीच में ही टोकती हुई सुधा रानी बोलीं, "आप छोड़िए सर, मैं देख लेती हूँ।" कहते हुए वह जया की ओर मुड़ी।

"तुम जवान खून। भ्रम है! जया याद रखो कि तुम पैंतीस की हो।"

"तो क्या हुआ? वह चवालीस से तो कम ही है?"

"क्यों सर, मैं ठीक कह रही हूँ ना?" वर्मा को बातों में घसीटते हुए जया बोली।

"माय गाड। आप लोगों को क्या हो गया है?" वर्मा बोले। पर उनकी तरफ देखती सुधा रानी ने कहा, "फिर आप ही बताइए सर। कुछ लोगों को जवानी का भ्रम एक छूत की बीमारी जैसा लग जाता है। उदाहरण के लिए जया को यह फूटी आँख भी नहीं भाता कि लोग मेरी प्रशंसा करते हैं और काम में मैं इनकी सीनियर हूँ।

"क्या। मैंने ऐसा कुछ तो नहीं कहा?" जया ने आपत्ति करते हुए कहा।

"देखिए सर, अब यह स्वयं ही अपनी बातों को पहचानने से इनकार कर रही है। आप ही गवाह हैं।"

वर्मा कुर्सी से उठ खड़े हुए। कहा, "मुझे थोड़ा बाहर जाना है।"

"नो-नो प्लीज, रुकिए सर! आप का होना मेरे लिए एक बड़ी सुरक्षा है," जया ने प्रार्थना करते हुए कहा।

"नहीं मुझे जाना है।"

दरवाजे पर दस्तक हुई।

"कौन?" वर्मा ने पूछा।

"मैं हूँ सर!" दरवाजे की आड़ में हिचकिचाई हुई अखिला खड़ी थी।

"यू। अ···हम इस समय जरा व्यस्त हैं। एक मीटिंग चल रही है। बाद में आ जाना," प्रो. वर्मा बोले।

"बाद में?" अखिला थोड़ा हिचकिचाई, "इस आवेदन-पत्र और मेरे खर्चे के बिल पर आपके हस्ताक्षर चाहिए सर! प्लीज सिर्फ दो मिनट, मुझे एकाउंट में दिखाना है।" वह कह उठी।

"इस समय मेरे पास वक्त नहीं है। बाद में आओ," चिढ़े स्वर में प्रो. वर्मा बोले।

"ठीक है सर। बहुत डिस्टर्ब किया, वेरी सॉरी!" कहकर अखिला लौटने लगी।

"बेचारी कैसी गऊ जैसी सीधी है," सुधा रानी बोली, "यहाँ आओ अखिला, तुम्हारी गैर जिम्मेदार हरकतों के बारे में प्रो. वर्मा को तुम्हारे सामने ही बताया जाए।"

भयभीत-सी अखिला ने बाहर जाने की कोशिश की।

"अन्दर आओ, यहाँ बैठो !" सुधा रानी ने आदेश दिया, "यह अक्सर रिसर्च के बहाने यू. जी. सी. द्वारा दिए गए पैसों से शिमला, कलकत्ता, हैदराबाद जैसे स्थानों पर मजे से घूमने जाती है और एक ही हफ्ते के अन्दर काम खत्म किए बिना लौट आती है। यह रिसर्च के काम में किस तरह आगे बढ़ सकती है ? साथ ही मुझे तो इस बात की भी चिन्ता लगी रहती है कि इसके गाइड होने के नाते आपकी भी बदनामी हो जाएगी।"

"करेक्ट ! आप बिल्कुल ठीक कह रही हैं," प्रो. वर्मा बोले, "तुम्हारा इस तरह घर छोड़कर काम करना और लिए गए काम को पूरा न करना, जरा भी शोभा नहीं देता," वे बोले।

"आप यह नहीं जानते हैं, यह अब क्या कह रही है ?" सुधा रानी बोलीं।

"बताइए !" वर्मा बोले।

"यात्रा-भत्ते की बची-खुची राशि तो अगले फाइनेनशियल इयर में लैप्स हो जाएगी ना ?"

"करेक्ट !"

"उस बची धन-राशि को अगले वर्ष के एकाउन्ट में डाल दिया जाए, ऐसा यू. जी. सी. से सिफारिश करने के लिए कह रही है।"

"नहीं, नहीं, यह गलत है। असंभव बात है," वे बोले।

"वही तो मैंने समझाया।"

"अखिला, तुमने यह कैसे सोच लिया कि तुम्हारे वाले सुझाव पर डॉ. जोशी दस्तखत कर देंगी ? वे बहुत ही ईमानदार हैं," वर्मा ने गुस्से में कहा।

"सर एक मिनट, जरा मेरी भी बात !"

धीरे से उठती हुई अखिला को सुधा रानी ने टोका, "देखो अखिला ! मैं तुम्हारे भले के लिए ही कह रही हूँ। इस तरह दूसरे शहर जाकर, काम को अधूरा ही छोड़कर मत लौटो। पहले प्रो. वर्मा को खुश करना सीखो," सुधा रानी बोलीं "अ····मैडम····डॉ. बालचन्दर, कम-से-कम आप ही, जो कुछ मैं कह रही हूँ।····"

"नो अखिला !" जया दृढ़ स्वर में बोली, "तुम छोटी लड़की हो। इतने बड़े मनुष्य प्रो. वर्मा का निरादर कर दौड़ आना क्या ठीक है ? वह मूर्खता है। तुम उन्हीं की दया से तो पी-एच. डी. कर रही हो। जैसा वह चाहते हैं वैसा ही करो। उनके पद के गौरव को कम करने का विचार छोड़ दो।"

"जानती हो वह किस हद तक तुमसे बदला ले सकते हैं ?"

वर्मा फिर से उठ खड़े हुए।

"मुझे काम की जल्दी है। मुझे जाना ही होगा," वर्मा बोले। कुर्सी को पीछे सरकाकर वह बाहर जाने के लिए तैयार हो गए।

"डॉ. वर्मा, रुकिए प्लीज ! आपकी मदद से ही अखिला को नियम विस्तार से समझाए जा सकते हैं। उसी तरह से जया को भी समझाना है," सुधा रानी बोली।

"क्या ?" जया ने पूछा।

"अभी अखिला को उपदेश दे रही थी ना, उसी तरह तुम भी समझ लो। अगर तुम चाहती हो कि तुम्हारे प्रोबेशन और कनफर्मेशन में किसी तरह की रुकावट न आए तो प्रो. वर्मा के कहे अनुसार चलो।"

"और आप ?" कहकर जया ने उनसे पूछा, "कायाकल्प किया हुआ जैसा आपका सौन्दर्य, आपकी विद्वता और परिपक्वता से कितना मेल खाता है। इसलिए आपको चाहिए कि प्रो. वर्मा के हृदय में आपके लिए जो कसक है, उसे समझने की कोशिश करें।"

"मैं····मैं चलता हूँ। एक आवश्यक काम है," कहकर सरकते हुए डॉ. वर्मा उन तीनों को पार कर बाहर दौड़े।

तीनों ने एक क्षण यह देखा। फिर वे तीनों लड़कियाँ हँसते-हँसते लोटपोट हो गईं। कमरे में चाँदी की छोटी-छोटी घंटियों के बजने के समान वह हँसी प्रतीत हुई, उन हँसी के स्वरों में उम्र के अंतर का कुछ पता न चला।

□□□